그 겨울 숨바꼭질
끝나지 않고

이화리 소설집

그 겨울 숨바꼭질 끝나지 않고

이화리 소설집

작가의 말

참 좋다. 한강의 기적!

덕분에 간이 부어버린 촌년 C급 작가가 두 번째 책을 낸다.

언감생심, 해묵은 중·단편 몇몇, 이 촌것들이 얼굴을 붉히며 서울로 갔다.

우세를 당할지도 모르는데 배시시 웃으며 갔다.

핑계쯤은 준비됐다. 한강 때문이라고!

세상에서 가장 힘센 노벨상 때문이라고!

차례

명란(明卵)

명란(明卵)

　여섯 번째 집이다. 다섯 번째 집을 나올 때처럼 바람이 분다. 대상이 또 남성이라서 거절하고 싶었다. 센터장에게 눈치가 보여 혀끝에 매달린 말을 아래위 입술에 고루 발라버렸다. 근무 시간과 보수의 조건이 좋다. 또 부딪쳐보자.

　다섯 번째 집에서는 세 번의 곤욕을 치렀다. 첫인사 차 들려 방바닥에 앉았을 때, 곁에 누웠던 환자의 손이 정장을 입은 치마 속으로 쑥 들어왔다. 여든아홉 살 거구에 깊은 주름마다 검은 정욕이 번들거렸다. 며칠 후 밥을 먹이는데 젖가슴을 잡았고, 손을 떼어내려는 순간 가슴을 아프게 비틀기까지 했다. 마지막 날에는 기저귀를 빼고 닦는 동안 내 손을 끌어다 성기 위에 올렸다. 손은 크고, 손 매듭은 억셌다. 참을 만큼 참았다. 마감 시간을 채우지 못하고 센터로 오는 내내 되돌아가 환자의 손목을 부러뜨리고 싶었다. 대신 바람이 세차게 불어주었다.

　센터장은 '육체'와 '인체'의 구분조차 못 하는 내 탓이라 한다.

'성기'가 아니라, 소변만 나오는 '생식기'라는 말은 맞다. 발기가 없었다는 나의 대답에 동료들이 킬킬거리며 웃었다. 한마디씩 던지는 충고나 위로도 텃세로 의심된다. 그들의 다양한 체험담은 간접지식이라지만 초보자 여럿에게 써먹던 이유로 보였다. 모욕을 당하고 나와서 수모까지 감당하지 않으려면 나는 극복해야 한다. 코로나로 다른 쪽의 일자리는 꿈도 못 꾼다. 이젠 나이 때문에도 안 된다.

바람에 날린 머리칼이 무더기로 뺨에 감긴다. 내 머리칼은 유난히 굵은 건강 모발이다. 하필이면 첫날인데, 첫인상이 좋아야 하는데, 산발로 들어가는 건 아닌 것 같다. 왼손으로 잡은 머리칼을 놓는 순간 바람은 머리칼 따귀를 세차게 때리고 만다. 따끔하다. 더 이상 이 집 저 집 다니지 말고 정신 차리라는 내 머릿속의 자해 같은 건지 모른다. 가방을 뒤적여 보지만 고무줄이 없다. 차를 지하에 주차하고 올라갔으면 괜찮았을 일이다. 나에게 어두컴컴한 지하는 공포다. 습한 지하 방에 살아본 트라우마 때문이다. 요즘 생기는 아파트는 아예 지상 주차장이 없어서 건너편 자그만 우체국 모퉁이에 주차했다. 이런 소소한 버릇도 이제 고쳐야 한다.

센터장이 회의 때면 자주 그랬다. "우리 식구들 중 어떤 사람은 천당에 갖다 놔도 불평불만을 할 것이다." 맞다. 다들 무던하고, 허허실실 성격이 좋은데 분명 나를 지칭하는 걸 안다. 나도 이번에는 이를 앙다물고 극복하리라. 장애물 경기에 일정한 크기와 부피와 모양만 있는 건 아니다. 센터장이나 동료들이 생각하는 만큼 나는 아둔하지 않다. 언젠가 그들을 능가해야 한다. 시간과 노력이 성공적인 나를 만들 것이다. 지겹지만 소중한 생활비가 되는 이 일을 한 지 일 년을 넘기고 있다.

나는 지은 지 32년 된 낡은 아파트에 산다. 새로 지은 고급 아파트의 공동현관에서부터 나는 루저가 된다. 전화했더니 문이 열린다. 엘리베이터 앞에 가기 전 다시 현관이 있다. 전화하려는 순간 문이 열린다. 거울이 없어도 전체가 거울처럼 빛나는 엘리베이터 안에서 손빗질로 머리를 가다듬고, 입꼬리를 올린다. 시험문제가 절반 이상 틀려서 서너 주먹 쥐어박힌 듯 땡한 인상이 조금 똑똑해진다. 입꼬리만 올라간 게 아니라 눈도 크게 벌어져서 그렇다. 이번에는 커지기만 했지 맹한 눈에 웃음기를 덧씌운다. 눈가에 익숙한 주름이 잡힌다. 이 정도면 됐다. 흠흠, 이제 목소리는 곱고, 말씨는 교양 있게. 이 집에선 청결하고 단정한 사람을 구한다고 했고, 센터장이 고맙게도 나를 지목했다.

입구에서부터 3개의 문을 거치는 것을 다 지켜본 듯 벌써 현관문이 반쯤 열려있다. 나는 못 보는데 상대가 나를 다 보는 건

불공평하다. 아뿔싸, 이런 분석을 하는 사고방식부터 버려야 한다. 장갑을 벗으며, 나의 양손이 나를 번갈아 나무라듯 지그시 비튼다.

"어서 오세요."

"반갑습니다."

그녀와 나는 동시에 동일한 인상으로 인사말을 건넨다. 서울말이다. 장년이 되어도 소녀의 말씨 같은 하이톤은 맑고 싱그럽다. 의외로 젊어서 환자와의 관계가 모호하다. 부잣집답게 한겨울임에도 실내는 봄날 같다. 운 좋게 내일부터 출근하게 되면 내복을 벗고, 실내복도 춘추복이라야 될 것 같다.

"여기 앉으세요. 커피와 홍차 중 뭘 마실래요?"

"네. 홍차 주세요."

나 역시 반짝이는 목소리를 내려고 했는데, 경상도 사투리는 억양부터가 글러 먹었다. 말로만 듣던 80여 평의 고급 아파트에 첨 와 봤다. 이런 집에서 보통의 사람들은 다 기가 죽는다. 그런 나를 위로하듯 키 큰 기린 두 마리가 유순한 눈빛으로 거실 창가에 서 있다. 산이 바로 앞에 다가와 있어서 기린은 숲에서 막 나온 것 같기도 하다. 18평 우리 집엔 공짜로 줘도 놓을 데가 없는 티브이가 있고, 양쪽 옆에는 화려한 장식의 코끼리 두 마리가 내 몸통 절반만 하게 건장하다. 비싼 티브이를 꼭 지키겠다는 일념

인지, 주인 내외의 수명을 지켜주려는 신념인지 콧대가 중심에서 단호하다.

주방 옆의 편백나무 창살 뒤 다이닝룸이 있다. 8인용은 족히 될 원목 식탁이 있고, 벽에는 커다란 가족사진이 보인다. 바탕이 음영 처리된 흑백사진은 더욱 고상한 품위로 무게감을 주지만 거리감 때문에 얼굴은 분별이 안 된다. 소파의 사이드 테이블 위 분청항아리에 파스텔 톤의 생화들이 전문가 솜씨로 풍성하게 꽂혀 있다. 식탁과 복도 콘솔 위에도 화사한 꽃들이 영화의 예고편처럼 새봄을 연출한다. 비싼 꽃값 때문에 나는 늘 꽃집 앞에서 멈추었다, 다시 걸었다. 걷다가 종종 뒤돌아설까, 망설이기도 했다.

어릴 적 우리 집 넓은 마당에는 동네에서 소문 난 크고 둥근 화단이 있었다. 봄부터 늦가을까지 백일홍과 백합, 작약, 모란, 옥잠화, 붓꽃과 봉선화, 내가 무척 좋아하던 채송화도 색색이 피었다. 장미꽃 송이 하나가 어린아이 머리통만 했고, 갖은 색상의 국화꽃들이 서리를 맞으며 꽃 대궐을 이뤘다. 한겨울이면 유리문 달린 마루에 어마어마한 대형 공작선인장에서 붉은 꽃들이 수십 개씩 피었다. 초저녁에 긴 꽃대의 꽃망울에 귀를 대면 타닥타닥 꽃잎 열리는 소리가 들렸다. 다투어 피는 꽃말을 듣느라 나는 추위도 곧잘 견뎠다. 얼어 죽지 말라고 들여놓은 백합과의 구근들이 즐비한 마루에서 나는 해마다 이른 봄이면 움트는 새싹에도 귀를 갖다 대곤 했다. 정말 어떤 속삭임이 들렸는데, 식구들 아무도 믿어주지 않았다.

내열유리 티팟과 워머가 테이블에 놓이고, 유리잔을 내리는 그녀의 가느다란 팔목부터 손가락까지 선이 곱다. 어른이 되어서도 걸레 한 번 쥐어짜보지 않은 게 틀림없다. 집과 손이 무척 어울린다. 내 손등에는 노동으로 불거진 지렁이들이 눈치껏 숨어있다. 워머 속 홍차는 붉은 노을빛으로 우러나온다.

"뜨거워요."

워머를 기울여 내 찻잔을 채우며, 그녀는 여전히 맑은 물방울 떨어지는 소리로 말한다. 나이가 얼마냐고 자칫 물을 뻔했다.

"네. 사모님, 홍차색이 참 예뻐요."

첨엔 사모님, 사장님, 이 말을 하기가 무척 힘에 부쳤다. 이젠 그냥 또 하나의 이름이라 생각한다.

"그런가요? 남편은 지금 산책 중이에요."

"아, 네. 먼저 만나 뵈어야 하는데."

"이쪽으로 와 보세요. 지금 단지 안에서 산책 중이라."

하늘색 바탕에 연노랑 리본과 연한 고동색 구찌 문양이 연속적으로 꼬인 드레스에 키가 큰 뒷모습은 훨씬 더 젊다.

"네에에."

"저어기, 분수 옆에, 보이죠? 주로 전동차를 타지만, 부축해주면 지팡이로 아주 천천히 걷기도 해요. 그다지 어려운 건 없을 거예요."

"아, 네. 보여요."

아까보다 사무적인 목소리여서 나도 얼른 정신을 차렸다.

이 집은 7층이지만 로비가 있는 1층을 빼면 주거 6층이다. 기저귀를 갈지 않고, 체형이 거구가 아니어서 다행이다. 걸음이 느리면 어떤 날은 배변 실수를 할 수도 있다.

"시급 이만 원, 육 개월 근무 시 특별 보너스가 있다는 거 알고 계시죠? 환자의 상태에 따라 월급은 오를 거예요. 시간을 잘 지켜주시면 내일부터 출근하도록 하세요."

참 다정다감한 목소리인데 싸늘함이 느껴지는 건 거리감이다.

"아, 네네. 시간은 꼭 지키겠습니다."

어린 여자애가 새 인형을 받아 안고 행여나 빼앗기지 않으려는 조바심처럼 말이 다급했다.

"그럼, 오늘 제가 사무실에 들러서 계약서를 쓰고요."

아까보다 조금 더 사무적이며, 고압적이지만 개의치 말아야 한다. 그게 프로다.

"네. 특별, 보너스도 들었어요. 내일부터 출근하겠습니다."

환자의 상태와 조건이 다 좋은 면접에 통과했다. 나는 웃음이 나오려는 걸 지그시 참으며, 그녀의 사무적인 어투와 유사하게 흉내 냈다.

"지금 마트에 간 가사도우미 선생님께서 내일 주임요양사 선생님을 소개해 드릴 거예요. 세 분이서 교대 근무라는 건 아시죠? 가사도우미 선생님을 우리 집에선 가쌤, 요양사 선생님을 요쌤, 이라 줄여서 불러요."

"네네. 알겠습니다."

그녀는 아까보다 덜 사무적이며 조금 웃었고, 나도 밝게 대답했다. 시급 이만 원, 장난 아니다. 이 집에서 오래 근무하면 노후 준비의 저축도 쏠쏠할 것 같다. 이런 기회는 절대 놓치면 안 된다.

"이제 가도 됩니다."

"아, 네."

온 김에 남편분을 만나 인사라도 드리고 가면 어떨지요? 라든가, 또는 남편분 산책 중이신데 제가 가서 인사드리고 갈까요? 라는 말을 생략했다.

나에 관한 어떤 질문도 없이 슬쩍 훑어보는 면접이 짧다. 이는 내가 대단히 만족스럽기보다 실질적으로 써보고 여차하면 또 바꿀 수 있다는 취지로 보인다. 소파에서 신발장까지 거리가 한참 길다. 번쩍거리는 엘리베이터에 비친 내 모습을 보며 나는 나를 칭찬한다. 남들보다 늦지만 조금씩 변화하고 있고, 구질구질 긴

말을 안 한 것도 프로다워지는 것 같다.

내 직업은 요양보호사다. 1년밖에 안 된 짧은 경험이지만 대체적으로 부자들은 말이 짧다. 상대가 함부로 질문하거나 말이 긴 걸 극도로 싫어했다. 지나친 자신감으로 오만과 도도함이 극에 달한 그들은 정말 쓸 말만, 제 할 말만 했다.

부자들은 일찍 귀가해 일찍 자고 일찍 일어난다고 했다. 밤늦도록 흥청망청 유흥가를 헤매고, 천박한 돈 자랑에 빠진 졸부들과 달리 대대로 내림부자들은 매사 안정감이 있어 언행이 일목요연하다. 방금 본 사모님처럼 언행뿐 아니라 몸 전체에서 풍기는 품격이 벌써 다르다. 아주 예의 바르고 친절하지만, 그들과 우리가 대등하지 않다는 것을 충분히 느낄 수 있다. 그들은 나의 말에 네, 라는 공감의 대답도 생략했다. 도우미는 불가피한 필요에 의해 사용하는 거래관계다. 노동력을 제공받고, 금전으로 지불하는 지극히 적절한 타산이다.

엘리베이터 없는 4층에서 흘러내린 음악 소리가 1층 입구까지 적셔 흥건하다. 트롯의 가사는 농밀하고 끈적인다. 선율은 감당 없이 나오는 실리콘처럼 물컹하고, 발성은 척척 감기는 문어의 흡반 같다. 나는 이 음악이 어렵거나 쉬운 것과 무관히 너무나 싫다. 아시아에서도 독특한 장르의 트롯이라지만 내 취향이 아니다.

아마 여럿이 함께 부르는지 계단을 오르는 동안 어그 부츠의 바닥에 지그시 뭉개지는 겹겹의 음계들이다. 트롯은 남편의 취향이다. 코로나로 사방이 단절되는 판에 신흥종교처럼 등장한 트롯에 열광하는 이들이 엄청 불어났다. 센터의 동료들 컬러링도 전부 트롯 일색이다. 집이나 직장이나 티브이에서는 종일 트롯이 간드러진 유혹을 하지만 나는 싫다. 클래식 마니아인 나하고 남편은 안 맞다. 1년 내내 책 한 권 안 읽는 남편과 1년 360일 책을 읽는 나는 맞는 것보다 안 맞는 게 더 많다. 그렇다고 내가 남편을 미워하는 건 아니다. 그러기에 남편은 너무 착하다.

도어를 돌리는 순간, 볼륨이 급격히 낮아진다. 갑자기 토종벌 날갯짓이 된 트롯은 흘러내리는 꿀처럼 끈적거린다. 현관에서 거실까지 길이가 한 팔 가웃하다. 좀 전 방문한 집에서 원거리로 늘어났던 시야가 급격히 축소된다.

소파에 누웠다가 벌떡 일어난 게 분명한 남편은 뒤통수의 까치집을 손보느라 바쁘다. "어? 일찍 오네? 마이 춥제?" "응. 괜찮아." 나는 일부러 못 본 척, 등 뒤에 대답만 남기며 욕실로 향한다. 손만 씻으려다 내일 산뜻한 출근을 위해 샤워까지 한다. 다 아는데, 굳이 안 그래도 되는데, 이 순수한 남자는 매일 나의 귀가에 어떤 성의를 보인다. 그게 외려 불편하다. 조금 무심해도 된다는 생각이 든 건 불과 4년 전부터다. 남편의 노고쯤은 당연지

사로 여기던 전업주부인 내가 노동자가 되고부터다. 그 당연지사
는 나의 고생보다 훨씬 길다. 남편이 가장의 책임을 충실히 이행
한 건 무려 30여 년이다.

교통사고로 골반이 크게 부서져 척추가 비틀린 남편의 현재
모습은 골목에 버려져 모질게 밟힌 쭈그러진 깡통 같다. 비바람
에 쓸려 군데군데 녹이 슬고, 재활용으로도 부적절한 그런 상태
다. 재활 운동 삼아 하루 두 시간씩 산책하느라 눈가와 콧잔등,
손등과 팔에 자잘한 잡티와 기미가 녹이 슬 듯 불어나고 있다.
꼿꼿하던 등이 오랜 다리미질로 굽고, 탄탄하던 엉덩이는 스프
링 깨진 소파처럼 푹 꺼졌다. 당장 버려도 주워갈 사람 하나 없을
남편의 현재 모습이다.

나는 가끔 잠든 남편의 모습에서 아득한 젊은 날을 덧씌운다.
참 반듯했다. 새로 개설된 은행지점의 모든 시설은 새 형광등 아
래서 반짝반짝 윤이 났다. 갓 취업해 하얀 와이셔츠와 감색 양복
이 무척 잘 어울리던 뽀얀 얼굴의 청년이었다. 동글한 얼굴에 웃
으면 덧니가 귀여운 남편을 더 좋아한 건 나였다. 나이가 세 살
더 많은 내가 연애에 주도적인 건 자연스러웠다. 불과 5개월 만에
결혼했다. 남편은 엄청 순수했고, 내가 첫사랑이었다. 나는 서른
을 갓 넘겼었다.

참 무난한 결혼생활 8년째, 나라의 기둥뿌리가 흔들린 IMF를

맞았다. 남편은 권고사직으로 쫓겨났다. 초등 1학년과 유치원생 딸이 있었다. 종일 우리 둘의 마주 보는 하루가 48시간으로 부풀려지자 할 말의 간격도 그만큼 커졌다. 몇 달 뒤 그는 친구의 주유소를 헐값에 인수한다면서 무척 들떴다. 대출이 꽤 많았고, 돈을 만지던 사람은 돈의 출납에만 민감했다. 싸디싼 만큼 영업 시작 전 이미 이익이 창출한 걸로 여겼다. 반경 8km 안에 주유소가 3개나 있는 환경평가는 예외였다. 기름밥을 먹은 경험이 없었기에 이웃의 두 주유소 사장들과 형님, 아우로 잘 지냈다. 그들은 수시로 기름을 빌려 가고 갚기를 거듭했다. 다들 어려운 시기였다. 남편은 유류값의 파동 정보에 약했다. 기름을 빌려주고 나면 어김없이 값이 뛰었다. 세상에 공짜가 없어서 수업비를 톡톡히 지불한 셈이다.

나라의 큰 기둥이 휘청거리자, 서까래 같은 대기업들도 부대끼고, 부지런히 마당을 기어다니던 일개미들의 집이 사라졌다. 자가용 보유가 최고조에 이른 때였지만 더 이상 환호를 지르며 여행을 하지 않았다. 온 가족이 터질 듯 실은 짐을 비집고 내려 주유소 식당으로 몰려가던 풍경이 점점 멀어졌다. 붕괴되는 도처에는 이혼과 자살이 흔한 소문의 유행이 되어버렸다.

이 집 기름의 연비가 유독 나쁘다는 무례한 평가를 던지는 손님들이 자꾸 많아졌다. 발길이 뜸해진 주유소 마당 곳곳의 온갖 풀들이 돈도 안 되는 친구들을 불러 모았다. 시멘트 바닥의 균열이 그토록 많은 줄 몰랐다. 깨진 틈마다 자란 풀들이 비웃듯 꽃을 피웠다. 통장은 비고, 잡풀은 빼곡했다.

경매 직전 똥값으로 주유소를 처분한 뒤 누군가 그랬다. 지하 기름 벙커에 물 몇 톤을 쏟아부어도, 진짜 기름이 더 많은 기름이라고. 그러니까 비싼 원액 기름을 빌려주고, 기름 섞인 물이나 또는 물 섞인 기름을 되받은 셈이었다.

불과 4년이 채 못 되어 우린 그야말로 알거지가 되었다. 남편의 순수한 눈에 담긴 체념은 그래도 맑았다. 잠시 가장의 역할을 내리고 칩거하더니 낚시를 다녔다. 후줄근한 점퍼에 탄 얼굴은 실업자라는 이름과 잘 어울렸다. 아이들은 장마의 죽순처럼 날로 자랐다. 몸만 편한지 반년이 지났다. 이때 등장하는 이들이 가족이다. 흰 와이셔츠와 감색 양복이 무척 어울리던 남편은 매일 남의 와이셔츠와 양복을 만지는 일을 시작했다. 누나와 매형이 경영하는 세탁소에서 기술을 배웠다. 원래 성실한 사람은 늘 성실한 법이다. 시아버지의 땀을 머금은 네 마지기의 논이 팔리자 우리 세탁소가 생겼다. 나는 이웃 아파트를 다니며 세탁물을 수거하고 배달하는 일을 거들었다. 당시 엘리베이터가 없는 아파트가 대부분이라 열 달 만에 무릎 관절이 부어서 그만두었다. 다행히 장사가 잘되어서 은행에서 함께 퇴직했던 후배를 불러 둘이서 세탁소를 꾸려나갔다. 재봉을 배워 수선까지 겸했던 남편은 늘 일찍 나가고 늦게 들어왔다. 바느질 솜씨가 맹탕인 내가 수선 부분을 거들어볼까 했지만, 날로 번성한 세탁소는 내가 끼어들 틈조차 없이 옷들이 즐비했다. IMF 여파로 이혼율이 사상 최대였던 그즈음, 남편은 사춘기에 접어든 아이들을 걱정하며 전업주부의 자리를 지키길 원했다. 노동에 서툰 나를 위한 배려였다. 흔한 바람 한 번 안 피우고, 잡기에 빠져 속 한 번 썩힌 적 없는 남편이다.

남편의 교통사고 후, 노동이 생소한 나는 대형 골프장 구내식당에 취직했다. 쉰을 넘긴 여자가 찾는 일거리는 한정되었다. 일이 서툰 탓에 태산 같은 설거지와 식자재 손질 등 매일 실수를 해댔다. 남에게 피해를 안 주는 방법은 일을 그만두는 것이었다. 일반 식당의 서빙과 설거지를 겸해야 하는 조건도 나는 싫었다. 쟁반을 들고 남자들의 술 시중을 드는 일은 정말 하기 싫었다. 환자의 불결함이 싫어서 미루고 미루다 요양사인 친구 선희의 봉사 정신 권유로 택한 것이 요양보호사다. 우리도 머지않아 더 늙을 테고, 누군가의 보살핌을 받아야 한다. 자격증은 땄지만 아직 턱없이 부족해서 직업이라 말할 처지도 못 된다. 선희처럼 거룩한 희생정신도 요원하다. 그간 사업체 구내식당 등에서도 진득하게 일을 못 한 탓에 경제 사정이 엉망이다. 이번 달 가스요금을 미리 걱정하느라 최대한 온수를 아껴 쓴다. 샤워는 금방 끝났다. 며칠 쉬어서 그런지, 새로운 일자리의 조건이 만족스러운지 내 얼굴이 맑다.

이른 아침 일어나 출근 준비를 하는 것이 내 나이에는 요행이다. 아예 저녁때까지 먹을 소고기뭇국을 넉넉히 끓였다. 김장 김치와 정말 어울리는 겨울 소고기뭇국은 대충 끓여도 맛이 좋고 싫증이 나지 않는다. 무엇보다 남편이 즐겨 먹어서 자주 끓인다. 음식 솜씨가 신통찮은 나에게 흔한 투정이나 핀잔조차 없어서 요리가 늘지 않는다고들 한다. 신혼집에 들른 친정엄마에게 남편이 그랬다. "짜면 적게 묵고, 싱거우면 많이 묵으면 되니더." 얼마나 합리적인 대답인지 친정 친척들까지 두고두고 회자되는 칭송이다. 이런 남편이다 보니 우리는 아직 부부싸움이란 걸 딱히 해 본 적이 없다. 그래서 취향이나 견해가 달라도 몇 차례 옥신각신 주고받다 만다. 내가 제법 주장이 세고 까다롭지만 성격 좋은 남편에게 문제 되지 않는다. 남편의 성품은 화목한 시부모님의 가풍에서 잘 배운 것 같다. 나는 일면 외통수인 아버지 경향이 있다.

출근 가방이 1박 2일짜리 여행 가방만 해졌다. 코로나가 창궐하는 마당에 감기에 걸려서는 안 될 것 같다. 출퇴근 시는 내복을 입고, 그 집 실내 온도에 맞는 얇은 실내복을 별도로 챙겼다. 황사94마스크 5개들이 한 봉지와 혹시 청소나 환자 목욕 시 젖으면 갈아 신을 여분 속옷과 양말, 내가 쓸 타월과 미끄럼 방지 덧신까지 꼼꼼히 챙긴다. 잠시 쉬는 시간에 읽을 시집도 한 권과 소설 한 권도 가방 옆에 끼운다. 나희덕 시집『말들이 돌아오는 시간』과 김선우 시인의 소설『발원(요석 그리고 원효)1』이다. 시집은 백 번을 읽어도 행간의 숨은 뜻을 되새기느라 늘 새롭다. '발원'은 이루어질 수 없었던 요석과 원효의 사랑이 안타까워서 중고사이트에서 샀다. 대학 국문학과 1학년을 겨우 다니고 자퇴한 나에게 문학은 늘 갈증이다.

지난번처럼 혹시 또 있을지 모를 성추행을 떠올리며, 차에 시동을 건다. 그들은 환자다. '사람 사는 거 다 거기서 거기'라는 동료들의 충고도 되새겨본다. 제 가정 건사하기도 힘든 아이들에게 우리 부부는 경제적 부담을 주지 않기를 약속했다. 술 담배도 모르고, 허튼짓도 없는 남편이다. 우리 둘의 노령연금과 국민연금으로 보험과 적금과 공과금, 차량 유지비는 해결되고, 모자라는 생활비는 나만 잘 견디면 보충된다.

요양사가 된 이후 가장 마음에 드는 조건의 첫 출근이다. 환자가 남성이라는 그 점이 걸린다. 할아버지들을 돌볼 남성 요양보호사가 현저히 적은 현실이다. 보호자들은 일부 소소한 집안일까지 맡겨야 하기에 남성 요양보호사를 선호하지 않는다.

나의 첫 환자도 남성이었다. 나를 그 집에 배치한 것은 일종의

트레이닝이 아니었을까, 지금도 의심이 든다. 재산이 수백 억대라는 어르신은 한사코 요양병원을 거절한다고 했다. 주로 큰 며느리가 그 비위를 다 맞추며 간병을 하고 있었다. 키가 크고 뼈대가 아주 큰 편인 어르신은 심장제세동기를 달고 있고, 치매 중기를 넘어섰다. 성격은 괴팍하고 인정머리가 없어 수시로 요양보호사가 바뀌었다. 변을 못 참는 탓에 변기 앞에서 바지를 내려주는 도중 팔뚝만 한 변을 바닥에 떨어뜨렸다. 물론 가는 도중에 싸기도 했다. 세 끼니마다 고기를 드시고, 식성이 무지 좋아서 옛날 스테인리스 밥그릇이 그득하도록 먹었다. 변 냄새는 상상을 초월했다.

겨우 일주일을 넘긴 어느 날은 누운 채 변을 보았다. 빨래를 널고 욕실 청소를 다 끝낸 뒤 발견한 탓에 변의 일부가 마르는 중이었다. 그날따라 환자는 일어날 생각이 전혀 없었다. 내가 남성 환자를 기피하는 가장 큰 이유가 바로 이런 부분 때문이다. 사타구니는 체온이 높아서 터럭들 사이사이마다 변 찌꺼기가 끼어 마르기에 불려 가며 닦아내야 한다. 거기다 커다랗게 늘어진 생식기와 물컹한 고환을 들치고, 구석구석 닦는 것은 인내심의 한계를 시험하기에 충분하다. 황사마스크를 겹으로 끼고, 니트릴 장갑을 두 겹으로 끼지만 냄새는 내 전신을 캡슐로 가두었다. 전신만 아니라 머릿속 뇌까지 똥 냄새에 절여지는 것 같았다. 더구나 이 어르신은 고환 망태기가 두 개인 줄 알고 처음엔 기겁했다. 곁에 그보다 작은 크기의 혹이 있어서 물티슈 한 통을 다 쓰고도 온수타월을 몇 개나 썼다. 방안에서 집안으로 번져나간 악취를 뚫고 퇴근한 뒤 나는 그 집에 더 이상 가지 못 했다. 두통은 사나흘 계속되었다. 다음 집은 사사건건 명령하고, 일거수일투족 간섭하는 할머니 때문에 극심한 소화불량으로 그만두었다. 다음도, 그다음도, 너무나 부당하고 불쾌한 일들을 겪었다. 내가 선택한 직종에 나 스스로 사회부적응의 위기를 느끼던 참이었다.

오늘도 지하 주차장은 내키지 않아서 우체국 귀퉁이에 주차를 한다. 출근 전 시간대라 공간이 넉넉하다. 나는 우체국만 보면 어떤 추억을 떠올린다. 사랑하는 동안 우체국이 아니어도 자주 얼굴이 붉어졌다. 해외 우편요금이 무척 비싸서 봉함엽서 3면에 빼곡히 사연을 채웠다. 연한 하늘색 해외봉함엽서의 가장자리는 빨강파랑 빗금이 그려져 있었다. 우체국에 가서 엽서를 부치고, 다음에 쓸 새 엽서를 살 때면 가슴이 몹시 두근거렸다. 아직 답장이 도착할 날짜가 아닌데도 우편배달부의 낡은 자전거를 기다렸다. 오래되어 귀퉁이가 다 낡고 누런 우체부의 가죽가방처럼, 내 사랑은 길지 못했다.

어느 날, 나는 더 이상 새 엽서를 사지 못했다. 대신, 이별이 아파서 눈물로 일기를 썼다. 또 봉함엽서를 사게 될까 봐 우체국을 피해 먼 길을 돌아다녔다. 새빨간 거짓말 같은 우체통이 나의 이별을 번복할 것만 같았다. 세월이 흘러도 여전히 작은 읍을 다문 우체통은 나의 비밀을 함구해준 젊은 날의 친구처럼 볼 때마다 반갑다.

어제 번호를 받은 전화로 걸었더니 가사도우미가 받는다. 저나 나나 별반 다를 게 없는데 제법 고압적이다. 텃세인가? 가사도우미가 시키는 대로 몇 개의 문을 통과 후 벨을 누르기도 전에 문이 열려있다.

"안녕하세요. 좀 일찍 오셨네요."

"첨 뵙겠습니다. 삼십 분 미리."

"내일부터는 시간 맞추세요. 미리 당겨오는 것도 약속을 어기는 것입니다. 몇 분 정도면 몰라도."

"예. 알겠습니다. 물을 좀 마시고 싶은데요, 잔을 좀."

"저쪽에 정수기, 그 아래 장식장에 컵이 있어요."

"예. 감사합니다. 아침에 짜게 먹었는지…"

묻지도 않는 설명을 곁들이며, 나는 시종 미소를 띠었다. 이 집에 오래 근무해야 하고, 누구하고든 잘 지내야 한다.

머그잔을 꺼내고 정수기에서 물을 내려 마시며, 나는 가족사진 앞으로 자석처럼 끌려간다. 물 잔을 든 채 한발 다가서는데, 저, 저, 저분은, 저 사람은, 저이는…. 안면이 있다. 그냥 안면이 아니고, 닮았다. 어쩌다 불쑥 떠오르던 얼굴, 알 것 같은, 그, 같다. 좀 전 우체국 앞에 주차하면서 잠시 생각한 그와 같은, 그와 닮았다. 그가 대학에 다니는 동안 방학이면 우리 집에 인사를 왔다. 어쩌다 나와 마주친 적도 있었고, 아르바이트로 바쁘던 나를 못 보고 갈 때도 있었다.

당시 캐나다의 어느 대학 교환교수였던 그는 혼자 귀국한 기러기아빠였고, 우린 어른이 되어 우연히 다시 만났다. 이별 이후, 그는 다시 가족이 있는 캐나다로 갔다. 분명 이민이라고 했다. 내가 보낸 엽서는 캐나다의 어느 대학교로 갔다. 그가 돌아올 수도 있다. 고향이니까, 누구나 나이가 들면 고향 쪽으로 머리를 둔다고들 한다. 만약 그라면, 정말 그라면… 다리의 떨림이 스르륵 복부를 거쳐 양팔로 퍼진다. 잔을 식탁에 내린다. 혹시 정말 그가? 만약 그라면…

연대의 두서없이 마구 엉키던 기억의 끄나풀 중 마지막에 흘러내린 하나가 잡힌다. 그는 무척 미안해했다. 우린 그날이 마지막임을 충분히 알았다. 이별을 베고 잠들기는 뻔뻔했다. 울지 말라면서 우린 울었다. 다시는 못 볼 거라면서 꼭 다시 보고 싶었다. 슬픔의 절망을 달랠 길은 우리의 알몸뿐이었다. 몹시 그리울 날들을 위해 오래 사랑하고 또 사랑했다. 온몸이 눈물에 젖었다. 우리의 사랑은 자유롭지 못했기에 이별 또한 예사롭게 슬프지 못했다. 마치 반 통의 물처럼 '물이 반이나 있네.' 한순간도 감사해야 했다. 늘 가슴의 절반 수위에 사랑을 채웠다. 나머지 절반은 내가 다 가질 수 없는 그를 위한 배려였다. 그도 나처럼 절반의 사랑인지 물어보지 않았다. 우린 서로 엄연한 현실을 무서워할 줄 알았다. 나는 속으로만 내 사랑이 미안했고, 그는 사랑한다는 말보다 미안하다는 말을 더 많이 했다. 미안하다는 건 비어있는 것들에 대한 안타까움이다. 어떤 기억은 의외로 질기다. 삶의 풍파에 쓸려 보풀이 일지언정 결코 툭 끊어지지 않는 기억은 그 시간의 진정성에서 오는 것이다. 진실로 그리운 것은 잘 연마된 보석처럼 깊이 간직된다. 그는 나에게 그런 존재다.

사진 속의 남자를 세밀히 분리해서 본다. 조금 큰 눈, 먼 곳을 응시하는 눈동자, 흰자를 절반 가린 눈꺼풀, 긴 주름을 물고 있는 눈꼬리, 그 위에 희고 검은 눈썹은 숱이 엉성하다. 조금 길고 큰 코의 콧잔등은 선이 좀 무뎌졌다. 인중의 가운데 패인 선도 흐릿하다. 대신 입가의 팔자 주름이 깊고 선명하다. 입술, 그의 입술과 가장 닮은 건 입술이다. 오므리면 윗입술이 약간 더 두툼해서 귀여웠는데 사진 속에서는 일자로 얇게 펴져 있지만 닮은 것 같다.

어쩌면 나는 그의 모습을 잃어버린 것 같다. 잘 간직했다 생각한 그리움들이 지우개 밥처럼 흩어져버렸나. 정말 연필 자국마냥 흐릿하다. 뒤로 주춤 물러서 전체 모습을 본다. 앉아 있어서 키를 알 수는 없고, 어깨와 팔다리의 길이도 모호하다. 무릎에 단정히 얹힌 손도 주먹을 쥐고 있어서 잘 모르겠다. 키가 컸던 그에 비해 사진 속 남자는 보통 체격으로 보인다.

"저기요, 저기요, 물 다 마셨으면 이쪽으로 오세요."

멀리서 웅얼거리는 소리다.

"보세요. 요양사님! 인수인계 받으셔야죠."

나와 교대할 요양보호사가 제법 크게 불렀을 때 정신을 차렸다.

"어머나, 내 정신 좀 봐. 죄송해요, 죄송합니다."

두 사람을 번갈아 보며 거듭 말했다. 처녀 적부터 나의 신조는 죄송, 미안, 이런 단어를 쓰지 않기 위한 완벽주의였다. 생활전선에 나서면서 그런 게 무너진 지 오래다.

"컵은 주세요."

"제가 씻어야 하는데."

"괜찮아요. 일 보세요."

가사도우미는 아까보다 나긋하다.

"저쪽으로 가요."

나보다 10년은 젊은 요양사가 서편의 복도로 향한다. 흰 면직 에이프런을 입었고, 곧은 등의 뒷모습도 프로페셔널하다. 그래,

저래야 한다. 자신의 직업에 충실한 프라이버시가 바로 저런 당당함이다.

"예예. 가족사진이 하도 화목해 보여서, 그만."

새빨간 거짓말이 불쑥 나온다. 사진을 보는 순간 복원되는 기억 때문에 화목은 생각조차 안 했다. 다른 가족들은 전혀 안 봤다. 옛날 그의 지갑에서 보았던 아이들 얼굴도 살피지 않았다. 혹시 그라면… 다시 가슴이 두근거리며, 발바닥도 저릿저릿하다.

방에 들어서는 순간 기분이 환해진다. 높은 층고의 천정까지 닿는 기역 자 붙박이 책장에 책이 빼곡하다. 나는 책을 좋아한다. 얼핏 봐도 영문 원서들이 일반 서적보다 더 많다. 도서관에 들어설 때처럼 책 냄새를 맡으려고 심호흡을 하자 상쾌한 향기가 가득 안긴다. 환자의 방답지 않게 실내가 청량하다. 대형화분들이 방 곳곳에 놓여 공기청정의 무성한 잎을 자신 있게 펼쳐 보인다. 부자들은 거의가 정리 정돈에 철저하며 청결하다. 우람한 오크 책상이 놓인 방은 리모델링을 한 듯 대학의 강의실만큼 크다. 책장을 뺀 나머지 서쪽 벽은 대형 유리창으로 산의 능선들을 그림처럼 보여준다. 노을이 질 때 저 창은 박대성 화백의 〈삼릉비경〉에 버금갈 대작이 될 것 같다. 창 아래 환자의 하얀 침대와 좀 떨어진 곳에 역시 하얀 시트의 요양사 침대가 마치 모형처럼 작아 보인다. 두 침대 사이에는 소파와 테이블로 구분되어 있다. 짙은 초록의 전나무들이 빼곡한 산과 밝은 노랑색 소파의 배치는 마치 개나리 만발한 꽃밭 같다. 골마루로 된 플로어에 가구들이 설치미술처럼 놓인 멋진 방이다.

"교수님, 새로 오신 분입니다. 인사받으세요."

교수님? 우연인가? 우연일까? 아니다, 정신 차리자. 나는 절박하게 일자리를 구한 것이다.

"안녕하세요."

—저 머리, 저 검은 생 머리칼은, 저 단발머리의 여자는…

"오늘부터 선생님을 돌봐드릴 요양보호사 석혜란입니다."

살은 빠지고, 얼굴의 균형이 무너져 사진보다 낯설지만 영 낯설지는 않다. 갑자기 심한 복시(複視) 현상으로 환자의 얼굴이 몇 겹으로 보인다. 나의 기억 중 아주 먼 날부터, 이별의 그날이 낡은 필름으로 동시에 풀린다. 소년과 청년, 어른과 노인의 형태가 뒤섞인다. 순식간에 불려나온 기억들은 제 형체를 제대로 갖추지 못해 인화지가 잠긴 암실의 물속에 어른거린다.

—석혜란, 석혜란, 석·혜·란, 이 흔치 않은 이름이 나의 귓속을 맴돌다 세반고리관에 한 개씩 걸린다. 이 이름을 알 것 같다. 들은 적이 있는 것 같다. 듣기만 한 게 아니라 불러본 적이 있는 것

같다. 불러본 것만 아니라 그리웠던, 아프게 그리웠던 너… 혜란아! 혜란이가 내 앞에… 소리 없는 아우성이 가슴에 들어찬다.

"근무 시간은 월 단위 3교대로 변경되어요. 저를 포함해 셋이서 24시간을 교대로 분배해요. 커피 한 잔 가져올 테니 방 구경하고 계세요."

"아, 아, 네네."

물에 잠긴 그림 속에 생각을 담근 나는 화들짝 놀라 대답한다.

책장의 군데군데 감사패들이 놓여있다. 천천히 그 앞으로 다가간다. 정치외교학박사 서정호 교수. 이런 우연은 비현실적이다. 이런 우연은 가혹하다. 가슴에 서늘한 칼날이 들어와 심장을 통째로 도려내는 듯 오싹하고 아프다. 주임요양사가 전율이 돋은 나의 팔을 위로하듯 뜨거운 커피를 건넨다.

"우리 말을 알아듣긴 하시지만 말씀을 거의 못 하세요. 가끔은 서툴게 쉬운 말 한두 마디는 하시고요. 요구가 있을 시 침대 왼쪽에 놓인 벨을 누르세요. 혼자 한국에 나오셔서 계실 때라 너무 늦게 발견되었나 봐요. 뇌출혈 시 왼쪽 뇌 손상으로 오른 팔다리 마비에 왼쪽도 거의 힘이 없어요."

"네에~에~에~"

숨길 수 없다. 이 짧은 한마디가 스키드마크처럼 목젖을 긁는다.

"어디 불편한가요?"

"아, 목이, 아아, 아닙니다."

"얼굴이 좀 창백해요."

"아침 먹은 게 체했는지. 괜찮아요."

연습도 없는 거짓말이 술술 나온다.

"사모님께서 요양사님 나이가 있지만 건강하시다는 자기소개서를 믿고 채용했어요. 어제 그만두신 분도 여기저기 자주 아프다며 출퇴근 시간을 어겨서 잘렸어요."

"아니에요. 전 정말 건강해요. 사모님께 인사드려야 할 텐데."

사모님, 세 음절에 갑자기 원기둥의 눈물이 목구멍을 가로막는 걸 간신히 밀어 내린다.

"네. 사모님은 아침 일찍 서울 집에 가셨어요. 아무 연고도 없는 여기 계시기엔 너무 지루하셔서, 일 년 중 몇 달은 아들들이 사는 캐나다 집에 가세요. 캐나다 오가시는 동안 서울의 친정집에도 머물고, 골프를 좋아하셔서 친구들과 필드에 나가시느라 주로 서울에 계세요. 요양사님 건강은 믿어볼게요. 거짓말은 이내 탄로가 나니까요. 저기 수납장 약통에 소화제 종류별로 있으니 찾아드세요."

"네에에. 고맙습니다."

사실 눈앞이 흐리고, 기억과 현실이 나선형으로 꼬이며 울렁

거림이 심했지만 나는 새로 발견한 능력처럼 거짓말을 잘하고 있다.

"교수님 화장실 가시면 볼일이 끝날 때까지 부축해 드리고 뒷마무리까지 해야 하니 곁에 꼭 계셔야 되어요. 전에 한 번 사고 난 적 있어요. 특별히 신경 쓰시고요. 여기 제가 꼼꼼히 정리한 수칙들을 출력해 놓은 게 있으니 잘 읽고 실수 없도록 하셔야 해요. 교수님도 사모님도 굉장히 위생적이고 정갈하세요."

"네. 저도 결벽증이 좀… 염려마세요."

"건성건성 시간만 때우다가 잘린 사람 많아요. 일에 비해서 보수가 최상이니 정직하게 일을 하시기 바래요. 액수를 지금 알려드릴 수 없는데 일 년에 두 번 보너스 받으시면 놀라실 거예요. 저도 같은 입장이지만 교수님 병이 나신 후부터 쭉 근무했어요. 그래서 사모님은 저를 주임요양사로 불러요. 그냥 줄여서 '주요쌤'이라고. 8시간씩 총 3명의 요양사가 교대 근무로 교수님을 간호해요. 그동안 오신 분들 중 연세가 가장 많아서 좀 조심스럽네요."

"아, 네. 제 나이가, 주요쌤, 선배이시니 그냥 개의치 마시고 뭐든 시키세요."

이번에도 나는 개뿔 같은 심정을 숨기고 가성을 잘도 만든다. 곧 뛰쳐나갈지 모르는데, 이런 맞장구라니, 아무래도 내 정신이 아니다.

환자 침대 발치의 긴 수납장 서랍마다 상세 내용물을 적은 스티커가 붙어있다. 주요쌤은 일일이 열어 보이고, 방에 딸린 욕실까지 안내한다. 환자 샤워 전용 의자가 있는 큰 욕실에는 편백향이 진한 사우나까지 있다. 사우나에는 밖에서 전신을 볼 수 있는 통유리가 있다. 사우나 사용 시간과 방법까지 상세히 적힌 수칙 노트를 보고 있는데 글씨는 무겁고, 마음은 자꾸 창밖으로 달아나려 한다. '보이는 쪽보다 보이지 않는 쪽까지 철저한 위생관리와 물품의 제자리 정리정돈'을 거듭 당부한다.

출근해서 가장 먼저 하는 일은 침대 시트 교체와 방 청소, 세탁이다. 다음은 환자에게 가장 무서운 욕창 예방이다. 스팀온장고의 뜨거운 물수건으로 전신을 마사지하듯 혈액순환을 시키는데 속옷도 다 벗긴 상태에서 한다. 이어서 근육을 풀어주기 위해 일본산 최고급 안마의자에 앉혀 운동을 시킨다. 점심 식사 후 30분 산책한 뒤, 10분간 사우나가 끝나면 비누 없이 미온수로만 땀을 씻어준다. 중간중간 건강식품과 정해진 시간에 약 챙겨 먹이기도 있다. 건조기에 나온 세탁물 정리도 내가 할 일이다. 오전 9시부터 근무하고 오후 5시 퇴근까지 빽빽한 스케줄이다. 대신 야간근무 파트가 되면 일이 수월해 책도 읽고 충분히 쉴 수 있다고 한다.

모든 이야기를 새겨듣는데 한편으론 뭉근히 삭아버린다. 머릿속이 이등분으로 자른 사과처럼 양분된다. 한쪽은 멀쩡한 사과이고, 나머지 한쪽은 물러 터진 사과다. 그를 돌볼 수 있음과 없음이 사과 속처럼 데칼코마니다. 썩은 사과는 버려두고, 멀쩡한 사과를 깎듯 사각사각 주요쌤의 말들이 돌려 깎기로 베어지고 있다. 싱싱한 사과조차 나는 먹을 수 없다. 나는 어릴 적부터 사과 알레르기가 있다. 첨엔 근질거리던 입술이 나중에는 안에서부터 부풀고, 아릿하게 메스꺼우며, 목 안이 가렵다가 심하면 구토 증세가 온다. 특히 붉고 향이 좋은 사과일수록 증세가 심하다. 신 풋사과는 덜하다. 탐스럽고 맛있는데 먹으면 불편한 과일이 사과다.

지금 내 심정이 그렇다. 한때 그토록 그립던 사람이다. 주 6일을 그의 곁에 머물 수 있다. 근데 어쩌라고. 나에게 금기였던 그의 집에 들어와 그를 바라보고, 그를 만지고, 우리의 젊은 날, 한때 불타던 가슴은 재가 된 지 오래인데… 이별 이후 많이 울었었지. 오래전 말라버린 옛날의 눈물들을 이제와서 어쩌라고. 기록조차 남길 수 없었던 불의한 눈물, 그 눈물들의 온도조차 잃어버렸는데… 한 때의 사랑을 불러내, 애타던 당신을 돌볼 수 있을까?

단 한 번도 한순간도 미워하지 않았던 사람이다. 그 어떤 이해

타산도 없어 원망조차 해 본 적 없지만, 우린 불온한 사랑이었다. 그래서 우린 묵언 속에서 이별을 완성 시켰다.

—혜란아, 내가 얹어준 봉숭아 꽃물의 손톱이 예쁘던 혜란아. 넌 아직 내 가슴 속에 물들어 있다. 이렇게 널 만나다니. 너는 삶이 아프고, 나는 몸이 아파서 만나네. 그래, 우린 첨부터 어긋난 자리에서 살았지. 나는 네가 사는 안채의 골기와 집이 부러웠고, 내가 사는 문간방 행랑의 지붕 낮은 셋집이 부끄러웠다. 네 아버지가 장대 끝에 매달린 자루로 홍시를 딸 때, 너는 온전한 홍시를 절반 갈라서 먹고, 나는 마당에 떨어져 흙모래 묻은 터진 감들을 주워 먹었다. 여름날 평상에서 밥을 먹던 너희 집 밥상 위의 명란찜을 나는 잊지 못한다. 나도 모르게 평상 가에 자주 서성였단다. 가마솥 쌀밥의 고소한 향기가 스미도록 쪄낸 명란의 냄새에 침을 삼키다가 엄마에게 끌려가며 등짝이 아프게 맞았지. 고개를 숙여야 들어가던 방문턱에 엄마의 눈물이 후두둑 떨어지는 걸 나는 자주 봤어. 맞은 나는 안 우는데 때린 엄마는 오래 울었지. 내가 여덟 살 때 네가 태어났고, 여동생이 없는 나는 걸음마 하는 네가 예뻐서, 장독 옆 함박꽃처럼 화르르 웃는 네가 예뻐서, 자꾸 업어주었다. 너를 가지고 싶다는 생각은 그때부터였을까?

"저 퇴근해요. 교수님이 가장 좋아하시는 반찬이 명란이에요. 밥을 거절하실 때 명란을 얹어드리면 잘 드세요. 가쌤 솜씨가 좋으셔서 다양한 명란 요리가 나올 거예요."

잠깐 사이 주임요양사는 몰라보게 우아한 정장을 갈아입었다.

"네에."

대답이 들리기나 했을까?

재작년에 돌아가신 엄마가 살아계실 때 명란을 보면 그랬다.

"혜란아, 니 정호 생각나나? 가가(그 애가) 대학교수가 댄단다.
참말로 미꾸라지 용댔제. 옛날에 우리 식구들 여름에 입맛 없일
때 내가 맹란찜을 한 양지기썩(양푼씩) 맹글었다 아이가. 정호 가
가 애릴 때 춤(침)을 질질 흘리믄서로 펭상 가에 붙어있다가 적
엄마한테 붙잡히가 뚜대리(두들겨) 맞디마는, 대학교수가 댔이까
네 인자 실컨 묵을 끼라. 한 달이 길믄 한 달이 짧다고, 참말로
걸비(거지) 겉이 산 가가 그래 잘 댈 줄은 몰랐다 아이가."

나의 부모님은 인심이 야박했다. 가난한 부모형제에게 매몰차
게 눈 감고, 모르쇠로 귀 막으며 인색했다. 누구도 모르게 안방
벽장 그득히 돈을 쌓아 모으며, 늘 돈이 없다고 앓았다. 돌고 돈
다는 돈은 갇혀서 질식하다 끝내 뜨겁게 타 죽었다. 빈집에서 저
지른 막내남동생의 불장난으로 집은 타다만 기둥만 남겼다. 정호
오빠네를 내보내고, 우리가 행랑채 문간방에 살았다. 이후, 부모
님은 하는 일마다 실패만 거듭했다.

나를 업어주고, 내 손톱에 봉숭아꽃물을 올려주던 정호오빠는 눈을 감고 있다. 호흡이 불규칙해서 잠이 든 것 같지는 않다. 나는 뛰는 왼 가슴에 가만히 손을 올린다.

　이별 이후 긴긴 시간,

　투명한 보석으로 연마된 한 때의 시간을 목에 걸고,

　주연인 당신 아내 앞에서,

　나는 아카데미 조연상을 탄 여배우처럼…

　나는 아카데미 조연상을 탄 여배우처럼…

엄마 말, 사전

엄마 말, 사전

　이미 내과의 정밀 검사를 마치고 다시 이비인후과로 보내진 엄마는 청력검사를 받고 있다. 옷을 대충 챙겨 입고, 머리칼은 부스스한 체 슬리퍼 따위를 신고 노인을 모시고 온 사람은 딸이고, 정장 차려입고 단정한 머리에 하이힐을 신고 노인을 병원에 모시고 온 사람은 백발백중 며느리라는 일설이 맞는 것 같다. 누님들과 아내의 차림새가 판이하다. 엄마는 혈압이 좀 높아서 약을 먹는 일 외엔 큰 병을 앓지 않았다. 누님들이 지레 걱정하여 푸석푸석한 얼굴인 반면에 아내는 마치 공연을 보러 나온 외출처럼 화려한 멋쟁이다. 그건 어찌 보면 혹여 있을는지 모르는 궂은일에 대한 아내의 은근한 경계인지 모른다.

　엄마는 궂은일이 생기면 내가 놀라거나 힘들까 봐 누님들에게 먼저 연락을 했다. 그것도 일종의 편애로 누님들의 원성을 사면서도 엄마는 좀 심할 정도로 나를 감싼다. 늘, '멀리 있는 하나뿐인 자석(자식)'을 조건으로 걸었다. 엄마에게 딸은 자식은 자식이 되, 씨앗도 못 되는 쭉정이에 불과하다. 이번에도 그랬다. 학교 다니면서 나보다 더 공부를 잘해 장학금까지 받았으니 절대로 쭉정이일 수 없는 막내누님으로부터 전화를 받은 것은 어제 점심시간이 끝날 무렵이었다. 엄마는 전날 저녁을 먹은 후 심한 두통과 어지럼증으로 화장실도 못 가고 방에서 소변을 지렸다며 막내누님에게 연락을 했다. 인근에 있는 작은 병원의 영양제 링거 응급조치로 상태가 웬만하여 아침에 퇴원했지만, 담당의사가 큰 병원의 종합검진과 치매검사를 권유하여 누님은 고향에서 가장 가까운 대학병원에서 입원 절차를 밟겠다고 했다. 걱정할 정도는 아니고 혹 무슨 일이 있을까 미리 알린다고 했다. 대기업에 근무하면 '넘우(남의) 종질'에 불과한 불행한 개인사쯤으로 아는 엄마의 권유와 나의 적성이 맞아떨어져, 국영기관에 근무하는 나는 주말을 포함하여 닷새간의 휴가를 냈다.

남편이 없는 홀엄씨의 아들인 나는 호주인 동시에 엄마의 보호자다. 결혼 전부터 엄마를 서울로 모실 생각을 안 한 것은 아니다. 엄마는 내가 출근하면 혼자 남아야 하는 작은 아파트를 '가막소(감옥소) 지역살이(징역살이)'라 비유했다. 결혼 후에 32평으로 넉넉해졌지만, 역시 알루미늄 새시만 보고도, 엄마의 눈에는 조금 큰 가막소에 불과했다. 그렇게 되면 엄마가 잘 알아 묵지 못한다는 서울 말씨 쓰는 며느리는 간수가 될 것이다. 간수는 엄마의 순 토종 언어 자체를 고약한 냄새처럼 싫어한다.

엄마가 듣고 보아온 상식으로 아직 자신을 건사할 힘이 있는 한 자식을 따라가서 행복한 노년을 보내는 이를 본 적이 없다며 굳이 옛집을 지켰다. 한때 경제성장만을 기치로 내걸던 시절에 친척이나 이웃들이 호밋자루 던지고, 손만 닿으면 차고 더운 수돗물이 입맛대로 나오는 도시로 가는 집은 출세의 가도를 들어선 것 같았지만, 몇 해 못 가 하나둘, 볕을 못 봐서 허여멀건한 얼굴로 고향 언저리에 돌아왔다. 이십 세기에 들어서면서 아둔하던 촌로들도 물정을 알아차려 함부로 논밭과 집을 팔아 나서는 일이 거의 없어졌다. 결혼한 후에도, 칠십을 넘긴 엄마의 연세를 생각하면 한밤에 자다 깨어도 안부가 궁금했다.

겨울 삭풍이라도 부는 날에는 더욱 스산할 고향 집 풍경이 마음에 걸렸다. 마른 감잎이 낯선 발걸음 소리를 내며 마당을 구르듯, 모정의 그리움이 서걱서걱 잠결에 밟히곤 했다.

오전에는 안과에서 간단한 검사를 받았고, 전날 찍었던 MRI 뇌 사진 판독 결과 이비인후과에서 별 이상을 발견하지 못했다며, 엉뚱하게도 신경과로 다시 차트가 넘어갔다. 멀쩡하던 사람도 환자복을 입혀놓으면 아파 보이는데 이곳저곳 검사를 다녔던 엄마는 제법 지쳐있다.

"반갑습니다. 어서 오세요. 자아, 환자분은 이리로 앉으세요.

보호자는 이쪽으로, 두 분만 들어오실래요?"

나이가 나와 비슷한 의사는 나보다 백배는 더 친절한 서울 말씨로 웃으며 맞았다. 엄마는 비로소 마음에 드는 의사를 만났는지 앳된 미소를 한 손으로 가리며 처녀처럼 행동한다.

"가족 관계가 어떻게 되시는지?"

두 분만 들어오라는 의사의 요구를 슬쩍 무시한 큰누님이 대답을 했다.

"1남 5녀요. 제가 장녀고요."

"네에. 할머니는 참 행복하십니다. 요즘 세상에 보기 드문 효자효녀이십니다. 혼자서 오시는 분도 많은데 아까 보니 자식들이 단체로 오셨네요."

엄마는 갑자기 행복해졌는지 얼굴이 발그레 달아올라 다시 손으로 입을 가리며 수줍어한다.

"오호호호. 내가 갠찮타카는데 야들이 이래 야다이네요."

저 의사가 엄마가 처녀 적 그리던 이상향의 남자이거나, 젊을 적 아버지나 우리들 몰래 누군가를 마음에 두었다면, 그이와 의사가 닮았을지 모른다는 생각이 들면서 나는 슬며시 어떤 질투가 나기도 한다.

"자, 여기 검게, 나무의 잔뿌리처럼 드러난 부분이 혈관들입니다. 이쪽 귀 뒷부분에서부터 끊어진 것이 보이죠? 할머니께서 중

풍으로 쓰러질 염려는 없지만 혈관성치매로 보입니다."

치매라는 단어가 들어온 나의 귀 안에서 회오리인지, 휘파람인지 불어서 그 말을 도로 뺨에다 철썩 붙이는 것 같다. 의사의 정면에 앉느라 내게는 옆모습만 보이는 엄마는 중풍은 걱정 없다는 말만 이해했는지 별 동요가 없다. 옆에 앉았던 큰누님이 나의 손을 잡더니 불끈 힘을 준다. 나는 아주 잠시, 엄마와 아내 사이의 작위적이며 형식적인 관계에 절망한다.

아주 생소한 병명인 혈관성치매가 어떤 상태를 일컫는지 누님이 나보다 앞서 묻는다.

"혈관에 이상이 와서 치매가 된다는 말인가요?"

"흔히 알고 있는 퇴행성 피질성치매인 알츠하이머 외에도 비만, 고혈압, 당뇨, 심장질환, 흡연, 뇌졸중 등으로 오는 혈관성치매가 있구요. 두부외상, 뇌좌상, 뇌출혈 등 뇌 손상에 의한 치매가 있습니다. 그리고 알코올성치매가 있고 그 외에도 중추신경계 감염이나, 독성대사 장애, 산소결핍증 등에서도 치매가 발생합니다. 중추신경이나 독성대사를 쉽게 얘기하자면 신경매독, 결핵, 바이러스성 뇌염이나, 악성빈혈, 엽산결핍증, 갑상선 기능저하증과 연탄가스 중독, 저혈당, 산소 부족 등에서도 치매가 올 수 있다는 거죠. 오늘 좀 더 상세한 선별 검사를 해봐야 알지만, 할머니처럼 이렇게 초기 단계에서 병을 발견하는 건 정말 다행입니다."

하도 흥겹게 얘길 하는 양이 마치 치매 마니아 같은 의사의 장황한 설명이다. 모든 질병이나 습성이 치매로 전이 될 수 있다는 것은 누가 언제 치매 환자가 될지 모를 일이다. 노망이나 망령이라는 말이 더 익숙한 엄마는 치매의 의미가 아리송한지 눈꺼풀에 잔주름을 잡으며 듣고 있다. 표준말은 못 배워도 TV 프로그램을 아내보다 잘 아는 엄마가 전혀 모를 것도 아니고 알긴 알 것이다. 아니면 끔찍한 욕으로도 쓰는 노망이나 망령 이전의 가벼운 증상, 즉 건망증 정도의 상태를 치매로 알고 있는 것 같기도 하다. 누님은 어느새 손을 풀고 핸드백을 뒤져 휴지로 눈물을 찍어내고는 이내 콧물도 닦는다.

"할머니. 이리 좀 더 가까이 와서 앉으세요. 네에, 됐습니다. 지금부터 우리 간단한 공부 몇 가지만 하기로 해요. 아유, 할머니 나이에 비해 꽤 젊으셔요. 할머니 졸업하신 학교가 어디시죠?"

"졸업은 무신, 아부지 텀박에(때문에), 째매(조금) 댕기다 말았심더. 내사 무식해가 언문도 잘 모리니더."

엄마는 나의 아들 동규에게 한글을 가르친다며 빵의 비읍자를 세 개나 붙여 쓰고, 유산음료를 일본식 발음인지 '요고노또'로 썼던 적이 있다. 나는 학부형처럼 다가가 조금 겁먹은 엄마의 등을 쓸어주며 보조의자를 옮겨 옆에 앉는다. 엄마는 SPMSQ(Short Mental Status Questionnaire)라는 장난 같은 10개 문항 중에서 여섯 개를 맞추었다. 그중 9번 문제인 어머니의 이름, 즉 외할머니의 이름이 떠오르지 않아 쩔쩔매면서도 쉽게 포기하지 않더니 한참 만에 '손씨'라는 성을 기쁘게 말한다. 덧붙여 "이전(예전)에사 망게(만무하게) 어매 이름을 들을 일이 없었심더. 여자 이름이사 호적에만 올랬제 평생 씰모(쓸모)가 없었다 아잉교?" 하면서 그딴 문제를 낸 의사에게 보였던 호감이 억울한지 조금 볼멘 반격을 한다. 다시 간단한 정신상태검사(MMSE—K)가 이어진다. 4번의 물건 이름 세 가지를 듣고서 이내 기억해야 하는 것은 쉬운 데도 엄마는 틀린다. 6번 문제, '삼천리강산'을 거꾸로 말하기와 100에서 7을 연이어 빼기는 치매 진단에 놀란 내게도 제법 어렵다. 다시 4번에서 의사가 말했던 물건 이름을 8번 문항을 마친 뒤에 갑자기 물었을 땐 나도 기억이 가물하다. 당연히 한 개밖에 못 맞춘 엄마는 30점 만점에 겨우 20점이다. 오각형 두 개가 겹친 그림 따라 그리기에서도 사각형 두 개를 겨우 그려낸다. 인지기능 저하와 기능수준 척도에서도 더러는 얼토당토않은 동문서답을 한다. 놀랍다. 엄마에게 정답을 가르쳐주다가 의사의 제지를 몇 차례 받았던 큰누님은 숨을 고르느라 어깨를 들썩이고 있다. 엄마는 어릴적 우리가 시험을 잘 못 보면 회초리를 들었지만, 바보가 되어 가는 엄마를 우리는 아무도 몰랐다.

"할머니 힘드셨죠? 수고 많으셨어요. 잘하셨습니다. 알츠하이

머치매와 혈관성치매가 혼합된 양상으로 생각되고 초기 단계를 조금 지나신 것 같습니다. 그러니까 지능과 기억력, 지남력 등이 앞으로도 계속 떨어지는 거죠. 집중력이나 학습, 언어이해와 구사, 어떤 문제가 발생했을 때의 해결 능력과 판단력, 전반적으로 사회생활을 하는 데 필요한 모든 능력의 저하 상태가 진행될 것입니다. 가족들이 적극 이해해야 할 부분은 성격의 변화와 감정과 행동 조절에 관해서입니다. 할머니가 혼자 사신다고 했는데 갑작스런 환경의 변화는 오히려 역효과를 가져옵니다. 며느리하고의 관계가 어떤지 모르지만, 아직 심한 편은 아니니 한동안은 본인의 의사를 따르는 것이 안정적입니다. 영양과 수분 섭취가 중요하니 수시로 자식들이 방문하고, 당분간은 함께 지낼 사람을 물색해 보는 것도 괜찮을 거예요. 애정을 가진 관심이 중요합니다. 약은 평생 동안 꾸준히 드셔야 합니다. 치료제라기보다는 상태가 서서히 진행되도록 돕는 완화제인 셈이죠. 요즘은 좋은 약들이 있어서 크게 걱정 안 하셔도 됩니다."

누님이 의사의 얘기 도중 나에게 엄마를 서울로 모셔가라고 했지만, 엄마는 단박에 거부하고, 의사는 오히려 상태가 악화될지 모른다고 해서 나는 무척 곤혹스럽다. 다시 환자와는 어울리지 않는 아내의 얼굴이 타인처럼 빠르게 스친다. 이번에는 내가 지남철을 떠올리는 '지남력'이 무슨 뜻인지 의사에게 물었다. 시간, 장소, 사람을 식별하는 능력이라고 한다. 천직의 본업을 아주 잘 찾은 듯 의사는 그 외에도 가족들이 주의하고 협조해야 할 사항들을 세심하게 가르쳐 준다.

"사랑이 가장 우선입니다. 치매 환자는 아주 하찮은 핀잔에도 크게 절망하고 혼돈합니다. 매사에 불평불만이 많아 무엇이든 거부하며 난폭해지는 경우도 있지만, 극심한 우울증으로 자신감을 잃고 의기소침해질 수도 있어요. 대화할 때는 친근하게 눈을 맞추고 부드러운 목소리로 안정감을 주도록 하세요. 예를 들어 급한 상황이 아닌 이상 '그쪽으로 가지 마세요'라는 명령보다는 '이쪽으로 갈까요'라고 동의를 구하는 편이 훨씬 긍정적인 반응을 일으키죠. 환자가 어떤 상황을 거부하는 데는 과거와 결부된 충격적인 이유가 있을 수 있어요. 그럴 경우에 환자 스스로가 회상하도록 유도해 주는 것이 바람직합니다. 가능하면 유쾌했던 기억들을 가족들이 덤으로 일깨워 판단을 돕도록 하세요. 대화할 때는 천천히 분명한 발음에 간단한 문장을 사용하고, 한꺼번에 여러 가지 질문을 금하세요. 예를 들어 '그것'이나 '거기에'보다 구체적인 명칭, '식탁'이라든가 '주방'으로 표현하는 것이 좋습니다. 물음이나 요구를 한 뒤, 적절한 시간을 두고 환자의 반응을 기다려야 합니다. 가능한 한 좌절감을 느끼는 핀잔보다는 칭찬하도록 가족 모두가 노력을 해야 해요."

본인을 앞에 두고 병증에 관해 낱낱이 얘기하는 의사가 참 야멸차다는 생각이 들지만, 의사의 눈에는 한낱 환자에 불과하게 된 엄마다. 엄마는 아직 온전한 절반쯤의 정신으로, 죽고 죽어가는 나머지 정신세계를 고문처럼 견디며 들어야 하는 것이다. 어려운 낱말이나 전문용어를 모르는 무식한 엄마가 참 다행이라는 생각을 든다.

"야들아, 치매가 노망 맞제? 아이고 참, 살다 살다 벨 얄궂은 소리를 다 듣고… 빨리 죽어야제."

엄마는 자식들도 모르던 자신의 엄청난 병명을 알아내 버린, 남의 아들 의사가 똑똑해서 얄미운지, 절망의 자괴심인지 성이 톡톡히 나 있다.

엄마가 살아있는 동안 아침, 저녁과 잠자기 전에 먹을 약의 처방전을 들고 돌아설 때까지 의자에서 넋을 잃은 큰누님의 손을 이끌며 이번에는 내가 꼭 쥔다. 간단한 퇴원 절차를 마친 뒤 둘째 누님과 셋째 누님은 집으로 돌아가고, 막내 누님과 아내는 아들을 데리고 시장에 들려 장을 본 뒤 약국으로 오기로 했다. 둘째 자형이 경영하는 약국에 가기로 하고 부근 주차장에 차를 세우자, 약을 빨리 먹고 싶었던지 엄마가 가장 먼저 내려서는 급히 나선다. 큰누님과 내가 엄마의 거처에 관한 걱정을 하며 천천히 걷는 동안 거짓말처럼 우리 눈앞에서 엄마가 사라졌다. 자형 약국의 돌출간판이 저만큼 보이는데 그사이 그곳까지 갈 리가 없다. 사 차선 도로변의 신호등은 아직 빨간 불인 채로 사람들의 발길을 묶고 있다. 엄마가 하늘로 증발할 리가 만무한 데 정말 없다. 쉰도 훨씬 넘은 나이에 사방을 향해 어린아이처럼 엄마를 부르던 큰누님이 갑자기 킬킬 웃으며 손가락질을 한다. 성섭아, 저어기 바라. 엄마 맞제? 정말 엄마다. 약국과 반대편인 북쪽을 향해 빨려들듯이 몸을 좌우로 흔들며 가고 있다. 마치 어린 남자애가 조립식 최신형 로봇을 선물 받았는데, 이미 부서져 있는 부품을 바꾸러 가느라 골이 잔뜩 난 형상이다. 누님이 달려가며 엄마를 소리쳐 외치자, 엄마는 그 자리에 뚝 멈춰 돌아선다. 유턴을 신속히 한 엄마는 다시 보도를 쾅쾅 짓밟으며 빠른 걸음으로 다가온다. 누님이 계속 키르륵 대며 말한다. 섭아, 엄마 귀엽다. 그자? 나는 그 순간, 아내였다면 어떤 말을 했을까 궁금하다.

의사는 아까 진찰실에서 우리가 나올 적에 먼저 나가는 엄마를 보더니 걸음걸이가 거칠어지는 것도 치매의 현상 중 하나라고 했다. 누님들은 일단 각자 집으로 돌아갔다가 내일 다시 오마고 했다. 누님들의 복잡한 표정이 더위 먹은 어깨에도 얹혀있어 나는 약간의 불안을 느낀다. 여름방학 끝 무렵이지만 여전히 학교나 학원 다니는 아이들 건사를 해야 한다고 했지만, 누님들끼리 어떤 결론을 논의할 양으로 보이기도 했다. 누구나 의사의 지시를 다 지키고 살지는 않는다. 엄마의 병명을 듣고도 모시겠다는 답을 하지 않았던 아내다.

엄마와 함께 집으로 돌아오는 동안 조수석에 앉은 아내의 귓바퀴가 발갛다. 귀가 붉다는 것은 이마, 그 속, 전두엽의 인지 상황이 끓고 있음이다. 팔뚝이나 종아리까지 붉어졌는지 알 수 없었지만, 아내의 화는 늘 붉은색을 즐겨 쓰는 화가처럼 전신을 물들였다. 하지만 말씨까지 붉지는 않았다. 간혹 무어라 혀 밑에 고인 침처럼 조금 불만을 터뜨리기도 하지만, 그 말투가 아주 예쁘다. 나는 아내가 여전히 상냥하기만 한 음성으로 꽁시랑거릴 때면 노란 알사탕을 받아먹듯 입안이 달았다. 나의 누님들처럼 어떤 사안을 올올한 솜사탕마냥 부풀리지 않고, 벌꿀의 로열젤리처럼 작게 뭉치기에 귀하기까지 했다. 혹여 아내의 장밋빛 심장에 핀 꽃잎이 터지는가 귀를 기울여보지만 둔중한 엔진 소리가 질펀하게 차 안에 스며 분별이 어렵다. 잠시, 가속페달에 올려진 발끝을 천천히 들어 속도를 내리며, 소리의 펄을 조금 벗어난다. 그러자 어떤 기척이 부드럽게 느껴진다. 미루나무 이파리가 바람에 날리듯 아주 가볍고 연한. 옆자리에 앉은 아내는 미동이 없다. 사르락사르락 눈밭에 찍히는 발자국 소리 같기도 하고, 쌜근쌜근 풋사과를 씹는 소리 같기도 한, 아이의 잠결이 나의 목덜미에 감긴다.

뒷좌석에서 장난감 자동차로 함께 운행하느라 조금 전까지 입으로 엔진음을 내뱉던 아들아이의 숨소리다. 계속 풋나물 같은 아이의 소리를 들으면 나도 덩달아 졸음이 올 것 같다. 허리를 펴며 고개를 곧추세우자 백미러의 귀퉁이에 목이 구겨진 엄마가 보인다. 흠칫 놀랍다. 나는 얼마간 엄마의 존재를 잊고 있었다. 묵은 때에 절어 칙칙한 무명 솜의 색깔 같은 엄마의 머리칼에서 겨우 남은 삶의 잔존이 보인다. 나는 엄마에게 기운을 북돋아 주듯 시그널에 찍힌 시간을 보며 점차 발끝에 힘을 넣는다.

한낮의 도시 외곽 도로는 한산하여 멋진 6차선으로 생색을 낸다. 에어컨 바람을 싫어하는 엄마를 위해 냉방 밸브를 끈 뒤, 창을 조금 내리자 질주하는 차바퀴들이 방앗간의 피댓줄처럼 날카로운 소리의 선을 긋고 있다. 옷깃을 스치는 인연에 비유한 길 위의 우연들은 금속의 속성처럼 차갑다. 도로 위에서만 자생하는 굉음의 열화는 단 한 순간도 아름다울 수 없다. 나 역시 그들과 같이 무겁고 둔탁하되, 바위를 가르듯 바람을 일으키는 폭발음을 지나는 차들에게 선사하며 나아간다.

고향 마을 이름을 새긴 바위가 나타나자 나는 무턱대고 반갑다. 사박골. 영남에서도 손꼽히는 작은 호수만 한 딱실못. 내가 태어난 곳은 거기서부터 계속 산속으로 이어진 못의 원류로 향한다. 백일 가뭄에도 마르지 않는 시냇가 곁에는 감나무와 포도 나무들이 즐비하고, 키를 낮춘 집들이 깊은 산의 뿌리께를 더듬고 있다. 여름 산은 녹음으로 웅숭하여 보는 것만으로도 하초까지 시원해진다. 언젠가 아내는 사박골이라는 팻말을 지나면서부터 골이 패기 시작한다고 했다. 단 며칠로도, 흔히들 엄살을 떠는 시집살이 스트레스가 아니다. 아내의 두통은 무지에서 온다. 뭘 모른다는 것은 고통이다. 너무 아는 것도 병이지만, 대학을 나온 아내는 엄마의 말을 몰라 무식할 수밖에 없다. 정작 무식한 엄마는 아내로 인해 두통까지 앓지는 않는다. 언어의 불통은 의사 전달 이외에도 사람과 사람 사이의 정을 단절시킨다. 그러나 엄마의 말을 이해하지 못하는 것이 아내의 탓도 엄마의 탓도 아니기에 우리 셋은 서로에게 화를 낼 수 없다. 특히, 아내의 단아한 성품은 좀처럼 화를 내지 않는다. 몸이 붉어질 뿐, 말로서 화나는 일을 피해 우아하고 정갈하게 살고 싶을 것이다.

이만 사천여 명에 불과하다는 사대문 안의 서울 토박이 아내는 사실 나의 고향과 어울리지 않는다. 아직 원형질의 사투리가 자주감자 굽는 냄새를 풍기는 마을 초입에서부터 나는 늘 누군가와 마주치기를 원하고, 아내는 뜻도 모르는 말에 억양도 생판 다른 인사 앞에서 쩔쩔맸다. 내가 미리부터 고향의 냄새를 맡느라 서행하며 굽잇길을 돌자 잠이 깬 아들아이가 환호를 지른다.

"우와아아! 신난다! 난 할머니 집이 좋아. 할머니, 할머니 집에

다 왔지?" 촌놈의 피가 확실하다. "애이다(아니다). 안죽(아직) 익끈 (한참) 가야댄다. 아이고, 내 새끼. 요노무(요놈의) 강새이(강아지)가 할매집 삐댄지가(밟은 지가) 언젠데 총기도 좋제."

서울말이 음계 라, 시, 도의 높은음자리라면, 나의 고향 방언은 도레미에서 기껏 파까지 오를 정도이다. TV의 아홉 시 뉴스 앵커 들의 일률적인 억양과 가깝지만 음색은 무척 강렬하며 농밀하다.

벌써 노란 단풍이 들기 시작한 콩잎을 따던 아낙 둘이 고개를 든다. 구리빛 납작한 얼굴들에 반 동그라미의 의문부호가 땀에 비끌어 매달렸다. 아내는 그 생김새부터가 우리가 어릴 적 본 적 이 없는 흰 감자 중에서도 껍질을 홀랑 벗긴 듯 말갛다. 걸음걸 이도 나의 누님들이나 마을 아낙들처럼 펄렁펄렁, 씰룩씰룩 걷지 않고, 또박또박 무릎이 스치는 정상보. 곧 사투리의 회오리에 말릴 이방인인 아내는 아직도 말이 없다. 늦깎이 대학원생인 아내 는 결혼 초처럼 날로 젊어진다. 엄마가 자다 깨어서도 기다리는 둘째 아이를 갖지 않고 아내가 공부를 시작할 때, 나는 내심 엄 마의 거처를 타산 삼았다. 아내도 어쩌면 전업주부로서 모실 시 어머니에게서 벗어나 탄탄한 시간을 가지고 싶었을지 모른다. 주 부들이 깨어나는 자아 개발, 또는 유휴능력의 사장 등은 그런 단 순성을 넘어선 것일 수도 있다. 음대에서 플롯을 전공한 아내를 두고 엄마는 '아(애)는 안 놓고(낳고), 무신 피리를 얼매나 더 불라꼬 또 학교를 댕기노' 하시며 챗머리에 혀를 찼다. 언젠가 아내의 연주를 녹음으로 들려주자 엄마는 '물새가 도래방정을 떠는 것 같고, 영판 콩죽 묵고 배앓이하는 소리'라며 싫어했다.

   잠이 깼다. 대청마루의 열린 북문으로 제법 산들바람이 한 켜 들어온다. 아파트의 유리창에서 잘잘 볶이던 여름 햇빛과 달리 기와집의 처마에서 흠칫 몸을 식힌 바람은 달다. 매미 소리는 여전히 째지듯 들려온다. 매미의 하루살이 울음인지, 그나마 삶의 환호인지, 존재 증명의 비명인지가, 길고 긴 쇠침처럼 이어져 날카롭게 귀에 박힌다. 분명 매미 탓에 단잠이 깬 것 같았는데 찌부둥 눈을 뜨자 엄지손톱 크기의 청개구리 한 마리가 폴짝 마루 끝을 향해 도망 중이다.

   나의 반바지 아래 드러난 종아리에 굵은 빗방울이 듣듯 차가움을 점점이 떨어뜨려 잠결을 열었던 놈이다. 뭔가가 발목에서부터 찰싹여 감미로운 것 같기도 하고, 스멀거리는 섬찟함을 주던 것이 괘씸하여 나는 조심스레 몸을 일으킨다. 다행히 파리채가 목침 옆에 놓여있다. 그깟 청개구리에 비하면 초대형 거인일 수밖에 없는 팔을 뻗기만 했을 뿐 포기할 수밖에 없다. '성섭아. 니는 칠성줄을 감고 나와가 절대로 살생하믄 안 댄대이. 내가 니를 낳지마는 산신에 팔아가 산신 자석(자식)인데 살생은 앤댄다(안된다).' 칠성 줄이나 산신 따위의 주술적 의미를 이해하는 것은 아니지만 사십여 년을 엄마로부터 들었던 당부다.

다섯 누님들 아래 막내로 태어난 나는 좀체 엄마의 뜻을 거역하지 못한다. 청개구리는 그런 나의 의중을 아는지 금세 나가지 않고 사뿐사뿐 뜀박질 춤을 춘다. 작은 것은 아름답다더니 실로 그렇다. 저것이 만약 누리끼하게 살이 오른 참개구리거나 거무튀튀한 두꺼비였다면 당장에 내쫓을 일이다. 물기를 머금어 반질거리는 연녹색을 띤 개구리는 얼마 전 보석상에서 보았던 취옥(翠玉)처럼 아름답다. 깊은 산속 계곡에 괸 옥수(玉水) 같은 고요를 압축시킨 취옥 반지를 들여다본 아내는 어차피 구경거리일 뿐이라는 듯 예쁘다는 말을 곁눈과 함께 홀렁 던졌다.

엄마는 아까 내가 잠들기 전에, 아내가 들을까 봐 고해성사하듯 자신의 실수들을 소곤댔다. "야야, 참, 얄궂제. 나는 안 거랬지시푼데 내가 아무한테나 말을 나아한다(반말한다) 안 그라나. 요단새(요즈막)에 절에 가서도 거라고, 자(장에)서도 거래가 시 분(세 번)이나 당했다. 대나무집 영호어마이가 거라는데 내가 거라는지 제법 댔단다. 생전 첨 봤던 낯신 사람을 보고 내가 와 거랬이꼬? 아매도 정신이 홀채기년(엉키기는) 홀챘는 갑다 거자? 안죽(아직) 호호마이(호호할멈)도 아인데…" 보수적인 유교사상이 아직도 존재하는 경상도에서 대대로 살아온 엄마는 양반 가문이라는 우월성으로 어려서부터 타성받이들에게 반말을 썼다.

내가 어릴 때만 해도 외갓집 마을 초입에서부터 팔십 노파가 깍듯이 허리를 굽혀 '아이고오, 애기씨 오십니꺼' 하고 인사를 하면, 새파란 나이의 엄마는 서슴없이 '그래. 잘 있었더나'로 응수했다. 지주의 땅을 빌어먹는 지게 진 남정네들도 길가로 비켜서며 머리를 조아렸다. 내가 다 자라서도 제사나 명절이면 부딪히던 그 무참한 광경들로 대학 사 년 내내 운동권 아이들을 피하게 만들었다. 물론 대통령을 나라님으로 알고 있던 엄마의 성성한 반대 탓도 있다. 데모만 하면 대들보에 기어코 목을 매겠다던 엄마의 협박이 소극적인 성격의 나에게 먹혔다.

한 시절의 방관자가 되었던 염치로 지금도 술자리에서는 늘 부끄럽다. 남의 아들들이 외친 민주화 운동이 줄기찼던 덕분인지 엄마도 그런 말투를 고친 지 오래였다. 악습인 그때의 습성이 엄마에게 다시 도져 면박을 당했을 것이지만 가슴 언저리가 얼얼해진다. 엄마는 시집온 이후 오십 년이 넘도록 다닌 장에 가서 아무리 생선전을 찾아도 못 찾아 헤매던 일, 참기름 짜느라 기다린 이후 시장 본 것을 몽땅 기름집에 두고 참기름 한 병만 달랑 들고 돌아온 일, 분명히 병원 가느라 버스를 탔는데 기차역에 내려있던 자신이 믿어지지 않는다고 했다. 스스로 죽음을 인지한 말기 암 환자의 선고보다는 났다하더라도, 엄마는 스스로를 신뢰하지 못

하는 데 대한 적잖은 불안을 느끼고 있다.

담배를 찾느라 몸을 비틀자 나의 발치에 팔베개로 몸을 접은 엄마가 자고 있다. 구닥다리 선풍기 바람이 너무 거세다며, 나에게 잔잔히 부채질하는 것을 만류했는데 엄마는 잠이 들었다. 옆으로 누운 탓에 늘어진 배가 모시로 된 상의 아래로 비어졌다. 지난밤 모기에 물린 자국을 긁느라 그랬는지 모시옷 상의 자락이 말려 올라가 붕 떠 있고, 러닝셔츠는 젖가슴 밑으로 훌 올라갔다. 여섯 자식을 담느라 여섯 번 부풀었을 배는 허리의 경계를 무너뜨려 밋밋한 통나무 등걸의 형상이다.

엄마는 언제부턴가 허리든 발목이든 조이는 것이 싫다면서 치마 말기를 배꼽 아래로 내려 입고, 양말의 목에 든 고무테이프를 죄다 바늘로 뜯었다. 요즘 신세대들이야 멋으로 그런다지만 긴소매 셔츠 위에 반 팔 셔츠를 덧입는다거나, 고무치마 말기를 늘여 엉덩이에 걸친 탓에 속바지가 한 뼘이나 치올라오기도 했다. 한번은 아내가 서울역에 엄마를 마중 나갔다가 아연실색을 한 적도 있다.

비가 오락가락하던 초여름이었다. 역 구내 벤치를 둘러보던 아내의 팔을 엄마가 뒤에서부터 잽싸게 낚아챘는데, 아내는 순간 심장이 녹는 줄 알았다며 밤에도 가슴을 쓸며 고개를 저었다. 그 선선하고 축축한 실내에서 엄마는 선글라스를 끼고 있었다. 저녁에 내게도 보여주었는데 시각장애인들 것보다는 색이 좀 연했지만 짙푸른 렌즈의 크기는 내 아이의 주먹만 했다. 유행이 한참 지난 그것은 십 년도 훨씬 전에 미국 사는 사촌이 다니러 오면서 선물로 주고 간 것이라고 했다. '야야, 성호가 거라던데 미국 할마시들은 여름에는 이거를 써야지 절대로 거양 안 나간다 거라더라. 잊아뿌고 있었넌데 테레비에 보이까네 이기 눈에 진짜 좋다 안카나. 내가 씨보께 한 분(한 번) 볼래? 동규에미는 보자마자 당장 벗어라카던데 니는 어떠노? 좋나?'면서 콧등에 살짝 얹는 것이 아니라 눈에 바싹 붙여 쓰자 두 눈을 동시에 맞은 권투선수나, 폭력 남편에게 밤새도록 맞은 여자의 모습을 연상시켰다. 그러나 자세히 보니 선진대국을 자처하는 미국에서 극빈자 수혜를 받기 위해 줄은 선 동양인 같기도 했다. 아내와 누이들이 만날 때마다 엄마의 이상하고 허렁한 매무새를 탓했지만, 그것이 치매의 증상인 줄은 몰랐다.

텃밭을 가꾸느라 볕에 탄 얼굴과 팔뚝을 뺀 속살은 박 속처럼 희지만 탄력이라고는 없다. 그래서 늘어질 대로 늘어진 엄마의 배는 마치 표백된 광목으로 만든 밀가루 자루처럼 후줄근하다. 아내는 점심을 먹은 후 아이와 함께 목욕하더니 함께 건넛방에서 자는지 기척이 없다. 꼭두새벽에 서울에서 출발하느라 일찍 서둘렀지만 어젯밤에도 아내는 잠을 설치는 기척이었다.

오후의 누운 햇살이 얌전하게 펼친 홑이불처럼 엄마의 아랫도리를 감쌌다. 담배를 끊으라며 잔소리하던 엄마의 등 뒤에 밀쳐져 있는 담뱃갑을 집으려고 고개를 숙이던 나는 그 자세로 멈추어 엄마의 뱃살을 본다. 한때 내가 그 속에 살았고, 젖을 먹으며 자란 엄마의 몸이지만 속살을 보자 무척 낯설다. 손가락 한 마디 길이의 가로 문양들이 일정한 규격과 간격으로 빼곡히 새겨져 있다. 날이 둔한 칼로 찍듯이 그은 것 같기도 하고, 풍화에 패인 바위 같기도 하고, 유기를 마구 두드린 징 자국 같기도 한, 묵은 흔적들이다. 나와 누님들은 엄마의 생살이 찢어지던 그 시간 무엇을 했을까. 여섯의 생명을 받아 키우던 자궁의 지붕 같았던 배의 상처들을 엄마 혼자서 힘겹게 깁고 있을 때, 우리들은 무엇을 알았을까. 거칠게 기운 거적때기처럼 허렁한 엄마의 뱃살을 보던 나는 목젖이 시큼해서 담배도 집지 않고 고개를 들고 만다.

한낮의 더위를 피해 응달인 마루에 올랐던 파리 두 마리가 이제 선득한 한기를 느끼는지 상흔이 선명한 엄마의 배 위로 선회한다. 짝짓기를 할 참인지 앵앵거리며 날갯짓이 요란한 파리들의 방정을 들었는지 엄마가 몸을 조금 튼다. 파리들은 나보다 더 친근하게 엄마의 움푹한 배꼽을 향해 내려앉더니 한 놈이 업혀 발을 비빈다. 심사가 얄궂은 시어머니처럼 엄마가 반듯이 누워버리자, 마룻바닥에 닿은 옆구리에 오래 괴여있던 게 분명한 방귀풍선

하나가 엉덩이에 깔리면서 삽시에 터진다. 파리들이 급히 달아날 정도고, 내가 움찔 놀랐고, 마루의 판자들도 우르르륵 떨림을 전해온다.

엄마의 방귀는 늙어서도 여전히 위풍당당하다. 엄마가 천둥 같은 방귀만 터뜨리지 않았다면 파리들에겐 더없이 푸근한 침실을 제공했을 엄마의 배는 그 면적과 쿠션이 나무랄 데 없다. 부지런히 먹어 퉁퉁 불은 젖이 삭을만하면 곧장 배를 부풀렸을 엄마는 요즘도 끼니가 늦는 것을 참지 못한다. 자식을 많이 낳아 허기가 진다던 엄마의 말에 누님들은 입을 모아 위장으로 자식을 낳느냐고 웃었지만, 엄마는 밥을 많이 먹는다. 주전부리도 무척 좋아해서 시도 때도 없이 방귀를 뀐다.

참 이상한 일도 있다. 아내는 방귀를 뀌지 않는다. 더욱 이상한 일은 결혼 후 엄마보다 더 자주 본 장모도 방귀를 뀌지 않는다는 사실이다. 그런데 나는 장모와 아내 앞에서 엄마를 닮아 쩌렁쩌렁 뻥뻥 잘도 뀐다. 그렇다고 굳이 둘에게 내가 없는 시간이나, 장소에서는 뀌느냐고 물어볼 수도 없다. 포유동물 중에 두더지가 아닌 이상 누구나 가스를 배설하게 되어 있으니 아마 예의상 내게 두더지로 보이는 것으로 추정된다.

피도 살도 나누지 않고, 예전에 본 적 없는 사람들이 결혼에 이어 가족이라는 이름으로 한 지붕 아래 모였을 때, 아주 사소한 습성도 이해받지 못했다. 아내와 엄마 사이가 새로 산 구두와 발의 이물감처럼 삐걱거리게 된 이유 중의 하나가 바로 방귀다. 내 앞에서 장모는 안 뀌는 방귀를, 엄마는 아내 앞에서 예사로이 터뜨렸다. 여기서 한국의 아들 선호 사상이 우위적 선점으로 몹시 방자해진다. 그렇게 자란 우리 남자들은 방귀가 별거냐는 식으로 엔간해선 참지 않지만, 제 엄마 이외 여자의 방귀는 경멸부터 한다. 거기다 교양까지 들먹인다. 한국 여자인 아내도 나의 방귀에 대해선 후한 이해를 했다. 절대 장려할 만한 일은 아니지만 남자니까. 나는 맘 놓고 뀌고 아내는 매번 앙증맞게 웃어 주었다.

신혼 초 엄마 집에 와서 잠을 자면 자명종이 필요 없었다. 이른 아침, 엄마의 방귀가 대청마루의 먼지를 일으키는 몇 개의 토네이도가 되어 구르며 건너와 우리의 단잠을 깨웠다. 방귀가 연쇄 반응의 성질을 가지고 있는지 어떤지는 모르지만, 나의 내장들이 알게 모르게 화답의 언어를 모아 천둥소리로 토네이도들을 허물었다. 그때까지만 해도 배시시 웃던 아내가 식사 시간에도 염치를 모르는 엄마의 방귀 때문에 슬며시 수저를 놓아버리는 일이 잦아졌다. 특히 좀 별난 음식을 먹은 뒤 엄마의 크나큰 엉덩이를 비집고 리드미컬한 물방귀가 발자국을 옮길 때마다 보리피리 소리를 낼 때, 아내의 인내심은 상한선에 이르러 자리를 박차고 일어나 버렸다. 결혼 초기에는 하나뿐인 며느리가 입이 짧다며 걱정하던 엄마가 사실을 눈치채고서는 무안을 심통으로 가장했다. 엄마의 지독한 사투리와 더불어 아내를 미치게 만드는 구실의 방귀는 오늘도 싱싱하고 건강하게 위세를 떨친다.

마을 구판장에 가서 읽고 난 신문이라고 얻어 올 양으로 나서는데 마룻장의 울림 때문인지 엄마가 펄떡 일어나 앉는다.

"야야, 섭아. 어데 가노?"

엄마는 한 손으로 재빠르게 나의 바짓가랑이를 잡으려다 종아리로 손길이 미끄러진다.

"엄마도 참, 내가 가긴 어딜 가. 구판장에 신문 가지러 갈라 캤지."

자칫 엄마의 손을 털어 낼 뻔했다. 아내는 엄마의 그 버릇도 무척 싫어했다. 엄마는 말만 하면 되는데 굳이 아내의 허벅지나 팔뚝, 등허리, 어떤 때는 얼굴까지 쓰다듬다 손사래를 당했다. 근년에 들어 엄마의 행동에 변화가 있다면 걸핏하면 누구의 몸에나 손을 대는 일이다. 부모·자식 간이라는 것이 참으로 기묘해서 엄마는 나를 쉽게 만지지만, 나는 엄마의 몸을 만지지 않는다. 엄마가 살살이 주무르며 키운 나는 좀 전에 봤던 엄마의 몸도 낯설었다.

"어엉, 걸나(그러냐). 나는 니가 너거 집에 가뿌는 줄 알았재."

철부지 아이처럼 무안을 타는 엄마는 손가락을 빗 삼아 반백이 지나 허연 머리칼을 쓸어내린다. 죽어가는 엄마의 뇌세포가 그렇게 건조한 모근으로 뻗쳐 나온 듯하다. 얼마 만이면, 얼마간의 시간이 더 흐르면 엄마의 머릿속은 더욱 새하얀 골화(骨化)로 가벼워질 것이다. 그리곤 흙이 될 것이다. 나의 생명을 심어 키우던 붉은 황토가 넘실대는 텃밭 같았던 엄마의 몸이 이제 황폐하게 버려진 묵정밭이 되어간다. 절대불변의 유별난 짝사랑으로 빛나는 가슴도 머지않아 물이 되어 녹아버릴 것이다. 나는 엄마를 사랑하지 않았다. 한 번도 절절하지 않았고, 그저 내겐 엄마니까 엄마였을 뿐이다. 다시 목젖이 울컥하여 담배를 집으려다 참고 만다.

"엄마. 휴가 끝나면 갈 거니까 걱정마세요."

"우냐(오냐), 거래(그래). 아직 휴가가 마이 남았재?"

"예."

"에아콘 밑에 살다가 여 오이까네 덥재? 시언한 물에 좀 씨꺼라(씻어라)."

"아니. 개안니더. 신문이나 가져올게요."

댓돌로 내려서는 나를 따라 앉은걸음으로 마루를 나오던 엄마가 자신의 무릎을 찰싹 친다.

"아이고오, 내 정신머리 좀 바라. 보쌀(보리쌀) 씩을 시가이네. 꼬두박꽃(박꽃)이 저래 폈는 줄도 모리고 내가 잤던가배. 어무이 오먼 절단(큰일) 나겠다. 섭아. 너거 할매 놀러갔다가 아직 안 왔재? 아이고오, 내 정신머리가, 버지기(옹기질그릇)가 어대 있더라."

엄마가 자신의 정신을 탓하며 허겁지겁 신발을 꿰신지만, 그 자체 정신 나간 행동이다. 오히려 그 모습을 보는 나의 정신이 허겁해진다. 할머니가 돌아가신 지 30년이 다 되었고, 옹기 질그릇에 보리쌀을 씻어 삶던 시절도 그만큼 되었을 것이다.

"엄마. 잠시만 앉으세요. 내가 물 한 잔 갖고 올게."

"야가, 바뿌다카넌데 와 나럴 마리(마루)에 앉추고 이라노?"

"저녁밥은 동규에미가 알아서 할 거야. 엄마는 그냥 쉬어."

나는 냉장고에서 찬물 한 컵을 따르려다 엄마가 좋아하는 참외와 과도를 쟁반에 담아 건넨 뒤 댓돌을 내려선다. 엄마는 아직도 아래채 고방 지붕 위에서 순백의 웃음을 활짝 웃는, 박꽃에 매달린 시간의 관념에서 완전히 벗어나지 못했는지 웅얼거린다.

"세상에 아까 빨줌하던 꼬두박꽃이 거단새(그사이) 조래(조렇게) 까발래지다이, 보쌀을 푹 퍼자야 밥맛이 좋재."

몇 집 건너 있는 구판장에서 신문을 가져오자 아들 동규가 엄마와 함께 마당에서 놀고 있다. 한여름 더위에 바싹 볶인 듯 빨간 고추잠자리들이 어지럼증처럼 맴을 돈다.

"동규야. 여개 국화에 앉은 기 왕처어리(왕잠자리)다. 작년 여름에도 갈차 좄넌데 잊아뿟나? 따라 해 바라."

"와앙철이."

"거래, 맞다."

"거라고 보자, 저어개 따리아 이파리에 앉을라 카는 조놈언 처얼배이(잠자리)다. 거양 처어리(잠자리)라 캐도 댄다."

"처얼배이. 처리."

"아이구, 내 새끼 잘 한다. 동규야. 고개 좀 덜어바라. 요 뺄간기 다 먼지 아나? 꼬치처어리(고추잠자리)다. 아이고, 천지로 새배까리제(샜고 샜지)?"

"새에베까리."

"으혜혜혜애. 이 천뚱만뚱(천진난만)한 놈아. 거거는 꼬치처리가 천지베까리다(정말 많다), 거 말이다."

"천지베까리."

"이히히익. 이 놈우 손(손주)이 시방 할매를 놀리나?"

"천지베까리, 천지베까리, 천지베까리…"

"동규야. 니 싱구이(끝내) 그랄 끼가. 할매가 내도록(한참) 갈채 좠년데도, 인떨아(이 녀석)가 이카네(이러네). 꼬치처어리 캐바라(해 봐라)."

"꼬치철이 캐바라. 캐바라. 캐바라…"

"요런 번지럽언 놈(개구장이), 단국화 뿌루먼(꺽으면) 몬 씬다(못 쓴다). 바라, 꽃이 다 얼거러져뿟다(일그러져 버렸다) 아이가. 동규니 하는 짓이 똑 넉 아배 애릴 때캉 영파이다(똑 같다). 질게(자꾸) 그라믄 할매가 꼬내기(고양이) 오라 컨다(한다)."

"꼬내기, 꼬내기, 할머니는 바보, 바보 꼬내기."

"그래. 맞다. 너거 할매는 바보딱지다. 꼬내기캉 고양이캉 똑 같재?"

"응. 고양이. 근데 할머니는 바보 꼬내기지?"

나는 할머니를 놀려먹는 아이를 꾸짖기보다 나의 기억에 없는 유년의 어느 여름날을 떠올리며 비시시 웃음이 샌다. 마루에서 냉커피를 마시던 아내가 언성을 높인다.

"동규야. 그만해. 내가 그런 말 쓰면 안 된다고 했잖아. 어머니도 그만 하세요! 애한테 늘 그런 말들 가르쳐봐야 하나도 도움이 안 돼요."

예의 끝말인 미치겠어, 지겨워는 아내의 혀 밑에서 옹알이로 숨기지만 내게는 들린다.

"우냐, 거래. 고만하꾸마. 아따, 매로이(매미)들이 와이래 시꺼럽게 울어 샀노. 귀꼬마리(귀청)가 다 먹먹하네. 섭아. 니는 거 땡양달(뙤약볕)에 와 서 있노? 퍼떡 마리(마루)에 올라가거라."

의사의 지시를 못 들은 아내의 핀잔에 엄마는 이내 풀이 죽는다. 사실 아내의 말대로 동규는 할머니를 만날 적마다 말공부를 착실히 따라 했다. 그건 마치 제 엄마, 아빠의 표준말과 다른 할머니만의 외래어처럼 두 가지의 표현을 공용으로 사용하기도 했다. 김치를 짐치로, 김을 짐으로, 돼지고기를 대주고기, 닭을 달, 계란을 개랄, 토끼를 토깨이, 사과는 사가, 복숭아는 복성, 발목의 복사뼈는 복성시, 오이는 무래로, 콩나물을 콩지름, 고구마를 고구매로, 꽃삽을 꽃수군포, 팽이를 팽대이, 비행기는 병기, 벨트를 헐끈, 마후라는 마구라, 종이는 조이, 비닐봉지는 풀조이(풀종이), 장바구니는 장까구, 벽은 배르빡으로, 배꼽은 배꼼, 겨울은 겨얼, 가을은 가실, 실개천을 거랑, 시냇물을 걸로, 달리기를 쫓어발내기, 달려가기를 다말어가기, 기침을 지침으로, 코딱지를 코따까리로, 갓난아기를 간얼라, 울보를 울냄이, 눈이 큰 아이를 눈굴띠, 뺨을 기때기로, 넘어뜨렸다를 구불챘다, 어딘가에 끼여 깔린 것을 찡깄다, 말한다를 주긴다, 말했다를 주깼다, 로 잘도 따라 했다. 호기심과 기억력이 최상의 시기인 서너 살짜리는 제 엄마의 만류에도 불구하고 열심이었다.

아내는 아직도 엄마의 얘기 중 절반의 절반쯤은 알아듣고, 나머지는 짐작이거나 전혀 엉뚱하게 풀이한다. 특히 신혼 초에 가끔 마주친 둘은 상태가 더욱 심했다.

오늘도 그랬다. 병원에서 나와 가족들이 모인 김에 외식하려고 했지만, 엄마가 집으로 곧장 오길 원했다. 아내가 점심을 준비하는 동안 나는 노인정에 들렸다가 왔다. 으레 시골의 풍습이 그렇듯 타지에 나가 있던 자식들이 오면 인사라도 해야 하는데, 그 잠시 동안 아내는 상기된 얼굴로 나를 뒤란으로 이끌었다.

"어머닌 정말 심해요. 아니, 이 좁은 나라에서 무슨 말이 그 모양이에요? 정말 알 수가 없어. 어쩌면 나한테는 그 흔한 경상도 친구 하나 없는지. 지금도 머리가 터질 것 같다구요. '디새'가 뭐예요?"

"디새? 글쎄, 무슨 새지?"

나는 텃새나 박새를 떠올렸다.

"당신도 모르는 말을 날더러 어쩌란 말이죠?"

"어떤 일이 있었는지 앞뒤를 다 말해봐."

"돔을 굽는데 '좀 있다가 디새라' 그랬어요. 그래서 불을 더 세게 하라는 줄 알고 밸브를 높였죠. 아까 당신이 씻는 동안 상 차릴 때 '이런 대티가 있나, 나이 헛 묵었다'고 그러시면서 혀를 찼어요. '대티'는 또 뭐죠?"

'디새라'는 '뒤집어라'라는 말이며, '대티'는 바보멍청이를 칭하지만 뒷말의 직역을 못 한 나는 삐질삐질 웃음이 나왔다. 엄마는 내가 세수를 하는 동안 곁에 오더니 아내가 아욱이나 호박잎의 어심(억센 섬유질로 된 줄기 겉 부분)을 앗아(훑어)내는 것도 모른다며 투덜댔다.

"정말 미치겠어. 당신 '암싸받게'는 알아요?"

나는 설핏 쓰레받기를 떠 올렸다.

"암, 암…, 모르겠는데? 무슨 일인지 말해봐."

"두부에 얹었던 양념장을 치우는데, '암싸받게 손으로 오다라'
고 했지만 도대체 무슨 뜻인지 알 수 없어서 그냥 랩으로 덮어
냉장고에 넣어버렸어요. '오다'는 또 뭐예요?"

여자들이 하는 일이라 한참 생각을 더듬던 나는 아주 쉬운 그
말을 해석했다.

"응, 그거 별거 아니야. 양념장을 수저로 뜨다 보면 가장자리에
고춧가루랑, 마늘, 뭐 그런 게 묻잖아. 그걸 손가락으로 깔끔하게
훑어서 보관하라는 말이지. '오다라'의 또 다른 뜻은 '한군데 모
아라' 또는 '바싹 끌어 안아라'로 쓰이기도 해."

"맙소사. 여기가 우리나라 맞아요? 아휴, 머리야. 정말 돌 것
같아. 당신들 말은 정말, 지겨워. 지긋지긋해, 정말."

그러니까 언어의 불통으로 아내는 실수를 곧잘 한다.

간밤 내내 해와 달이 열불 나게 자리다툼을 한 것은 아닌가
싶게 더위가 물씬하다. 어제도 갓난아기의 볼기짝처럼 붉은 해가
서산마루에서 알짱거리며 불장난을 하더니 잠도 없이 이른 아침
부터 활활하다. 엄마의 소일거리인 고추와 참깨, 들깨 등이 심어
진 밭이 사나흘 새 바싹 말라 있다. 고향에만 오면 몸이 거뜬하

여 새 힘으로 싱그러운 나는 물 조리개와 대야로 물을 날라 풋것들의 갈증을 채운다. 아내는 고향인 서울에서 매사 안정을 가지지만, 여기서는 늘 이마에 뭉게구름을 한 줌 떼다 붙인 듯 불퉁하다.

엄마는 그런 아내의 기색을 모르는지 무척 들떠 있다. "어제 돔꾸벙 거 한 마리 남았일 낀데, 지렁에 마늘하고 꼬치장을 마이 옇고, 국물얼 낙낙하이(재료가 살짝 잠길 정도) 바가(부어서) 잡더라 찌재라(낮은 불에서 천천히 진한 맛이 우러나게 정성들여 찌개를 해라)"고 아내에게 시키고는 "남자한테는 정구지재래기(부추겉절이)가 좋다"며 칼과 양푼을 찾아들고 내 뒤를 따른다. 나와 함께 고향 집 지붕 아래서 잠을 잤다는 사실 하나만으로 엄마는 행복한 아침이 된다. 늘 그랬다. 그래서 나는 휴가나 연휴 때면 늘 고향으로 내닫고 싶지만 혼자가 아니었다. 텃밭의 잡초들을 한참 뽑고 나자 서울에서 없던 허기에 휘둘린다.

아내가 생선을 조리듯 진한 양념에다 국물을 조금 잡아 불 조절에 신경을 써서 맛난 찌개를 할 줄 알았는데, 막상 밥상을 받고 나서 나는 웃는데, 엄마는 입을 크게 벌려 어금니에 씌운 금니를 한참 드러낸다.

"아갸갸갸아아아, 이기 머꼬? 아이고, 빌내(비린내)야. 물이 헝덩(흥근)한 기 국이가? 머꼬? 야가 똥가리(토막)럴 안 내고 고기를

이래 쫑채(잘게 부수듯) 뿌랬네. 바라, 동규에미야. 너거 친저서넌
(친정에서는) 이래 찌지더나?"

"국물을 넉넉히 하고 잡고, 찢어라고 하셨잖아요?"

"모리먼 다시 물어야지. 아넌 듯이 시추런케(시치미떼고) 있디마
넌, 엄석(음식)을 가지고 이기 무신 호작질(장난질)이고?"

아내가 지렁이나 꼬치장, 된장 등 쉬운 명사는 제법 알지만, 늘
그래왔듯이 형용사 부분은 엄마에게 물어봐도 비슷한 뜻으로 통
하는 사투리만 거듭했을 것이다. 낙낙하이는 '퐁당하이(넉넉하게)
잡지 말고'로, 잡더라 찌재라를 물었으면 '불을 밍건하이(뭉근하
게) 불을 낮차가 익껀(한참) 없어나라'로 했을 것이다. 똥가리는
'쌀언 거(썬 것)'로, 쫑채는 '씨펀 겉이(씹은 것처럼 잘게)', 시추런케
는 '넝껌시럽게(감쪽같이)'로, 호작질은 '훈지만지(생각 없이 함부로)
조쟀다(망쳤다)'로 일렀을 것이 분명하다. 혹 엄마가 그렇게 조근
조근 거듭 설명을 했었어도 아내는 더욱 난해하여 실수만 하고,
둘은 서로 욕 비슷한 것을 속말로 했을 것이다.

엄마는 아내가 어제 설거지를 하는 동안 "서울이면 다 가(냐)?
저거 친저서넌 머 배았이까. 밥상 꼬라지 보이까네 서울 양반 하
나또 안 불다(부럽다). 섭이 니가 저 밥을 우예 얻어 묵고 사노?
대구 쭘(쯤)만 대도 내가 반찬을 쫌 해다주제" 하시면서 처갓집
식문화를 지역감정까지 곁들여 낮게 비웃었다. 사투리 때문에 빚

어진 일이니 얼마간의 열등감을 그런 식으로 표현하지 싶다. 아
내는 설거지를 끝낼 동안 지겨워, 돌아버릴 것 같아, 미치겠어를
되뇌었을 것이다.

아내가 결혼 초부터, 엄마의 말끝마다 혼잣말로 '미치겠어, 정
말. 정말, 죽겠어'를 하는 것도 무리는 아니었다. 요즘은 걸핏하
면 '정말, 지겨워. 지긋지긋해, 정말'로 바뀌어 가고 있다. 아내는
엄마의 말을 무식한 사투리로 치부하지만, 내게는 구수한 흙냄
새가 나는 토속어일 뿐이다. 그러나 듣고 보면 실로 나도 그 뜻
이 아리송한 말이 한두 가지가 아니다. 예를 들어 엄마가 '야야,
동규 에미야. 사막에 묻은 기 머꼬? 거 사매기 말이다'라든지, '질
가리가 앤 곱다'나, '니비도 요새넌 약이라카대. 옛날에 니비 믹이
던 사람들이 얼매나 고랑때를 묵었는데'라거나, '에미 니는 디꾸
마리가 우예 그래 곱노'가 그렇고, TV에서 북한 어린이들의 공연
을 본 얘기 끝에 '앗따, 곤떨아들은 장디가 얼매나 보더랍언지 꼴
대냉기를 잘도 하대' 같은 말이나, '우리사 전신만신에 잘 묵고
땡구재이에 짜구가 났넌데, 이북에넌'이라고 했을 때, 나는 아내
의 미간 사이에 파인 의문의 골을 선뜻 펴주지 못했다. '사막' 또
는 '사매기'란 말이 소매나 소맷자락이고, '질가리'란 겉모양새이
며, '니비'는 누에고, '고랑때'는 골탕이다. '곤떨아'는 고 녀석. '건
떨아'는 그 녀석. '존떨아'는 조 녀석. '욘떨아'는 요 녀석이다. '장

디'는 허리고 '꼴대냉기'는 공구르기다. '땡구재이'는 과식으로 부푼 배고, '짜구'는 비정상적인 비만을 뜻한다.

두 대의 승용차로 온 누님들이 마을의 공동주차장에 차를 두고 10분가량 걸어 집에 들어서는데 한낮의 복사열로 얼굴이 불긋불긋하다. 누님들이 아이스박스에 냉장시켜온 커다란 수박 두 통을 갈라 모두들 단물을 철철 흘리면서 먹는다. 자식들이 다 모이자 너무 좋아서 흥분한 엄마가 매끄러운 수박씨를 덧 삼켰는지 사래로 괙괙거리며 콧물에 눈물까지 흘린다. 누님들은 재밌다는 듯 깔깔거린다. 탱탱하게 살찐 엄마의 얼굴이 폭 익은 토마토처럼 붉어져 나도 싱글 웃는데 단 한 사람 아내만이 웃지 않고 불안한 표정이다.

아내가 엄마의 사투리와 방귀와 함께 또 한 가지 끔찍이 싫어하는 것이 있다면 바로 엄마의 재채기다. 이건 정말 유별하여 듣는 이마다 기함을 할 정도다. 엄마가 그럴 때마다 아내는 심장이 다 녹아버리는 것 같고, 몹시 비위가 상해 정말 싫다고 했다. 나의 귀도 한동안 멍멍할 정도이니 아내의 과장이 절대 과언이 아니다. 보통 사람들의 '에취' 정도가 아니다. 꽹과리 몇 개를 자루에 넣고 바위로 내려치듯 폭발적이다. 소리만 대단하다면야 아내가 불안에 떨지 않아도 되는데 연방 터지는 재채기와 함께 입안의 내용물들이 폭탄 파편처럼 날아가 사방으로 튄다. 파편의 거리는 소리의 크기에 따라 앞에 놓인 음식물이나 상대방의 얼굴을 향해 꽂히기도 하는데 그건 나도 제법 싫다. 싫지만 나의 엄마라서 그냥저냥 참을 만하다.

아내는 그런 날이면 또 밥을 먹다 만다. 엄마의 입에 있다가 튕겨 나온 고춧가루나, 생선조각, 배추김치쪼가리 따위가 고명처럼 얹힌 밥상에서 떠나는 아내에게 나는 무척 미안하지만 모른척 계속 밥을 잘 먹어주는 것이 아들의 도리인 양, 그 순간 침묵할 수밖에 없다. 엄마가 나의 집에 와 있을 때면 가끔 아내를 몰래 불러내 근사한 외식으로 배고픈 아내를 위로했다. 엄마가 무얼 먹을 때마다 늘 그러는 것은 아니지만 세 번에 한 번 꼴로 잦다. 사래란 식도로 넘어가야 할 음식물이 식도와 맞붙은 기도로 들어갔을 때 발생한다. 호흡과 삼키는 일을 동시에 함으로써 미처 제 갈 길을 잃어 헷갈린 상태다. 나이가 들수록 엄마의 사래가 심해져서 노화현상의 하나쯤으로 생각해 왔던 것인데, 치매로 말이 너무 많아진 것도 원인이 모양이다. 이렇게 엄마의 사래 뒤에는 으레 재채기가 따라 나오기 일쑤다.

아내가 지레 겁을 먹고 자리에서 일어난 직후, 고개를 상하로 흔들며 들숨을 몇 번 들이키던 엄마가 드디어 벼락 치듯 재채기를 해댄다. 작은 누님들과 나는 순발력이 있어 얼굴은 피했는데,

아들 동규의 머리꼭지와 큰누님의 안경렌즈에 이미 수분이 빠져나가 핏덩이나 살집을 닮은 수박의 섬유질이 들러붙었다. 묽은 침도 함께 튀는 것을 보았지만 물기가 많은 수박의 어디쯤에 스몄는지 흔적이 없다. 피와 살을 나누어 진짜 가족일 수밖에 없는 우리는 훅훅 웃어가며, 엄마에게 파편 대신 핀잔을 돌려주고 나머지 수박을 말끔히 먹어 치운다. 어디로 숨었는지 보이지 않는 아내는 과일을 무척 좋아한다. 때로는 밥보다 더 좋아해 과일로 끼니를 때우기도 한다. 엄마와 아내, 두 여자가 한집에서 오래 살아야 할 경우를 떠올리던 나는 짐짓 우울해져서 자리에서 일어난다.

화기애애한 듯 수박을 먹어 치웠지만 무슨 이야기든 있으리라 각오했던 만큼 누님들이 아내와 나를 불러 앉힌다. 아까 수돗가에서 내가 끈적이는 손을 씻고 세수를 하는 동안, 갑자기 마루에서 여러 대의 선풍기가 동시에 돌 듯 누님들이 쏴그락쏴그락 쑤군대며 무슨 공론을 하는 것 같았다. 나는 아직 아내와 엄마의 문제를 의논하지 못했다.

"성섭아. 거라고, 올케. 엄마를 어짤껀데?"

엄마를 어찌하다니. 나는 엄마를 멀거니 바라본다. 엄마는 그새 힘찬 방귀나 재채기를 전혀 못 할, 나약하고 가엾은 할머니처럼 허리를 접고 나보다 더 멀거니 누님들만 쳐다본다. 아내는 고개를 반쯤 꺾어 마루판자에 박힌 검은 못대가리를 깔근작거리고 있다. 엄마란, 유년의 물장난이 떠오르는 고향이었고, 멀리서 그리운 엄마였을 뿐인데, 갑자기 어떤 책임을 느끼게 하는 처치의 처지로 되어버렸다.

"섭아. 너거도 생각이 있었을 거 아이가?"

"언제까지 너거끼리만 살라캤더나?"

"엄마가 아들 하나라꼬 니를 우째 키았넌지 알제?"

"인자(이제) 엄마 병도 알았고, 시제마꿈(제각각마다) 살기 바쁜데 우리가 덜받아보넌(들여다보는) 일도 한계가 있을 끼다. 누가 머라캐사도 엄마 혼차넌 위험해서 안 댄다. 나중에 더 안 좋아지면, 거 때 일은 거 때가서 이논(의논)하고 니가 서울로 모세(모셔)가라."

마치 나 한 사람만을 위해 요긴하게 쓰이던 물건 따위가 유행에 뒤지고 낡고 낡았을 때의 처분을 묻듯 누님들의 물음은 냉랭하다. 나는 혼자 사는 큰누님이 엄마와 말동무도 되어주고 당분간 함께 살 수도 있겠다는 생각을 안 한 것은 아니다. 문제는 병의 진척이다. 시간이 흐를수록 점점 더 바보가 되어 나중에는, 정말 내 엄마가 아니었으면, 모두들 천륜의 인연에 치를 떨지도 모른다. 엄마가 왜 딸들을 쭉정이 취급을 했는지 알 것 같다.

"야들이 내가 귀먹구(귀머거리)도 아인데 와 이래 떠들어샀노?

내사 안죽(아직) 개안타(괜찮다)."

금방 기분이 언짢아진 엄마는 서울 가자는 이야기만 나와도 펄쩍 뛰더니 누님들의 조율인지 조건을 하나 건다.

"이사(의사)가 날로(나를) 보고 치맨강 노망인강 들었다캐도, 아직이사 사대육신이 밥 낄래 묵얼 정도 대지마넌 앞으로사 우예 댈지 누가 아노. 너거가, 그 놈우 아파트만 앤 살고, 마다이나(마당이나) 쪼매 있아가 풋거나 심가묵고 거라넌 밴두리에 산다카먼 또 모리겠다. 웃채, 아래채가 따로 있기나, 이층집이면 동규에미도 팬할끼고… 내캉 지캉(나랑 저랑) 말이 달라가 지대로 알아묵기를 하나…."

"그래, 맞다."

"거기이(그것이) 좋겠다."

"그래라. 와 그 생각을 몬 했이까?"

"전원주택이면 우리가 놀러 가도 펜하게 자고 오겠다."

"맞다. 아파트는 엄마가 몬 산다."

누님들이 이구동성이다. 아마 자신들의 각본을 잘 외운 엄마가 대견한 모양이다. 한편 나도 그 제안이 참 다행이다 싶다. 서울에도 많고 많은 엄마가 산다. 주거형태의 선택이라면 의외로 문제는 간단하다.

"일반 주택은 무서워서 싫어요. 그리고 전 청소 따위로 집 관리에 매달려 허비할 시간이 없어요. 결혼 전 약속대로 어머니를 모시는 사실 자체를 반대할 수는 없지만, 분명히 우리들 집이란 걸 인정하셔야 해요. 동규아빠와 내가 주인인 우리 집의 선택을 어머니가 원하는 대로 바꿀 수는 없어요. 어머니가 안주인이 되던 가정은 이미 끝난 상태가 아닌가요? 이곳 땅이나 집을 처분한다면 지금보다 더 넓은 아파트를 알아볼게요."

가족의 일원이지만 타인일 수밖에 없어 의무만 청구되는 아내는 논리적이다. 둘째 아이 갖는 것을 미루고 공부를 하겠다는 아내의 요구를 들어줄 때, 나는 은근히 엄마로 인해 발생할 문제는 양보해 줄 줄 알았다. 청소나 빨래를 내가 하겠다고 아내에게 약속할 참이다. 무섭다면 자동경보기 설치도 해야 할 것이다. 나는 약속을 잘 지키는 편이고, 아내는 고집이 그리 세지 않다.

"거 놈우 아파트넌 아들 아침밥 묵넌데 밴소(변소) 더가가 오줌똥 누넌 소리럴 내야대고, 아이고 우새시럽고 더러버서. 거기 어디 할 짓이가?"

"엄마는 별 걸 다 신경 쓰시고 그러세요. 남들도 다 그렇게들 살아요."

나는 전혀 의외의 불편함에 조금 놀랐다.

"이전에사 남자가 마당에 있으면 여자가 함부래 밴솟간도 못 더갔다. 아(애) 가지면 오줌은 또 와 거래 자주 누고 싶던지. 시아부지 따문에 참고, 넉 아부지 따문에 참고, 시어마시 앞에서도 우째 오줌 소리를 내노. 거라다가 속곳을 베래도 참았더라. 요새사 바로 코앞에서…."

엄마의 수치감은 이제 나를 떠나 아내를 겨냥한다. 만성변비증세로 화장실에 들어가면 1, 20분은 족히 걸리는 아내는 그만 생똥을 지린 얼굴이다.

"금방 무슨 일이 일어날 만큼 급하지 않으니까, 일단 우리가 내일 올라가서 엄마가 원하는 집을 알아볼게요."

나는 엄마와 누님들에게 안심하라는 고갯짓을 보낸다. 낮잠 든 동규 방으로 건너가는 아내를 뺀 좌중이 나에게 눈도장을 보내는데, '책임'이라는 글씨가 양쪽 눈에 한 자씩 새겨진 것 같다.

솔직히 엄마가 아무리 나를 의지하여 산다고는 하지만 실질적으로 엄마를 모시고 살 사람은 아내다. 이런 상황을 볼 때 여자들이 얼마나 불리한 운명인지 모른다. 나와 결혼하지 않았다면 전혀 모를 타인이었을 할머니를 어머님으로 부르며 운명하시는 날까지 시종처럼 뒷바라지를 해야 한다. 식사 준비나 세탁 방법, 청소하는 도구까지 엄마의 시대와는 생판 다르다. 영어가 태반이거나 잔글씨의 작동방법이 쓰여진 전자제품들도 문제가 있다. 건축의 형태와 집안의 구조도 초현대식으로 바뀌어 가는 환경에서 시골 노인네가 해야 할 어떤 일거리도 없다. 아무것도 할 수 없다

는 것은 아무 생각 없이 미라처럼 건조하게 죽어가는 과정일 수
도 있다.

　나는 담배를 한 대 피운 뒤, 엄마가 미리 장만해 놓으라고 이
웃에 부탁해 놓았던 방목으로 키운 토종닭 두 마리를 가지러 가
기 위해 마당으로 내려선다. 수박을 먹고 이내 낮잠이 들어버린
동규가 언제 깼는지 아내는 아이를 씻기느라 수돗가에 앉아 있
다. 느닷없이 터진 엄마의 연발 방귀 소리에 누님들은 까르르륵
넘어간다. 활짝 핀 박꽃들이 내 누님들처럼 목젖을 드러내고 한
껏 웃는다.

　여름날의 오후가 길어 아직 더위가 펄펄한 가운데 엄마는 저
녁에 먹을 닭을 일찌감치 가마솥에 넣었다. 엄마는 '살이 폭 꽈져
가 살살 풀래질 때라야 백숙이 지 맛이 우러난다'지만 그만큼 불
을 때자면 아내는 땀에 흠뻑 젖고 말 것이다. 어쩌면 뜨거운 눈
물까지 보탤지도 모른다. 안방 옆에 달린 작은 방 하나를 개조하
여 십여 년 전부터 입식으로 꾸민 주방의 가스 불에 백숙을 했다
면 아내가 염천의 장작 불길을 피할 수도 있다. 하지만 누님들은
친정의 옛 맛을 고집했다. 엄마에게 불손했던 올케에 관한 시누이
값의 벌일지 모른다. 나무 때는 일이 서툴 수밖에 없는 아내를 위
하여 내가 첫 불을 지펴주고 나오는데도 사우나에서처럼 온몸에
땀이 흐른다. 생각 같으면 아내를 내보내고 내가 줄곧 불을 때고

싶지만 경상도 산골의 완고하고 고지식한 엄마는 막내에다 외동 아들인 나의 꼬락서니에 속이 상할 것이다.

누님들은 은근히 말이 안 통하는 멋쟁이 올케를 촌년 삼아 골려 먹는 재미와 고분고분 길들이기를 아직 멈추지 않고 있다. 누님들은 백숙이 끓는 동안 그 새를 못 참아 텃밭에 나가 부추를 베고, 풋고추를 따서 어릴 때 먹던 장떡(된장과 고춧가루, 마늘을 넣은 시루떡 모양)을 쪄서 후후 불어 먹으며, 서로 기억이 다른 부분의 추억들을 퍼즐처럼 맞추느라 왁짜하다. 보기에도 흉한 장떡을 권해도 아내는 거절한다. 단출하게 남매뿐인 집에서 자란 아내는 시간이 흐를수록 발뒤꿈치에서부터 짜증을 짤짤 끌며 부엌과 마당을 오간다.

아내의 흰 피부는 어제 삶은 고구마 껍질처럼 검붉다. 재래식 옛 아궁이 곁에 수도가 없어 백숙을 한 국물에 끓일 닭죽의 재료를 장만하느라 찹쌀과 표고버섯, 야채들을 씻고 다듬느라 혼자 바쁘다. 아내는 누님들이 마룻장을 손바닥으로 두드려가며 자지러지는 웃음과 이야기의 내용을 제대로 파악하지 못하니, 그악스런 매미 소리에 뒤섞인 소음에 불과할 것이다. 게릴라처럼 들이닥쳐 옛집의 점령군이 된 누님들과 엄마는 완벽한 사투리로 불가분의 관계를 과시한다. 억지 부역하듯 며느리 노릇을 하는 아내를 보면서, 나는 서울에 가는 길로 「엄마 말, 사전」을 만들 궁리를 한다. 말을 알아야 뜻이 통하고, 그래야 웃음이든 울음이든 나올 것이다. 나는 아내가 모르는 우리들의 말이 낭자하게 스며드는 뜨락에 앉아 귀를 기울인다.

'…걸배이(거지)' '…경걸(걸신)' '…춤물(침)' '…삼통(곧장)' '…옹굴다물(우물가)' '…멀꺼디(머리카락)' '…꼼배(짱구머리)' '…헌디(부스럼)' '…띠다뿌고(뜯어내고)' '…목따가치(목언저리)' '…종짐(종기)' '…터주넌데(터뜨리는데)' '…삐더덕거리고(버둥거리고)' '…꾸둥살(굳은살)' '…꼬장개이(나무삭정이)' '…전자가(겨누어)' '…한당데(항상)' '…시제마꿈(제각각)' '…개안캤다(괜찮겠다)'.

[단편소설 2002년]

차디찬 불씨

차디찬 불씨

많이 다르다. 뉴질랜드의 상공에서 내려보던 풍경과 너무도 판이하다. 사십여 년을 살았던 이 땅이 와락, 싫다. 하루 절반인 상공의 이동은 비슷하지도 않다. 사람이 사는 곳은 다를 수 있다. 각자의 삶의 형태가 다르듯. 시장경제에 급급한 후진국일수록 개인의 다양성이나 가치관이 쉽게 훼절된다. 자본의 논리는 축적의 관행이며, 윤리는 통상적 척도로 재단한다. 나날이 통념에 허물어지는 인성은 탐미주의로 흘러간다.

질 좋은 물감으로 그린 유화처럼 가는 곳마다 윤이 나는 풍경화였던 뉴질랜드의 안정감. 그곳에 두고 온 네 사람의 영양 상태도 고급 물감의 질감처럼 양호하다.

일주일 동안 넓고 아름답게 뻗치던 시선의 대비를 거두기가 쉽지 않다. 술래의 심정까지 전적으로 아름답거나 넓었던 건 아니었다. 참 우연히, 원하지 않았던, 어떤 계기가 몇 사람의 운명을 전환할 수 있다. 몇몇 사람이 얽혀, 누구의 누구라는 얼개를 공유하지만, 그 무형의 예속은 그다지 견고하지 못하다.

비행기가 지상에 가까울수록 도시들은 더욱 칙칙하다. 조금씩 하강하는 기내에서 보이는 한국의 국토는 면적부터가 조악하다. 우리가 무심히 보아오던 건물들의 옥상은 삶의 질을 측량하게 한다. 그랬을 것이다. 남편과 그의 가족들이 술래와 술래의 가족에게서 느끼는 이질감과 유사한, 차별의 논증이 그럴 것이다. 백! 정! 시어머니의 경악은 술래가 한 번도 들어본 적 없는 소 울음처럼 크고 처참했다. 그날 술래는 귀가 멀고 싶었다. 마침 기류의 전환으로 귀가 먹먹해진다.

기내가 부산스럽다. 늘 그랬다. 지나친 준비성으로 몇몇 사람들은 안내방송의 당부를 잊었다. 미리 안전벨트를 풀거나, 자리에서 일어나 옆 사람 무릎을 비집고 선반을 열어젖히거나, 잠들었던 입 냄새를 풍기며 길게 하품하느라 하강의 멀미를 더욱 부추긴다. 술래는 낯선 이들로 꽉 찬 기내에서 내리고 싶지 않다. 아이들이 떠난 집에 홀로 들어서는 일은 도둑고양이의 위태로운 잠입 같다. 고추잠자리가 긴 시간을 선회하다 앉지만 이내 날아가버리듯, 다시 이륙했으면 싶다.

창 쪽으로 고개를 비튼다. 비행기의 유리창은 늘 몇 겹의 연기를 품은 듯 아득하다. 한 올의 바람도 허용하지 않는 창이다. 술래는 매캐한 머리를 기댄다. 싫어, 라고 크게 외치고 싶다. 대신

랜딩 기어가 왈칵 기체에서 빠져나온다. 싫어, 라고 외치고 싶은 목구멍으로 기내의 공기압이 빠져나간다. 착륙 때마다 느끼는 불쾌감. 그건 마치 영술이 나타났을 때처럼 느닷없다. 한 번도 보지 않았고, 어느 모로도 닮지 않은, 낯선 혈육은 깊은 소(沼)처럼 서서히 소용돌이를 일으켰다. 그러나 그건 어디까지나 술래를 포함한 가족들의 느낌이었을 뿐 영술은 외려 다정했다. 술래는 짐짓 이 불쾌한 익숙함이 내 것이라며 멀미를 삼킨다. 어지럽다. 현기증은 영양실조인지 모른다.

일 년이 넘도록 고기를 전혀 먹지 않았다. 아이들만 육류를 달게 먹어주었다. 시부모와 남편도 먹지 않았다. 세 사람이 외식하고 들어서면 누릿하고 구수한 고기 냄새와 아릿한 연기 냄새를 풍겼다. 그런 날은 술래의 얼굴이 날고기처럼 벌겋게 달아올랐다. 누군가 술래를 부위별로 해체해 주었으면 하는 의식이 관절의 이음새마다 덜컹거렸다.

그런 날 밤, 술래의 꿈자리는 더욱 사나웠다. 자신의 한쪽 다리가 없었다. 깨금발로 하염없이 헤매다 보면 식육점의 윈도 안에 진열되어 있곤 했다. 닫힌 유리 속으로 손을 쑥 집어넣는 순간 팔이 끊어져 버렸고, 꿈에서 깼다. 깨서 보면 술래의 다리가 남편의 다리 사이에 끼어있거나, 팔이 남편의 등에 깔려있었다. 어떤 날은 늑골이 떨어져 나간 사이로 횡경막이 펄럭거렸고, 심장과 간이 작은 짐승처럼 웅크려 할딱이고 있었다. 아픔은 아니었다. 그런데도 어떤 고통이 북받쳤다. 울음보다 더 큰 설움 같은 것이 막 성대를 타고 인후를 긁는 순간 잠에서 깼다.

잠결에 남편, 규범의 손이 술래의 가슴을 더듬고 있었다. 규범의 긴 손가락들이 식육점에서 보았던 갈고리처럼 느껴졌다. 미진한 흥분조차 일어나지 않았다. 규범의 손을 떼어낸 술래는 지렁이처럼 아주 조금씩 침대 가장자리로 향했다. 캄캄한 밤중에도 꿈의 장면들이 생생한 색으로 되살아나곤 했다. 날이 갈수록 꿈은 세부화 되어갔고, 술래의 불면은 더욱 예민한 신경섬유로 직조되었다.

착륙을 끝내고 속도를 줄이는 기체가 심하게 덜컹거린다. 그 정도의 충격으로 비행기의 작은 부품 하나도 해체되지 않을 것이다. 거대하고 견고한 물체와 비교되지 않는 술래는 앞 좌석의 등에 손을 올려 자신의 머리를 감싸고 있다.

"괜찮아요? 어디 불편하세요?"

상투적 접근이며, 선정적 칭송일 수 있는, '옆모습이 아름답다'라던 옆자리의 남자가 다정히 묻는다. 괜찮지도 편하지도 않은 술래는 여전히 고개를 숙인 채 왼손 사래로 그의 친절을 거절한다. 이대로 잠이 들어도 좋다는 생각을 잠시 한다. 기내에서 잠든 승객에게 어떤 배려를 해주는지 막연한 기대감도 생긴다. 밤

내내, 머문다면 기내의 산소량은 얼마나 될지, 얼마나, 라는 수치에 대한 염려는 두려움이 아니다. 얼마여도 괜찮다는 안도일지 모른다. 싫어, 라는 속말이 거머리처럼 혀 밑에 있다. 술래는 입술을 조금 열어 거머리가 스스로 나갔으면 바란다. 올이 굵은 마직으로 팽팽한 앞 좌석의 뒷면에 촘촘한 습기가 스민다.

착륙을 끝낸 기내의 통로가 삽시에 장바닥처럼 술렁인다. 사람들은 마치 테러범에 의해 억류되었다가 풀려난 듯 다급히 출구를 향한다. 술래는 여전히 앞 좌석에 머리를 기댄 채 무리 지어 나아가는 발의 행렬을 본다. 부연 창에서부터 빗금으로 들어온 햇살이 얌전한 고양이처럼 술래의 무릎에 앉아 있다. 신발과 신발들이 무수히 지나는 카펫에서 먼지들이 고양이 털처럼 흩날린다.

"공항에 차가 준비됐나요? 아니면 제 차로 모셔도 될까요?"

버스나 기차에선 피차 모르니까 모른 척하는 한국 사람들이 기내에선 이상하리만치 친절히 접근한다. 그건 아마 사람들이 거처하는 육지와 달리 빈 상공에서의 고립감 때문인지 모른다. 술래는 이 평범한 남자가 싫지 않다. 그렇다고 좋아지는 것도 아니다. 평이하여 무난하다는 건 굳이 경계의 조율조차 필요 없다.

"네."

하루의 절반을 함께 한, 시간만큼의 밀도감이 녹아든 술래의 스스럼이다. 대전의 연구소에 머물고 있을 남편을 떠올린 술래는 남자와 저녁을 함께 해도 좋다는 생각을 한다.

　일찍 잠이 들었다. 자다 말고 일어나 아이들이 있는 뉴질랜드로 전화를 한 통 건 뒤부터 술래는 계속 뜬 눈이다. 연년생으로 변성기를 맞은 두 아들의 갈라진 목소리는 덤덤했다. 풍정을 겪을 나이가 되면서 성징의 분별심은 엄마조차 경계했다. 독립된 성인으로 완성되려는, 거친 껍질의 연마 과정 같은 것이었다. 그래서 잘 있다는 말마저 씹던 껌처럼 툭 뱉어버렸다. 술래는 아이들의 조기유학은 잘된 결정이라며 안도한다. 그러나 그 결정에 술래가 특별히 역할을 맡은 건 아니었다. 이 집의 주인이며, 명령과 지시를 내리는 건 늘 시어른들의 몫이었다.
　술래는 지리적 거리감과 소원함으로 검푸른 새벽하늘을 오래 내다본다. 주말에도 남편은 오지 않는다고 했다. 물론 일, 때문이라고 한다. 일, 일. 무슨, 일. 술래는 잠시, 무슨 일을 할까 망연하다.
　며칠 동안 사용하지 않았던 정수기의 물을 빼낸 술래는 찬물을 한 잔 마신다. 요즘 들어 체중이 계속 내린다. 허기가 내장들을 휘돌며 슬밋 빈 장기들을 깨운다. 어제 기내에서 옆자리에 앉았던 남자와 함께 저녁을 먹지 않았다. 막상 남자의 차 조수석에 오르자, 그 자리의 주인인 남자의 아내가 떠올랐다. 차가 출발하자 느닷없이 남자와 남자의 아내가 알몸으로 엉기는 침대가 포르노처럼 앞 유리창에 펼쳐졌다. 좀 더 정확히 표현하자면 남자와 술래 자신의 그림 같기도 했다. 전혀 모르는 여자의 모습을 그리기보다 훨씬 쉬운 상상은 바로 자신이었다. 상상과 더불어 욕망은 얇은 랩을 씌운 듯 모세혈관까지 비칠 정도로 팽배했다.

술래는 눈을 감았다. 방금 본 저녁노을 색을 닮은, 불새 한 마리가 술래의 몸을 수직으로 관통했다. 감았던 눈을 뜨면, 새의 부리나 발톱에 할퀸 붉은 눈물이 주르륵 흘러내릴 것 같았다. 드디어 피막이 되어버린 욕망이 불안했다. 술래는 꽤 오랫동안 어떤 현상에 묶여있었다. 남들이 전혀 눈치챌 수 없도록 은밀스러운 긴장 상태. 대단히 팽창한 어떤 기운, 꽉 차서 아주 작은 자극에도 순식간 제 형태를 잃고 말 의식. 형체가 없어 기체처럼 가볍기도 하고, 무참할 정도의 무게로 응집되어 한편 무거운. 마치 출산을 미룬 아이 하나가 자궁을 꽉 채운 체, 화석으로 굳어있는 것 같은. 그래서 조심하지 않으면 허옇게 부서져 순식간에 대기 속으로 훨훨 날아가 버릴 것 같은. 무정란으로 수태되는 무정형의 고귀한 생명 아닌, 생명들. 술래가 남편과 잠자리를 안 한 지 열 달을 지나고 있었다.

무겁기도 하고 한편 허허로운 몸으로 집에 들어섰던 술래는 클렌징티슈로 얼굴을 닦고, 손발을 씻은 다음 침대에 쓰러졌다.

저녁을 먹는 걸 잊었는지 모른다. 집, 가정, 이 견고하며 합법적인 공간이 비어 가고 있다. 더 이상 볼거리가 없어진 막바지 전시실처럼 익숙하여 흥미가 없다. 가구들은 또 다른 장소의 전시를 기다리며 떠나고 싶은지 모른다.

술래가 두 아들의 전화를 번갈아 받는 동안 시누이와 시어머니의 웃음소리가 축하를 위한 배경음악처럼 이어졌다. 이 시간 시아버지는 아주 기품 깃든 걸음으로 산책할지 모른다. 아니면 도수 높은 돋보기를 콧등에 얹어 흔들의자처럼 천천히 독서를 하는지. 술래는 허기의 갈증에 석 잔째 생수를 마신다. 좀 이른 시간이지만 청소를 해야 한다.

술래가 일어나자, 패브릭소파가 경박한 이별처럼 이내 부푼다. 술래가 자리를 뜨는 것이 아니라, 소파가 술래를 추켜 버리는 것 같기도 하다.

영술이 마지막 다녀간 이틀 뒤 술래는 소파를 바꿨다. 굳은 때가 끼어 더욱 검붉은 버건디색 소파에서 비린 피 냄새가 가족들의 몸에 묻어나올 것 같았다. 십여 년 되었던 소가죽 소파는 가족들의 지정석마다 적절한 안배로 길들어져 있었다. 6인용으로 여섯 식구의 체형에 맞게 눅어 있던 그 소파에 영술은 무려 여덟 시간이나 점령했다. 가족들과 시집 식구들, 친지, 누구도 그렇게 오래 머물지 않았다.

일주일 동안 비었던 집은 굳게 다문 입을 연 듯, 가라앉았던 냄새들을 뿜는다. 일단 아이들 둘이 함께 지내던 가장 큰 방의 문부터 연다. 어젯밤 늦게 도착한 뒤 한번 열어보았다. 아이들의 몸냄새가 은은했다. 여름방학까지 주인이 없을 책상과 책장, 침대, 옷장은 순순히 복종하는 태세에 임했다. 다음은 시어른들의 방문 앞에 선다. 선뜻 손이 가지 않는다. 술래가 그 방에 들어올 일은 거의 없었다. 그 방의 청소나 세탁물 등은 모두 시어머니의 몫이었다. 그렇다고 특별히 밀실도 아니었다. 이렇게 가족들이 모두 집을 비우는 일이 없었던 것도 아닌데 잠입한 느낌이 든다. 아무것도 궁금하지 않은 잠입이란 싫고 성가시다. 일자형으로 끝이 뾰족한 갈고리 모양의 문고리에 시어른들의 지문이 무수히 각인되었을 것이다.

술래는 그들이 원치 않을 악수를 하듯 손을 내민다. 문고리는 제 주인들을 비호하듯 술래의 손목을 비튼다. 팔순에 가까운 두 노인의 체취가 향수 냄새와 뒤섞여 역하다. 시아버지의 구취는 심했다. 노인성 변비와 설사를 번갈아 하면서 입에서조차 역한 구린내를 풍겼다. 그다지 깔끔한 시어머니가 위생 차에 버금한 냄새를 모르는 것이 의아했다. 그러면서 영술이 다녀간 낌새에는 각별했다. 종일 환기를 시키고도 모자라 탈취제를 뿌릴 정도로.

청소를 마친 술래는 아이들이 즐기던 컵라면을 먹다 말고 재차 아이들 방에 들어선다. 방금 아이들이 등교한 듯 방안의 모든 것들이 익숙하다. 어떻게든, 이 익숙함으로부터 멀어져야 할 것 같은, 멀어질 것 같은, 어떤 저항이 엉긴 라면 가닥처럼 어지럽다. 컵라면을 작은 아이의 책상 위에 올린 뒤 의자를 뺀다. 인터넷 검색란의 커서를 잠시 지켜본다. 색색의 광고들이 술래의 심정처럼 부유한다. 잠시 호흡을 가다듬은 술래는 자판을 천천히 두드린다. ㅂ, ㅐ, ㄱ, ㅈ, ㅓ, ㅇ. 오래 망설였던, 금단의 열매처럼 두렵게 술래를 유혹했던, 막상 조합이 끝나자 슬프게 단정한 단어.

엔터키에 중지를 올리던 술래는 이내 손을 내리고 만다. 대신 두 팔로 깍지를 낀다. 춥다. 봄 신상품을 알리는 광고 파노라마가 화면에 난무하지만 아직 완연한 봄은 아니다. 보일러를 올려야지 하면서 정작 의자 깊숙이 몸을 밀착한다. 마치 한 겹 천을 두르듯, 외부를 보지 않으면 내부의 열기로 버틸 수 있을 것 같다.

결혼 전이었고, 엄마의 정신이 나가기 전 영술에 관한 얘기를 짧게 들었다. "놀래지 마라. 니한테 오빠가 하나 있다. 살았는지 죽었는지 모린다. 내가 너거 아부지캉 겔혼하기 전에, 어떤 처자가 아를 놓다가 죽었다 카더라. 고향이 진주라 카지 아매. 아는 삼칠 지내고 외가서 댔고 가뿟단다. 넉 아부지 살아기실 때 아들을 억시 기다맀두마는, 소식이 없었다. 그래도 헤나(혹시나) 니를 찾을랑강…" 핏덩이 영술을 데려간 외가에서는 자식이 없는 이모에게 양자로 입양을 했다. 영술이 다녀간 이후 술래가 엄마에게 얘기를 했지만 "택도 아인 소리마라. 내한테는 니가 아들 맞잽이다. 니 밖에 뿌이다. 넉 언니도 다 죽었고…" 이탈리아에 살고 있는 큰언니와 비구니가 된 둘째 언니조차 잊은 엄마는 남편의 배려로 노인병원에서 작은 짐승처럼 여위어가고 있다.

사촌을 통해서 연락이 닿았던 영술을 술래가 처음 만난 것은 작은아버지의 장례식에서였다. "술래 니는 모리지마는, 나는 니를 안다. 내가 광양제철에서 포스코 온 지가 이십 년 다 됐다. 너거 집 앞에 몇 분이나 갔다. 니는 대학생 때나 시방이나 곱네. 이래 곱은 니가 시집갈 때 흠이 되까바…" 영술은 고등학교를 졸업한 뒤 이미 알고 있었던 자신의 뿌리를 찾았다. 오래전 돌아가신 아버지 대신 맘 씀씀이가 따뜻하던 작은아버지를 만나면서 혈육의 정을 나눴다. 이모부의 학대 속에서 자란 영술은 작은아버지의 초상이 엄마 아버지의 초상인 양 목을 놓아 울었다. 구박덩이였던 영술의 말은 거친 밧줄의 매듭을 풀듯 힘겨웠다. 일가친척들은 영안실 구석에 선불 맞은 곰처럼 웅크린 영술의 존재가 낯설고 마땅찮았다. 발인제에서 짐승처럼 울부짖던 영술을 보며 술래는 주정일지 모른다는 생각을 잠시 했다. 지나친 격앙이란 정제되지 않은 감정의 무분별한 광기로 보였다.

입관을 하기 전 대렴(大斂)의 절차 중, 영술의 손에서 한참 머무른 칼 한 자루가 비단보에 싸인 채 작은아버지의 관속에 들어갔다. 아무도 모르게 영술과 사촌 둘만이 그 일을 행했다. 조상에게서 물려받은 칼을 사촌이 간직해온 터였다. 작은아버지는 가문의 마지막 백정이었다. 술래는 작은아버지의 직업을 그냥 육류 가공업쯤으로 알았다. 육류 해체이든 육류 가공이든 지금은 그저 무관하다. 세상에는 3만여 가지의 직업군이 있으며, 누군가는 그 일을 하게 되어 있다. 그래야지만 의식주 전반의 생활이 가능하다. 하지만 유독 사람들이 그토록 좋아하는 육류의 살생에 관해서만 예부터 차별성이 그악했다. 동물의 분류인 인간이 환장하게 당기는 맛에 어쩔 수 없이 취하면서도, 과정의 노동을 가장 천박히 분류해버리는 악순환의 고리는 너무나 이율배반적이다.

백정들은 칼을 '족보씨'라 하며, 관속에 넣는 것을 '족보 캐다'라는 은어로 사용했다. 백정들이 은어를 사용한 것은 영특한 소가 사람의 말귀를 알아 고통에 임할 것을 배려한 처사였다. 도축장에서 소를 지칭할 때면 '황태자, 어사, 마비, 산영감, 황옥가마, 대성, 홍도, 산신령, 신령댁' 등으로 불렀다. 칼은 신의 지팡이라는 뜻을 줄여 '신팽이, 족보, 무당꽃'이라 했고, 도끼를 '촛대', 심줄을 끊는 칼은 '김정승'이라 했다. 소가 도살장에 들어오는 걸 '산영감'이라 했고, 백정의 입실은 '날감투', 도살장 문에 휘장이 내려지는 걸 '쪽바가지', 소의 눈을 가리는 걸 '귀신감투', 소의 몸과 주위에 정화수를 뿌리는 걸 '꽃씨 뿌리다', 소의 발을 묶는 걸 '기둥 다듬다' 등으로 쓰며 경건히 행해졌다. 부정을 피하여 신성한 소의 영혼이 평온히 하늘에 다다르기를 염원한 것인 동시에 백정 스스로의 신변 안전을 꾀한 것이기도 하다.

평소 술이 과하기는 해도 영술이 제 처신의 끈을 더럭 놓아버린 건 아니었다. 그런 영술이 정년퇴직을 한 그해 여름에 딸을 잃었다. 대학 졸업반이었던 딸은 새벽까지 친구들과 술을 마신 후 사라졌다. 몇 걸음마다 하나씩 떨어진 옷가지가 바다로 이어져 있었다. 문무대왕릉 부근의 나아해수욕장에서 실종된 딸의 사체를 찾느라 영술은 일 년을 꼬박 헤맸지만 허사였다. 딸의 흔적만을 간직한 영술은 술래에게 전화했다. 술래는 그전부터 사촌에게서 영술의 딸이 자신과 많이 닮았다는 얘길 들었다. 할아버지는 사람들의 선입관과 달리 보통의 체격에 이목구비가 아주 준수해 양반가의 호의호식한 맏아들쯤으로 보였다고 했다. 유독 그런 할아버지의 얼굴을 빼닮은 술래와 영술의 딸인 손녀에게도 선이 고운 외모가 이어졌다.

멈춘 모니터. 검색란에는, 제 이름을 부르고 할 말 없는 주인을 기다리는 낱말, 백정. 술래는 천천히 자판으로 손을 뻗는다. 엔터.

—백정의 순우리말은 고무레다. 여자 백정은 흰고무레라고 했

다. 고려시대에는 자기 땅이 없는 평민을 백정이라 했다. 생계를 위해 고리(광주리)를 만들어 팔기도 하여 고리백정이란 말도 있다. 조선시대에 이르러 전문으로 가축을 도살하면서 천민으로 전락했다. 간혹 도축이 여의치 않을 때 죄수의 목을 치는 망나니 노릇도 했다. 마을에서 격리되어 부락을 이루어 집단생활을 하면서 도축이 대물림되었고, 결혼도 백정끼리만 했다. 일반인 앞에서 술이나 담배도 금하고, 길에서 마주치면 공손히 조아려 길을 양보해야 했다.

일반인의 집에 용무로 방문할 시 그 집의 마당에 꿇어앉아 아뢰었다. 만일 이를 어겼을 시 농민들의 조합인 농청(農廳)으로 끌려가 태형(笞刑)을 당했다. 백정은 왼손을 신성하게 여겨 주로 사용하였기에 왼손잡이가 많다. 칼 또한 신성시 여겨 항상 갈고 닦아 잘 보관했으며, 도축 전에 목욕재계를 하고 간단한 의식을 행했다.

백정은 옷차림에서도 차별을 받았다. 1920년대까지 패랭이 끈에 짐승의 털을 달아 일반인과 구별했다. 기와집에 살 수 없었으며, 비단옷이나 두루마기, 갓도 금지되었다. 결혼한 여자도 쪽을 못 찐 채 얹은머리로 지냈다. 치마에는 검은 천을 달아 구분했기에 신분 상승을 위해 야반도주를 하기도 했다.

거기까지 읽고 술래는 두 손으로 눈을 가린다. 캄캄하다. 색

중에서 가장 영원한 색이 흑백이다. 그 어떤 색도 비슷이 견줄 수 없어 완전하며, 그 어떤 색도 이겨낼 수 없어 완강하다. 극히 상충하는 두 색은 모든 색의 원형이기 때문이다. 눈을 뜬 술래는 왼편에 놓였던 마우스에서 서서히 밀려나는 왼손가락들을 가만히 지켜보고 있다. 술래의 아이들도 왼손잡이다.

컴퓨터를 끈 술래가 간단한 가방을 챙긴다. 신분 상승을 위해 야반도주한 백정의 딸들, 어머니의, 고모의, 이모의, 친척 아주머니들은 어디로 갔을까. 남편이 온다던 주말까지 박제된 독수리 날개처럼 넓고 휑한 집 안에 머물기 싫다. 그리고 어쩌면 주말 너머까지 남편은 안 올지 모른다는 생각도 든다. 가족들 틈바구니에서 멀어졌던 관계가 단둘만 있을 때는 몹시 두려울 것 같다. 단지 의무만 남은 관계의 남편에게 전화를 걸었지만 '회의 중'이라는 안내 멘트였다.

오래된 그림처럼 침잠한 남산의 능선이 용의 등에 돋은 돌기마냥 가지런하다. 형산강 원류를 향해 목을 트는 꼬리 부분에 낮게 엎드린 도심. 오후의 파름한 이내에 싸여 신비하다. 신라 천년의 찬란한 문화를 증여받은 도시. 복원되지 않는 시간을 거스르는 신화가 묻힌 경주. 경주 태생의 사람들은 과연 얼마나 오래, 신라만큼의 문물을 증여하고 사라질까. 술래가 이십여 년 머물렀던 고향이다. 서울에서 대학을 졸업하고, 결혼한 뒤 친인척의 대소사로 몇 번 다녀갔다. 어쩌다 들린 경주는 너무 많이 달라져 사라진 옛 집터를 찾기도 어려웠다. 하지만 술래는 어쩌면 경주로 돌아와 살게 될지 모른다는 생각을 잠시 한다. 그게 언제일지. 어느 날, 아무도 말하지 않은, '이혼'이 주홍글씨로 등짝의 문신이 될지.

톨게이트를 지난 차는 대능원 쪽으로 접어든다. 경주 시내에서 가장 높아 보이던 첨성대가 낮은 조형물처럼 보이고, 지나치게 손질이 잘 되어 하나의 장치처럼 보이는 능들이 이어진다. 어린 날의 기억 속 능은 오밀조밀한 집들에 둘러싸여 있거나, 밤숲이라 불리던 소나무 숲에 솟았거나, 미나리깡이 많았던 밭의 일부분이었다. 둘레는 가늠할 수 없었고, 높이는 구름이 많은 날 하늘과 맞닿은 듯했다. 지금은 이름을 가졌지만 술래가 어렸을 때, 모든 능은 그저 하나의 놀이터였다. 나무판자를 옆구리에 끼고 꼭대기에 오른 뒤, 엉덩이에 깔고 바닥을 차면 멋진 미끄럼을 탈 수 있었다. 사춘기가 되어 막연히 슬픈 날, 공연한 눈물을 쏟고 싶으면 젖무덤을 닮은 능을 찾았다. 적막한 밤이면 청년들은 달빛을 등진 능이나 반월성에서 첫 키스를 했다. 심약한 청년 하나, 술래에게도 떨리는 추억이 있다. 술래의 기억은 옛날 남천내 물길처럼 얕고 맑아진다.

술래는 친근한 이름인 '황남빵'에 들려 가장 작은 상자의 빵을 사며 경주시 지도를 들고나온다. 영술의 얘기대로 천민들이 살았던 '성 밖'의 어디쯤. 아래 시장에서 서천내를 향하다 우회전하는 골목 입구에 '소말뚝'이라는 식당 간판이 보인다. 지금도 백정에 관한 차별은 소말뚝에 묶여 썩 자유롭지 못하다. 특히 결혼의 엄중한 절차에서 편견이 작동된다. 고삐처럼, 그다지 길지 않은 골목의 막바지를 초등학교가 가로막아 있다. 성현이 그곳에 근무한다는 얘길 작년엔가 들었다. 술래는 천천히 유턴을 한다. 낡았지만 은은히 빛을 발하는 그리움이 함께 유턴한다.

짧아서 허무한 사랑이었다. 대학 3학년 여름방학 중 술래와 성현은 몸을 나누었다. 머지않아 둘의 관계를 안 엄마는 아예 술래가 있던 서울로 이사를 와버렸다. 더욱 이해 못 할 건 성현과 헤어지지 않으면 목을 맨다는 엄마의 서슬이었다. 성현은 이내 입대했고, 모든 연락은 두절되었다. 성현과 나눈 추억들은 오래 발굴되지 않을 능의 부장품들처럼 술래의 가슴에 안장되어있다. 그 모든 상황의 저변에 성현의 부모와 집안 대소 간의 역할이 있었음을 술래는 알지 못했다. 너무 짧아, 한 편의 시가 든 액자처럼 또렷이 남은 추억. 차마 구겨지거나, 버려지지 않는.

경주는 그런 곳이었다. 아니, 세상은 그런 것이다. 남편 규범이 술래와의 사이에 서늘한 바리케이드를 치는 것과 아이들을 뉴질랜드로 데려간 시어른들의 처사가 그러하다. 방금 운동장에 뛰

놀던 아이들을 보아서인지 술래의 가슴이 아려온다. 차에서 내려 걸으며 몇 번의 심호흡을 한다. 소설가 김동리 선생의 생가를 알리는 팻말을 따라 샛골목을 접어든다. 영술의 집이 근방에 있다고 했다.

늘 술에 취해 있던 영술이 집에 가도 되겠느냐 물어왔을 때, 술래는 마땅히 거절할 이유를 찾지 못했다. 전철역에서 영술을 만났을 때 마치 시집간 딸을 찾아오듯 간절한 눈길이 외려 안쓰러웠다.

"사돈어른. 반갑십니더. 지는요, 아이고 지는, 아무것도 아이시더. 예. 오빠는 오빠지마는 지는 근본이 없심더. 배만 다린기 아이고, 곱게 크고 마이 배운 술래캉은, 배운 거 없는지는 불구다서(불구덩이에서), 제철 알지요? 예예, 포철 맞심더. 거 할할 타는 쇳물 불구다서 일했심더. 딸을 잊아뿟심더. 물에, 바닷물에 잊아뿟는데 지 속이 불구디시더. 오장이 다 녹아뿌고 깝데기만 남아가, 이래 서울까지 왔심더. 술요? 고만 마실라캐도 안대네요. 술로 끄고 있심더. 아이고 고맙구로, 사돈어른이 따라주십니꺼. 대학 댕기던 술래를, 아이고, 지가 실례를, 아아 이름이? 준혁이, 예, 준혁이 에미 첨 봤던 때캉 지 딸이 동갑, 아이시더, 동갑이 아이고, 똑 고만할 때 바노이까네(보아서), 하도 닮아가, 술래, 내가 또 와 이라라꼬, 주준혁이 에미가 똑 죽은 딸아 겉애가. 또 보러와도 댄다꼬

요? 아이고, 사돈어른, 고맙심더. 인자와가 오래비라꼬. 실렌 중
알민서도, 술래한테 잘 해주신다꼬 들었심더. 참말로 미안코도
고맙심더."

시간이 남아도는 시아버지는 후줄근한 영술의 장황한 넋두리
를 잘 받아주었다. 영술이 머무는 시간이 길어질수록 집안은 술
냄새와 담배 연기에 잦아들었다. 시골 사람 특유의 비굴함 따위
가 거실 곳곳에 굴러다녔다. 술래는 그런 것들을 앞치마에 주워
담을 수 없는 게 안타까웠다. 시아버지가 실내에서 즐기는 형광
색 골프공처럼 밝고 환하지 않는 것.

김동리 선생의 생가 앞이다. 대문들은 꼭꼭 여미어져 있고, 추
위를 견딘 실파가 화분에 송송하다. 신라의 문물이 영화(榮華)
의 흔적이라면, 경주라는 향토성의 정신적 가치를 대변하는 목월
과 동리. 그러나 동리 선생의 집터는 세 채로 분할되어 아직 흠모
의 정성을 제대로 받지 못하고 있다. 막상 이곳까지 왔지만 술래
는 굳이 영술이나 영술의 처와 마주치고 싶지 않아 발걸음을 재
촉한다.

영술은 이후에도 두어 번 더 다녀갔다. 밤 기차를 탄다던 영술
이 그날은 늦도록 머물렀다. 시어른들은 뉴질랜드의 딸네에 갔고,
남편 규범이 영술의 술자리를 지켜주었다.

"바라, 매제. 자네 백정에 대해서 아는 거 있나?"

"네? 글쎄요."

"너거는? 너거도 모리나? 학교서 안 갈체 주나?"

영술은 학원에서 돌아와 늦은 저녁을 먹는 아이들에게도 질문을 했다.

"네. 배운 건 아니지만, 좀 나쁜 직업, 뭐 그런 정도요."

"고기, 아니 소나 돼지, 뭐 그런 거 죽이는 사람!"

"힘도 세고 무서울 것 같아."

"맞아. 살아있는 동물을 찌르거나 때려죽여야 하니까."

"독약을 주사 한 방으로 놓았을지도 모르잖아?"

"야, 그럼 고기에 독약이 들어가 우리가 못 먹지. 그리고 옛날에 주사가 어딨니?"

사투리를 모르는 아이들이 신기하게 소탈한 영술을 좋아했다. 과하다 싶게 취한 영술은 아예 아이들 쪽으로 몸을 틀어 술잔이 넘치도록 채웠다. 영술은 왼손으로 채운 술을 왼손으로 마셨다. 술래는 영술의 붉게 풀린 눈을 걱정했다.

"백정은 그게 아인 기라. 그래 어슬푸게 알아가 안 대지. 시방부터 잘 들어바래이. 끄윽윽. 백정이 먼고 하면, 원래 백정은 중국 수나라에서 일반 백성이랐다. 고려시대까지 우리도 그랬는데, 조선시대 둘와가 백정이라 캐뿌랬다. 이 백정이 존기(좋은 게) 하나 있었는데 천대를 받는 대신 세금을 안 내도 댔다. 그래가 전국에 백정 수가 40만 명이나 댔다. 인기 짱이랐제?"

"옛날에 우리나라 사람들이 고기를 그렇게 많이 먹었어요?"

"맞아. 가난했다면서."

"어허허허, 일단 백정이 대면 굶어 죽지는 않으이까네. 사실은 고려시대에 화척(禾尺)이라카던 불한당들이 백정 원조다."

일명 양수척(揚水尺)이라 불리던 거란인과 말갈인으로 고려 북쪽에서 귀화했던 왜구(倭寇)들이었다.

"이 화척들이 첨부터 나뿐 짓을 했는기 아이고, 요새 거 와, 외국 노동자 구박하디끼 천대를 자꾸 해쌓이까네 묵고 살끼 없어가, 나뿐 짓도 하고 그랬는 기라. 동네마다 몬 살구로 쫓아내이까네, 저거끼리 임자 없는 산비알이나 물가에 뭉체(뭉쳐) 살 수밖에 없었겠제. 도살만 한 기 아이고, 소구리(소쿠리)도 맨들고, 가죽신도 집고(깁고), 백정 중에도 등급이 있았다. 아따 괴기 잡는 이바구하이까네 괴기가 묵고 접어 춤이 다 괴네. 술래야. 아까 내가 사 온 괴기 좀 꾸버바라. 서울 제비초리 맛 좀 보자."

영술이 저녁 식탁에 눌러앉아 규범이 내놓은 양주를 마셨기에 마른안주와 과일만 차렸다. 술래는 김치냉장고에서 영술이 사 온 고기를 꺼냈다.

"와, 우리도 먹어야지."

"엄마 많이. 난 소금구이로."

"너거는 안심이나 갈비만 존 줄 알제? 소 한 마리에 요만큼 나오는 제비초리는 쫀득쫀득한 기, 씹는 맛이 기차다. 괴기는 맛있게 묵으면서 백정을 더럽고 무섭다커먼 안 대제. 매제, 내 말 맞나?"

팔뚝을 내보이며 군침을 삼키던 영술은 아예 얼음 잔 그득 술을 채웠다. 그득 찬 술처럼 영술의 눈 그득 눈물이 고였지만 아무도 몰랐다.

"저도 언젠가 읽은 적이 있는데, 갑오개혁 이후 백정에게 신분의 평등권을 주었지만 여전히 차별을 받은 걸로 압니다. 직업의 귀천에 관한 가설을 뛰어넘기가 쉽지 않지요."

"맞다. 그란다꼬 백정을 격리하고, 구박하는 기 끝난 거는 아이랐지러. 자석들 학교 보낼라 캐도 입학을 안 시캐주제, 우짜다가 입학을 해도 백정 자석이라카는 기 탄로가 나면 다른 아들이 학교를 안 나오고 동맹휴학을 해뿌랬다. 그래가 일제 때 진주서 형평운동이 일랐다."

1923년 일어난 백정의 형평운동은 신분제도의 저항에서 비롯되었다. 조선시대 40만 명이나 되었던 백정의 수가 당시 33,712명으로 줄었지만, 취학률은 40%로 일반인들의 5%에 비해 월등히 높았다. 경제력이 향상되었지만 사회적 지위에 관한 백정의 차별은 사무치는 한(限)이었을 것이다. 진주 백정의 외손인 영술은 줄

담배를 피웠고, 규범의 미간에 짜증이 자부룩 어렸지만 표정관리를 했다.

"형평운동이 조선공산당과 연계한 걸로 알고 있습니다. 비천한 사람들을 공산주의 사탕발림 무산계급 예속을 유도한 거지요."

굳이 천민들의 자취까지 되돌아볼 이유가 없는 규범이었다. 제법 상기된 얼굴에는 고생 모르고 귀하게 자란 특유의 오만함이 역력했다.

3·1운동 이후 사회주의 사상의 영향을 받은 조선노동공제회의 협조로 조직되었던 형평운동이었다. 진주에서 일어난 이후, 전국 12개 지사와 67개의 분사를 두었다. 한편, 1922년 일본의 특수부락민 에다계급의 해방운동인 수평운동(水平運動)에 기인한 것이라고도 본다.

"…비천한 사람, 맞다. 그래, 맞다. 맞지마는 백정은 소 넋을 상계(上界), 저 하늘나라 옥황상제한테로 보내는 중요한 임무랐다. 소 잡기 사흘 전부터 목욕을 깨끗하이 하고, 여자도 멀리하고, 험한 일도 안 보고 그랬다. 더 옛날에는 시님들이 도축장에 와가 소 명복을 비는 염불을 해주고 그랬니라. 백정도 시님들맨쿠로 아무 음석이나 안 묵었고, 죽으면 극락세계로 갔다. 아, 참, 자네 집안은 교인이제. 천당, 아이다, 천국이라카나? 그란데도 시방까지 백정은 천댁꾸래기다."

"칼을 다루고, 짐승의 피를 손에 묻히는 백정들이 하는 일이 워낙 천박하다보니 그렇지요."

남편의 지리한 대답을 들으며, 술래도 빨리 백정 이야기를 끝내게 하고 싶었다. 담배를 피우지 않는 규범은 술도 하지 않아 입술에 적시는 정도였다.

"그런데 어째서 백정에 관한 얘기를 하시는지?"

술래가 물었다.

그때까지만 해도 영술이 왜 백정 이야기를 하는지 짐작조차 못했다. 영술은 그날 대취했으며, 끝내 집안의 내력을 실토하고 말았다. 술래가 열 살 무렵 돌아가신 아버지가 성난 소의 뿔에 찔려 절명했으며, 백정의 금기사항을 어기고 도축 전날 젊은 여자를 품었던 일까지.

영술의 얘기대로 시가지의 북서쪽에 위치한 성 밖을 휘돌던 술래는 삼랑사지(三郞寺址) 당간지주석 아래 앉아 해바라기를 한다. 서편 수도산 마루 위의 해가 붉은 곁눈질로 술래를 훔쳐본다. 술래는 태어나 처음으로 느끼는 아늑함으로 몹시 따뜻하다. 여기가 맞나 보다. 나의 탯자리가 이곳이 맞나 보다. '회나무껄(회나무거리)'이라 불리기도 하고, '올기집(오리집)'이라고도 했던 백정의 마을. 지주석 너머 서천 변에 이백여 년 됨직한 회나무 한 그루가 하늘의 이치를 받아들이듯 가지를 부챗살 모양으로 펴고 있다. 잘은 모르지만 아마 이 근방이 맞는가 싶다. 북천 변에서 차츰 성내 가까이 서천 변으로 접근하며, '성 밖'에서 '성 내'로 안타까이 신분 상승을 꿈꾸었지 싶다.

아직 봄이기에 이른 햇살이 노랗게 풀린 명주실 가닥으로 내려온다. 가물가물 눈앞이 아득하다. 술래가 어린 날 현기증을 겪을 때면 엄마는 소의 지레를 참기름에 찍어 먹였다. 그걸 먹고 나면 어지럼증은 말끔히 나았다.

차에 오른 술래는 골목을 나와 '소말뚝식당'에 주차한다. 두 사람이라면서 10인분의 고기를 주문하는 술래에게 종업원이 되묻는다. 술래는 멀리했던 일 년 치의 고기를 실컷 먹고 싶다. 대식가인 영술에게도 실컷 먹이고 싶다. 술래는 핸드폰 폴더를 열어 또박또박 반성문을 쓰듯 영술에게 문자를 보낸다.

—오빠, 나 술래야. 지금 오빠 집 앞 소말뚝식당. 기다릴게.

요즘은 어딜 가나 빠른 서비스가 우선이다. 흰색 접시에 담긴 생고기가 해당화 꽃잎처럼 사무치게 아름답다. 고기를 굽는 술래의 왼팔이 가볍다. 유독 왼손잡이가 많은 백정, 술래는 칼날을 연상케 하는 가위 날로 고기를 자른다. 영술이 마지막 다녀간, 그날 이후부터 술래는 주방에 들어서기가 싫었다. 주방의 칼을 도둑이나 누가 좀 훔쳐 가길 바랐다.

술래의 입안에 단침이 고이고, 눈에는 짓무른 붉은 꽃색의 눈물이 고인다. 그 눈물 속으로 익사하듯 영술이 들어선다. 만개한 꽃웃음을 물고서.

[단편소설 2012년]

[중편소설]

태권 V의 긴 그림자

태권 V의 긴 그림자

주방의 공기가 젖은 목욕타월 같다. 김이 활활 오르는 볶은 콩나물 냄비를 뒤편의 베란다로 낸다. 여름의 냉동실만큼이나 서늘한 공기다. 미리 볶아둔 무나물, 도라지, 고사리나물에서는 김이 잦았다. 마자반(모자반)과 미역, 시금치 등 색 나물은 집 간장과 소금을 반반으로 무쳤더니 고운 녹색이 상큼하다. 볶는 나물과 무치는 나물은 각각 따로 담아 보관해야 한다. 조리과정이 다른 만큼 보관 기간도 달라서 볶은 나물은 보관이 길고, 무친 나물은 기간이 짧다. 고모에게 배운 홀수의 칠색 나물이다. 이른 아침부터 일어나 움직였더니 종아리가 좀 뻐근하다. 나는 뜨끈한 손으로 창턱을 잡고 한 발씩 번갈아 흔들며 밖을 내다본다.

인구가 20만 갸웃한 하란시(霞欄市)의 어른들은 고향을 좀체 떠나지 않는다. 그렇다고 타지에서 별 특색도 없는 소도시에 몰려와 살지도 않는다. 설 전날인 아파트 마당에는 귀향한 차들이 카드섹션 하듯 빼곡하다. 나가는 차보다 들어오는 차가 많다. 대다수가 지루한 무채색 자동차들 사이에서 나는 그의 차 색깔인 바다색과 동색인 차가 있는지 살펴본다. 네이비는 검정과 분별이 어렵고, 푸른색 차 한 대가 입구로 들어서는 바람에 그만 찾기를 멈춘다. 물론 그의 차는 아니다. 그가 이 시간에 올 리는 없다. 우리는 아직 아파트 단지 안에서 만나지 않는다.

눈길을 바싹 아래로 당기자 희끄무레한 잔설이 보인다. 아파트 현관 앞의 길을 내느라 쌓인 눈덩이들도 보인다. 열흘 전에 한 뼘 남짓한 눈이 왔다. 십 년에 한 번 볼까 싶은 적설량이었다. 뭉쳐지고 깨어진 눈덩이는 이 아파트로 오기 직전 강제 철거로 무너졌던 우리 집의 시멘트 덩이들처럼 추레하다. 한겨울 응달을 좋아할 사람은 없다. 누구도 밟지 않고 아무도 눈길을 오래 두지 않아 기상대 온도와는 별개인 곳이다. 한때 아버지의 시위처럼, 폐자재로 보이는 눈덩이는 서서히 체념인 듯 녹을 것이다.

굳이 뒤를 돌아보지 않아도 어떤 기척이 느껴진다. 주방 바닥을 닦는 아버지가 식탁 의자를 뺐다 넣는 모양이다. 내가 음식을 만드는 동안 아버지는 자신의 방과 거실을 쓸고 닦고, 문틀이나 장식장 위의 먼지까지 세세히 파내며 닦고 있었다. 금욕과 결벽은 분명 어떤 상관관계가 있는 것 같다.

내가 2년제 대학을 졸업하고 몇 군데의 직장을 전전하는 동안 우리 집 가사는 자연스레 분담되었다. 나는 식사와 빨래를 하고, 아버지는 내 방을 제외한 집 청소를 했다. 간간이 욕실 청소도 하지만 그건 내가 말린다. 그러나 말리고 싶지 않을 때도 있다. 타일의 이음새나, 변기 주변, 각이 진 구석에서 아버지의 노랗거나 흰 음모를 발견하는 날이 그렇다. 물론 검은 것은 아버지 것과 내 것의 구분이 어렵다. 세탁기에서 옷을 끄집어내거나 널 때도 허연 음모 가닥이 갈퀴처럼 내 옷에 단단히 들러붙기도 했다. 머리카락과 달리 털어도 쉬 떼어지지 않아 꼭 내 손이 필요하다. 그럴 때면 아버지와 동일 혈액형인 내 몸은 즉각적인 거부반응을 일으킨다. 발바닥에서부터 정수리로 피의 압력이 꿀렁꿀렁 올라갔다. 그런 날은 또 친친 감긴 아버지와 나의 옷들이 한 몸처럼 엉겨 떨어지지 않고 애를 먹인다. 마치 딸을 강간하는 반인류의 현장처럼 무참히도 변칙적인, 아버지의 내복이나 츄리닝 바지를 뜯어내다가, 나는 목 놓아 울고 싶어진다. 그러나 오른 무릎의 통증으로 뻗은 다리가 된 아버지가 욕실의 바닥에 미끄러지면 병원 신세를 져야 할지 모른다.

나의 월급으로 꾸리는 우리 집 경제는 일 년에 이삼백만 원을 모으기도 빠듯하다. 월급은 해마다 늘지 않는데도 아버지의 약값과 담뱃값은 늘 오른다. 치료약도 아닌 진통제와 소염제의 부작용으로 아버지의 얼굴은 늘 바람 든 지퍼백 같다. 아버지의 전신에서 풍기는 약 냄새와 담배 냄새 때문에 나는 자주 바람이 불었으면 바란다. 지퍼백이든 담뱃갑이든 어디론가 훨훨 날려버릴 세찬 바람.

지난 일요일에는 아주 빠른 초고속의 강풍이 휘몰아쳤다. 그건 마치 대형프레스의 금속성 굉음 같아서 지상에 돌출된 모든 것을 짓찧었다. 누구든 쓰러져 바람의 갈피에 끼면 납작하게 파지처럼 날려버릴 기세였다. 당분간 구름은 얼씬 못할 것이다. 그날은 하필이면 장날이었다. 설 대목장에 나갔던 고모와 나는 머플러로 입술까지 가렸다.

"아따! 참말로 날씨가 꼬치 겉이 맵네. 은혜야. 마이 춥제? 내가 모자 씨고 가자캐도 내 말을 안 듣고 웅달 포수 좆 떨디끼(떨듯이) 떨민서로 씽구이(끝내). 퍼뜩(얼른) 집에 가가 동태 옇고(넣고) 서언한 국을 한 솥 끼래 묵고 나면 몸이 확 풀리니라. 이라다가 니캉 내캉 동태 대뿌겠다. 아이고 칩어라."

고모보다 한참 뚱뚱한 나는 동태가 아니라, 여름부터 냉동된 참치 속살처럼 자주색으로 얼었을 것이다.

"고모는 춥다면서 자꾸 말을 하니까 더 춥잖아? 탑마트 갔으면 이 고생 안 할 걸. 그렇다고 여기가 가격이 더 싼 것도 아닌데 늘 시장에 오자고 그래. 빨리 생선가게나 가. 거기서부터 다시 또 이쪽을 다 거쳐 와야지."

시골 할머니들은 잘 꾸며진 마트에 가면 무조건 값이 비쌀 것이라 짐작했다. 그저 눈에 익은 재래시장의 풍경이라야 옥신각신 흥정으로 매사 안심이 되었다. 기껏 고모가 꾀를 낸 것이 야채나 과일 등을 사 모은 뒤, 안면이 있는 몇몇 장사에게 맡겼다. '아이고 야꼬, 마이 바뿐데 이래가 댈랑가 모리겠네. 이거, 요(여기) 쪼맨마(조금만) 나두끼요. 쫌 잘 바주세이'라고 가는 곳마다 간청했다. 대목장의 분주함에 귀담아듣는 이가 없어 나는 늘 기분이 상했다. 장바닥에 쑤군쑤군 구르는 명절 대목의 댓바람이 고모 또래의 할머니들과 중년을 넘어선 아낙들의 발아래 끊임없이 짓밟혀 뜨끈한 호박범벅처럼 질척거렸다.

"은혜야, 탑마트에서 너거 집까지 택시 값이 얼매고? 여자는 우야든 동(아무튼) 알뜰해야 댄다. 남자고 여자고 돈을 칠레팔레 씨는(쓰는) 집은 살림 망쪼가 드는 기다. 머라캐도 자이(장이) 헐코(싸고) 좋다. 우짜겠노, 쪼맨마 참아라. 내 모자 벗아주까?"

"아니 됐어. 빨리 사기나 해. 저기 과메기 있네."

아버지가 좋아하는 과메기 두름이 삭풍에 신바람 난 호객꾼처럼 건들거렸다. 온도가 한껏 내려가고 북풍이 불어야 맛난 게 과메기다.

아버지는 원래 소주를 좋아하지 않았다. 맥주나 양주에서 소주로 바뀐 건 우리가 아파트로 이사 올 무렵부터다. 대신 안주에 무척 신경을 썼다. 그건 아마 젊어서부터 몸 관리가 각별하던 스포츠맨의 습관일 것이다. 아버지는 특히 덜 말라서 물컹한 과메기를 좋아했다. 요즘에야 일회용 위생장갑을 두세 겹 끼고 만지지만 몇 해 전만 해도 그 일은 진저리나게 싫었다. 날생선의 갯내나 해감내와 달리 약간의 숙성인지 부패인지, 핏물이 질금질금한 그 비린내는 제때 치우지 않은 남의 생리대를 연상하게 했다. 아마 생리를 하는 모든 여자는 꾸덕한 피를 손으로 주무를 때, 그것을 떠올리지 않을 수 없을 것이다. 검붉은 육질에 핏물이 벤 과메기를 지그시 씹는 아버지의 식탐은 홀아비의 왜곡된 욕망처럼 보였다. 아버지의 음주가 시린 두 무릎 때문이라지만, 나는 겨울 과메기가 정말 싫다. 그런데도 고모와 나는 과메기를 사야 했다. 적절한 안주가 아버지의 숨은 욕망을 달래주는 장난감이듯.

바람을 안고 걷는 노인네들의 모습이 지푸라기 꿰인 과메기처럼 꺾여 줄지어 휘청거렸다. 검버섯이 다다다닥 핀 고모의 얼굴도 검푸르게 쭈그러진 과메기 껍데기처럼 추위에 오그라졌다.

오래 장바닥을 돌며 살았을 생선 좌판 주인의 얼굴은 동상으로 팥죽색이다. 고단한 삶과 정면 대결을 하느라 연신 눈을 끔벅이며 들이닥치는 바람을 눈물로 녹였다. 한참 나오는 눈물에는 콧물이 따른다. 눈물보다 더 많은 양이 짐작되는 콧물을 뜨거운 국처럼 후루룩, 입맛과 더불어 삼켰다.

생선이 진열된 좌판은 아이스링크다. 앞에 놓인 모든 생선이 아가미나 꼬리를 쳐들고 스피드스케이트로 달릴 기세였다. 구매에 선택된 놈은 컬링하듯 재빨리 미끄럼을 타 일등으로 도마에 가 닿았다. 너무 꽁꽁 얼어 멍충한 듯 보이던 남은 놈들도 사람들의 손만 닿으면 반 바퀴나 한 바퀴의 피겨 스케이팅 회전으로 묘기를 부렸다. 그러다 누군가의 흥정에 한 마리의 꼬리가 옆에 있는 놈을 건드리면 주위의 몇몇이 함께 무너졌다. 마치 오노의 헐리우드 액션처럼. 바람을 적게 맞으려고 작은 눈을 더욱 작게 실눈이 된 아낙들의 줄이 자꾸 길어진다. 그들은 제사에 쓸 음식의 정결함을 위해 아슬아슬한 생선들의 곡예를 잘도 멈추게 했다. 여느 때와 달리 생선의 비늘을 치고 내장을 빼거나 포를 떠서 줄 필요가 없었다. 스케이트에 칼날이 들어가지 않으니 물건과 돈을 맞바꾸는 거래였지만 시간이 더디다. 대목장의 쓰리꾼(슬쩍 훔치는 도둑)을 염려하여 돈은 몇 겹 숨은 곳에서 비어져 나왔다.

명절에 쓰려고 아껴두었던 지폐가 덧입은 속바지 호주머니에 옷핀으로 갈무리되어 추위도 타지 않았다. "아이고, 칩은데 개기(생선) 파니라꼬 참말로 욕보니더." 한결같이 행동은 굼떴고, 와중에도 날씨 인사를 잊지 않았다. 경상도에서는 육류를 '괘기'로, 생선은 '개기(바다생선)'나 '물개기(민물생선)'로 발음했다. 질척한 생선전 바닥의 얼음조각이 새지도 않는 신발 안으로 찌르며 들어오듯 발이 몹시 아프고 시려왔다.

화사하게 밝은 봄날의 대낮 같은 대형마트가 떠오른 나는 발 아래 있던 꽁치 대가리 하나를 툭 차버렸다. 제수로도 못 쓰이는 제 처지를 아는지 좌판 아래로 잘도 숨었다. 어떤 이유에서인지 비싼 갈치와 삼치, 날치, 꽁치 등 '치' 자가 들어간 생선은 제사상 에 올리지 않는다. 꽁치 대가리는 좀 전 제 동료인 과메기를 미워 했던 나를 향해 칼끝 같은 주둥이를 악다구니로 쳐들고, 두 눈알 은 충혈되어 치뜨고 노려봤다. 분명 그 전 장날부터 치워지지 않 은 놈이 닷새간 혹한에 떨었을 것이다. 그렇다고 먹지도 못하는 꽁치 대가리를 집에 데려가 따뜻한 프라이팬에 녹여줄 수도 없 다. 고모는 먼저 조기와 참가자미와 청어, 돔과 전갱이를 한 마리 씩만 샀다. 동태는 가장 흉물스러웠다. 바닷물에 퉁퉁 불은 것도 모자라 아가미마다 얼음을 구레나룻처럼 달고 있다.

아버지가 막내아들인 탓에 우리 집에 모실 분은 엄마뿐이다. 고모네 제수 장만은 그 전 장날에 준비했다. 늘 그랬다. 출가외인 답게 친정은 뒷일이었다. 열일곱 살 이후의 나에게 고모는 어머니 같은 분이다. 고모는 동태 같은 팔에 동태 봉지를 걸었다. 빼앗듯 이 내 손에 온 동태는 당연히 생태보다 무거웠다. 고모와 둘이 서 로 많이 들려고 실랑이를 벌였다. 택시 승강장까지 오는 길에 나 는 잠시 내년 추석과 설을 생각했다. 내가 없다면 고모는…

다섯 가지 전을 다 구웠다. 점심을 먹은 뒤 나는 평소보다 진한 커피를 마신다.

아버지는 거실 창 쪽의 소파에 앉아 있다. 겨울이어서 벌써 살짝 기운 햇살은 유리창의 굴절로 한층 강렬하다. 다리만 불편했지 아직 당당한 체격의 아버지는 등이 굽지도 않았다. 일어서서 절뚝이며 걷지 않는 이상 아저씨로 보일 수도 있다. 반쯤 보이는 얼굴의 윤곽은 보통 남자들에 비해 선연히 뛰어나다. 검고 굵은 일자 형 눈썹을 찡그리는지 오른편 귓바퀴가 조금 흔들리는 것 같기도 하다. 오래되어 익숙한 사진 같은 풍경이다. 아직 해는 밝은 노란색이지만 아버지의 얼굴에 스며든 색은 그보다 짙다.

아버지는 며칠 전 염색을 하고 짧게 이발을 했다. 굵은 머리칼은 윤기가 없어 촘촘한 빗살처럼 잘게 곤두섰다. 한때는 칫솔로 찍어 바르던 양귀비를 썼지만, 언제부턴가 20대의 젊음을 되찾는다는 TV 광고의 비겐 5호로 염색한다. 새로이 솟는 흰 머리칼은 늘 염색이 덜 베였다. 식탁의 불빛에서 보면 노란 스티치를 넣은 이십 대처럼 우스꽝스럽다. 지금 음영으로 양분된 아버지의 두상이 극단적 추억을 깨운다.

명절에 남자들은 참 한가하다. 아버지는 명절이 아니어도 한가하다. 남향의 베란다에는 30여 개의 화분들이 있다. 눈짐작일 뿐 내가 일일이 세어본 것은 아니다. 지금은 겨울이어서 빨래를 널 때 썩 불편하지 않다. 곧 봄이 오고, 저마다 나의 눈치를 살살 보며 기지개를 켤 것이다. 입속의 목젖 같은 새싹들이 하루가 다르게 혓바닥처럼 길거나 넓게 빠져나올 것이다. 그 무렵부터 나는 화분들이 너무 많다고 생각한다. 그래서 은근히 그것들이 절반쯤 죽었으면 싶다.

아버지가 거실로 들어오는 걸 보며 커피를 다 마신 나는 베란다에 나간다. 어제 널어 둔 빨래를 걷으며, 무릎과 허벅지로 화초들을 비비듯 쿡쿡 스친다. "조심해라, 다친다." 거실로 들어서는 나를 비키며, 아버지는 끙 소리를 내며 오른 다리를 질질 끌고 다가가더니 애잔한 눈길로 그것들을 살핀다. 엄마와 나에게 한 번도 보내지 않았던 눈길이다. 조심해라. 다친다. 엄마와 나에게 한 번도 쓰지 않았던 다정한 말. 반쯤 꺾여 건들거리는 가지를 추스르는 아버지의 손을 보면서, 나는 차라리 아버지의 손이 팔목에서부터 그렇게 떨어져 버렸으면 바란다. 끔찍한 기대다. 그건 끔찍한 추억이기도 하다.

시 소유의 불하받지 않은 땅에 지었던 아버지의 태권도장이 막 헐릴 위기에 엄마는 가장 많이 맞았다. 하란시에서 최초로, 최고로 큰 도장이었다. 사범들이 닦고 또 닦아 먼지 한 점 없이 번쩍이던 길고도 넓은 마루와 저수지의 수면을 오려 붙인 것 같던 거울들, 어린아이의 이불만 하던 태극기가 걸려있었다. 살림집은 도장의 옆구리에 블록으로 지어 슬레이트 지붕을 얹었다. 집은 넓었지만 하도 무성의하게 지어져 자칫 공중화장실과 구분이 애매했다. 하란시에서 톱 드레스 멋쟁이 아버지는 아주 호탕한 유지로 군림했지만, 그 조잡한 집에 누구도 초대하지 않았다.

늘 변하는 세상이지만 그 당시에는 급격히 변했다. 흑백텔레비전이 칼라로 바뀌어 누구나 시간이 모자라 시청을 못 할 지경이었다. 간혹 성장기의 체력을 걱정한 훌륭한 부모들이 아이의 손을 끌어 재미없는 도장에 데려왔다. 아이들은 흥미로운 세상을 향해 김유신의 애마처럼 툭하면 발길을 돌렸다.

날이 갈수록 아버지의 미간이 좁혀져 내 천(川)자가 패이며, 선명한 근육을 키웠다. 엄마는 지레 겁을 먹어 발소리도 죽였다. 바른말을 똑소리 나게 잘하는 친척 아주머니에 의하면, 학업 실력이 모자라서 서울의 대학교에 못 간 아버지는, 군대도 가기 전 홧김에 결혼했다가, 제대 후 홧김에 이혼을 했다. 지금보다 엄청 더 촌이었던 당시 하란시에서 드문 이혼이었다. 하란시에서 가장 예쁜 처녀였던 전처는 이혼 이후 네 살짜리 아들을 데리고 대구에서 살다가, 아버지가 수차 찾아가 깽판을 놓아 서울로 가서 자취를 감췄다. 이혼남이 되어서도 눈이 턱없이 높은 아버지는 하란시 근교를 다 둘러봐도 마땅한 짝이 없는 탓에 마흔이 다 되어 재혼했다. 중매쟁이가 불쌍한 여자라며 엮은 인연이었다. 부산 여자인 엄마는 어릴 적 부모가 다 돌아가셔서 가난한 오빠네에서 공장에 다니며 더부살이 중이었다. 한글도 모르는 엄마에게 고교졸업과 겉이 번드르르한 아버지는 첫눈에 반할 상대였다.

엄마는 하란시에서 가장 만만한 아버지 전용 샌드백이 되었다. 대답을 해도 맞고, 대답을 안 해도 맞아야 했다. 울어도 맞고, 안 울어도 맞았다. 시장비를 받을 때도 성역의 도장에 얼굴을 들이밀지 못해 나를 시켰다. 나의 연필이나 공책, 콩나물값도 아버지의 손에서 나왔다. 엄마가 도장이나 사람들 앞에 나서길 주저한 것은 평소에도 곡괭이에 패인 듯한, 얼굴과 팔다리의 멍 때문이었을 것이다. 여름에 엄마의 등목을 해주면 등이나 옆구리의 멍이 썩은 사과처럼 주렁주렁 달려있었다. 때론 붉게 물든 풍작이고 때론 검푸른 흉작이던 동그라미들이 아버지의 노예임을 증명했다. 나를 낳기 전 두 번의 유산과 나를 낳은 후 자궁외임신으로 자궁적출을 받은 얼마 동안이 엄마에게는 편안한 날이었다.

판단력은 없지만 무엇을 인지하는 나이가 되면서부터 나는 아버지를 따랐다. 암만 견주어봐도 둘은 어울리는 상대가 아니었다. 모두 쩔쩔매는 훌륭하고 잘생긴 아버지의 경제권도 나에게는 매력적으로 작용했다. 뭐든 잘하는 게 하나도 없어, 매일 혼이 나는 못생긴 엄마는 나에게도 식모쯤으로 보였다. 엄마는 내 앞에서도 굴신하며 살았다.

'정의'와 '정직'과 '용기'가 해서체로 태극기만 하게 걸렸던 도장이 아니어도 아이들이 다닐 학원이 날로 다양해졌다. 그때까지 살아 계시던 백부님들의 도움이 없었다면 넓은 도장의 전기세를 물기도 어려웠다.

훤칠한 키와 배우 뺨치는 외모에 양복이 너무나 어울리던 체격은 어느 자리에서건 우월적 위치를 선점했다. 하란 시내에서 좀 논다는 날건달들이 90도 허리를 꺾어 '행님!'으로 모시고, 모든 파출소와 경찰서에서도 '관장님'의 행차에는 깍듯했다. 이렇듯 한량의 신사께서 일개 '아저씨'로 명명 받던, 그 순간부터 아버지는 돌아버렸는지 모른다. 아니면 그들 중 다수가 어릴 적 아버지의 도장에 나와서 쩌렁쩌렁한 불호령 아래서 태권도를 배웠을지 모르는 예감 때문일 수도 있다. 대구의 유명 대학병원마다 아버지의 제자들이 있어서 예약 없어도 바로 진료가 통했다. 판검사도 제자로 있는 그런 아버지의, 그 거룩하던 태권도 도장이, 강제 철거 통보를 누차 받았다. 곰보 얼굴에 분칠하듯 구석구석 수리를 했지만, 여전히 손 볼 곳이 더 많은 집도 당연히 철거 대상이었다. 더 이상 유지가 될 수 없었던 아버지는 존재의 하락이 준 나락만큼의 깊이로 끈질긴 몽니를 부렸다. 그렇다고 공무원들에게 애걸복걸한 것은 아니다. 하란 시장의 머슴이나 진배없는 쫄따구 똘마니들은 상대를 않겠다, 고 했다. 이제는 피차 얼굴도 모르고,

안다 한들 하란 최고의 멋쟁이 유지로 알아줄 리 만무한, 시장을 대령하라 일렀다. 물론 시장은 오지 않았다. 나중에는 급기야 강제 철거를 하면 할복을 하거나, 하란시청에 불을 지르겠다는 협박을 했다.

'박정희 대통령각하께옵서 태권도가 지닌 한국적 현실에 깊으신 배려를 베푸시어, 마침내 태권도 국기화의 영단을 내리어 주신 1971년 3월 20일'은 아버지에게 어느 기념일보다 숭고했다. 공무원들은 태권도의 중요성과 역사에 관한 아버지의 장엄한 강론을, 머리 숙여 경청하지 않았다. 아무도 국기(國技)를 전수시키느라 젊음을 소진한 아버지의 노고를 몰라주었다. 그런 날 밤이면 아버지는 홀로 그 넓은 도장 한가운데 앉아 술을 마시며 울부짖었다. 도장의 벽에 걸린 대형 족자에는 『대한태권도협회의 예의규범』이 단정한 붓글씨로 쓰여 있었다.

〈예의는 마음속에서 우러나와 행동으로 표현되는 값진 인격의 기본이다. 예의 규범을 통하여 이 지구 위에 있는 모든 태권도 가족에게 같은 도복과 띠(당시의 문법인지 오타인지)를 두르고, 바르고 품위 있는 예의로서 높은 인품을 만들어 주어야겠다. 이로서 우리는 동방예의지국의 긍지와 태권 한국의 보람을 갖는 것이다.

한 개인으로부터 여럿이 모이는 집단을 이루면 이는 단체이며 조직인 것이다. 조직은 규율이 확립되어야 질서가 유지된다. 더욱이 청소년이 모이는 곳에 더한층 규율과 질서가 절대적으로 필요하기 마련이다. 과잉된 젊음을 선도하는 데는 무엇보다 도의 교육이 필요한 것이다. 도의는 예의에서 첫발이 시작된다. 예의는 단정한 마음과 겸양의 태도라야 한다. 그렇다고 비굴한 태도는 버려야 하며 자존심을 상하지 말아야 하는 것이 예의인 것이다. 고상하고 정확한 말씨와 우아한 몸가짐, 단정하고 절도 있는 태도는 건전한 현대 생활인의 지혜이며 공동생활의 화목과 단결의 근원을 이루는 것이다. 상기한 바와 같은 이유와 필요성에 따라 여기 대한태권도협회는 예의 규범을 제정한다.〉

-1971년 5월 7일

박 대통령의 국기 선정과 함께 선포되었다. 무려 태권도 9단 관장의 딸인 나는 기억에 없는 세 살 때부터 태권도를 배웠다. 매일 도장에 오는 아이들은 교육헌장을 외우듯 그 글을 큰 소리로 읽고, 한 달이 되기 전에 다 외워야 했다. 아버지의 진단처럼 엄마를 닮아 머리가 나쁜 나는 여섯 살에 외우기를 끝냈다.

아버지는 거의 매일 밤 술을 마셨다. 어디서 구했는지 모를 시바스리갈을 마시며 백골이 진토되었을 각하를 그리워했다. 가짜일지 모르는 시바스가 떨어지면 소주를 그 병에 담아 마셨다. '매사 강단이 있어 박력 있으시고, 그 어떤 반란에도 흔들림 없으시던, 위대하신 대통령 각하!'를 찾았다. 각하처럼 장렬하게 죽고 싶다고 했다. 더 취하면 어떤 놈이든 나의 가슴에 총구를 들이대 보라고 고래고래 소리를 질렀다.

도장 앞 공터에 지어진 아파트 복도에 사람들이 나와서 불 켜진 도장의 풍경을 심심풀이 삼아 내려다보았다. 냄새부터가 신선한 신식 건물들 사이에 오래 쓴 마대 걸레처럼 너절하게 처박힌 도장이 언제쯤 포클레인의 거대한 발톱에 걸려들지, 고개를 젖히거나 아래위로 흔들며 궁금해했다. 아버지를 닮아 뻐기며 자랐던 나는 그즈음 고개를 숙이고 다녔다. 태권도를 배우지 않았던 엄마는 공무원들에게 무조건 예를 갖추다가 아버지의 폭력을 부추겼다.

도장의 일부가 강제철거반의 포클레인과 해머에 무너지고, 아버지의 발악이 극에 달했을 때, 서울에 사는 높은 자리의 친척이 엄마의 연락을 받고 마지못해 중재에 나섰다. 하란시에서는 변두리에 새로 지은 24평 아파트 구입금과 얼마간의 위로금을 주었다. 위로금은 아버지의 요구에서 절반 이상이나 깎였지만 친척들은 그만해도 다행이라고 했다.

구멍가게라면 몰라도 다시 도장을 차리기엔 엄두도 못 낼 형편이 되었다. 도장을 열어도 태권도는 인기가 없었다. 공부가 우선인 아이들이 갈 곳은 너무 많아졌다. 취학 전의 코흘리개들이나 태권도를 장난삼아 배우고 있었다. 그리고 그땐 이미 아버지에게 연수받은 사범이나 고단자들이 젊은 관장이 되어 세를 확보하고 있었다. 아버지는 가끔 그들에게 술대접을 받는 일로 소일했다.

엄마는 아버지가 알게 모르게 비닐하우스나 식당 등에서 닥치는 대로 일을 했다. 아버지가 태권도협회의 '단정하고 절도 있는 태도' 등의 규범을 무시하는 통에 얻게 된 그 집에서 엄마는 반년도 못 되어 심장 마비로 허무하게 돌아가셨다. 아버지는 몇 해 후부터 엄마를 자주 짓밟던 오른 다리의 악성 관절염으로 서서히 불구가 되었다. 나는 그런 아버지가 단 한 번도 안타깝지 않았다.

어제 미리 재워두었던 산적 세 가지를 구웠고, 간이 잘 스며서 꾸득해진 마릿고기(토막내지 않아 온전한 생선)를 굽는다. 비린내가 가장 적은 가자미부터 조기, 돔, 전갱이, 청어의 순서다. 대형 프라이팬의 온도조절기를 낮춘 나는 두 번째 커피를 마신다. 명절의 휴일이면 생기는 체증 때문이다.

오후의 해는 아직도 호혜처럼 아버지의 얼굴에서 어른거린다. 햇빛이 불면증에 좋다는 뉴스를 본 뒤 해바라기가 아니라 해따르기가 되어버린 아버지다. 시간의 재촉에 쫓긴 자외선은 아버지의 얼굴에 거미줄 같은 주름의 균열을 만들고, 작디작은 꽃삽의 날이 되어 패인 홈마다 저승꽃 씨앗을 심는다. 아버지는 아까부터 물에 적신 헌 수건으로 꽃이 필 듯 말 듯 몽우리들이 봉긋봉긋한 동백나무 잎의 먼지를 닦는다. 참 평온한 풍경이다. 고요하고 안온한. 그러나 나는 그 따스한 단어들이 떠오른 순간 씹을 것도 없는 커피를 삼키지 못하고 있다. 기분과 입안이 동시에 쓰다.

반이나 남은 커피를 개수대에 버린 나는 내일 쓸 제기를 가지러 다시 베란다로 나간다. 창고 문을 막고 있는 철쭉 화분 두 개를 발끝으로 지긋이 밀어내자, 방정맞도록 봄을 일찍 당기는 철쭉의 꽃망울들이 찢어진 뱁새 눈 모양으로 나를 째려본다. 제기 박스를 든 나는 철쭉 가지 위에 얹어 지그시 누르며, 한 손으로 창고 문을 닫는다. 찌지지직, 가지들이 칭얼거리고 꽃망울들이 눈물처럼 토도독 떨어진다. 동시에 나의 등이나 팔뚝에 아버지의 눈길이 박히는 것을 느낀다. 해마다 튼튼해진 나의 등에서 그 눈길들은 조금씩 반사되더니 이제 예전처럼 아프지도 않다. 나는 철쭉 몽우리들을 밟으며 거실로 들어선다.

나치의 악랄했던 전범 아이히만은 아내와 가꾼 장미를 무척이나 사랑했다. 악의 평범성, 손수 가꾼 장미화원에서 체포되었던 최후의 향기처럼 나는 아버지의 마지막이 궁금하다. 봄이 무르익거나 여름이 성성할 때, 화초들의 기운을 닮아가는 아버지의 신성한 화색이 나는 두렵다. 가을에 접어들면 아버지는 단 한 장의 낙엽도 내 눈에 띄지 않게 열심히 베란다를 쓸고 닦는다. 절반 이상을 차지하는 분재 단풍나무들은 늦가을이 되면 아버지의 손에서 민망할 정도의 삭발을 당했다. 해마다 역병처럼, 마치 떠날 날을 짐작한 노인의 청정한 준비의식 같다. 그러나 자세히 들여다보지 않았지만, 잎 진자리마다 쌀눈 같은 생명이 알알이 맺혀 있는 모양이었다. 여러해살이의 일시적 동면처럼, 아버지의 시간이 모공에 박혀 나의 기대를 저버리는 예외의 포자를 퍼뜨리듯.

부러진 철쭉 가지들을 손아귀에 쥔 아버지가 절뚝이며 거실로 들어선다. 나는 아버지의 그 손에 다시 기억을 쥐여준다.

태권도 9단 연륜의 아버지 손은 보통 남자들보다 절반 이상 두텁다. 젊은 날 그 손은 항상 투지의 힘줄과 분노의 폭력으로 불끈거렸다. 태권도의 무급에 해당하는 기초과정의 손동작은 대개 열 한 가지다. 주먹에는 다섯 종류의 형태가 있다. 여러 가지 변화에 응용되는 '주먹'의 기본은 손가락을 다 편 다음 엄지손가락을 뺀 네 손가락을 힘있게 하여 손바닥에 주름이 잡히도록 오므려 쥔 다음 엄지를 구부려 쥔다. 사용 부위는 두, 세 마디의 중수골 돋은 부분이다. 쥐는 방법이 같은 '등주먹'은 주먹의 손등 쪽 제2, 3 중수골의 끝부분으로 돋은 곳을 사용한다. '메주먹' 역시 같은 방법으로 쥐고, 손날의 부분 연한 곳으로 강한 곳을 칠 때 사용한다. '편주먹'은 주먹을 쥔 상태에서 기절골, 즉 주먹의 첫 관절을 모두 편다. 엄지는 인지의 굴절 부분에 힘있게 붙인다. 3의 중 마디 끝부분을 사용하는 것을 원칙으로 하고 2와 4마디는 보조 역할이 된다. '밤주먹'은 주먹을 쥔 상태에서 중지를 뾰족하게 내민 중간 마디 부분이나 인지를 같은 방법으로 내밀었을 때 뾰족이 내민 끝을 사용한다.

주먹보다 훨씬 멋져 보이는 손날의 형태는 여섯 종류다. '손날'의 기본은 네 손가락을 힘 있게 펴고, 엄지는 제2 중수골 쪽에 힘 있게 오무려 붙인다. 중지 끝과 약지 끝을 거의 같은 길이로 만들어 중지를 약간 구부린다. 손날의 사용 부위는 두상골에 붙은 근육 단장근 부분이다. '손날등'은 손날과 같은 방법으로 하되 엄지는 손바닥 새끼 손 쪽으로 깊이 넣어 구부려 붙인다. 사용 부위는 인지 중수골과 기절골 마디 부분이다. '바람손'은 손날과 같은 형태로 손목을 손등 쪽으로 제친 손바닥의 밑 손날 쪽이다. 네 손가락은 편주먹과 같은 형태다. '아금손'은 쥐는 방법은 손날과 같으나 엄지의 아금을 벌리고 엄지 말절골을 힘주어 약간 구

부린다. '편손끝'의 방법은 손날과 거의 같지만 엄지를 안으로 힘
주어 붙인다. 중수골과 기절골의 네 손마디 안으로 1정도 구부
린다. 사용 부위는 중지와 약지의 끝 근육 부분이다. 마지막으로
'가위손끝'은 가위, 바위, 보 하는 식의 가위 형태다. 인지와 중지
끝 근육 부분을 사용한다.

　아버지의 손은 밤과 낮, 장소에 따라 별도의 용도로 쓰였다.
존경해 마지않는 엄마의 정성으로 잘 다림질된 도복에서 뻗은 아
버지의 손은 도장 안에서 탄성을 자아냈다. 그 손이, 밤이면 겨루
기도 되지 않은 무급의 엄마를 향해 뻗어졌다. 이유는 다양했지
만 한편 단순했다. 행동은 느리고 변명이 길다. 고로 무식한 것
은 어쩔 수 없다, 였다. 엄마의 행동이 느린 것은 매사에 지적당하
니까 판단이 흐려진 탓이었고, 변명을 거듭하는 건 아버지가 말
을 자르며 다각적인 추궁을 한 때문이었다. 유일한 자기변호인
엄마의 해명은 단 한 번의 기회를 얻지 못했다. 대신 걸핏하면 친
척 집으로 피신했다. 그건 아버지의 프라이버시를 우회로 건드리
는 엄마의 부메랑이었다. 쓸모가 마땅찮아 절 뒤란에 쌓인 부식
된 기왓장 더미 같았던 엄마의 몸은 그 손에 자주 격파되었다.

　엄마가 돌아가신 지 일 년이 좀 넘었던, 고 3의 막바지에 나도
그 손의 진가를 알았다. 대학 진학 때문이었다. 나는 더 이상 존
중할 그 무엇도 없는 아버지를 버리고 서울이나 부산으로 도망

가고 싶었다. 떠나지 않으면 엄마처럼 잠결에 죽을 것 같았다. 한 번도 아버지의 뜻을 거역하지 못한 엄마처럼 비참하게 죽을 것 같았다. 아버지는 하란의 전문대학을 원했다. 스스로 원했던 것이 아니라, 그것도 고모의 전폭적인 지원이었다. "요새는 여자도 지대로 배아야 댄다. 여서 전문학교 나와 바야 아무도 안 알아준다 카더라. 지가 시집갈 밑천이라도 만들라 카믄 대구나 부산에 가야 옳게 댄다. 은혜 공부는 내가 책임지꾸마. 너거 살림도 내가 한 번씩 바 주고." 쌀 도매상을 하는 고모네는 비교적 넉넉한 살림이었다. 아버지는 고졸로도 운이 좋으면 은행이나 동사무소 같은 곳에 얼마든지 일자리가 있다고 했다.

아버지는 나를 떼어놓기 싫어했다. 어미 종이 죽었으니 새끼 종이라도 곁에 붙들어야 했을 것이다. 무식해야 고분고분하다. 아버지는 재떨이나 신문, 물 한 잔도 자신에게 대령하도록 명령했다. 지금도 그 버릇을 영 버린 것은 아니다. 고집이 당찬 고모를 제쳐두고 나를 포기시키려고 했다. 고모의 조카답게, 아버지의 딸답게 나도 고집을 피웠다.

"원서 내지 마라. 니 공부 머리에는 하란전문대가 딱 맞다. 서울? 부산? 흥! 어데도 못 간다! 니가 혼차 돈 벌어서 산다꼬? 택도 없는 소리 마라. 객지에는 못 간다. 오늘은 결말이 나야 댄다."

모욕과 서슬 앞에서 나는 벙어리 행세를 했다.

"니가 끝내 이라믄 내가 교무실로 쳐들어간다. 우리 헹펜에 대학?"

문중의 부동산을 매각해 유산으로 받은 얼마간의 돈이 우리 집 생활비였다.

"공부도 몬하는 주제에 가시나가 전문대학도 오감은 줄 알아라."

"아버지의 무능이 부끄럽지 않으세요?"

잘 닦은 거울 몇 장이 눈앞에서 박살이 나 번쩍이며 박혔다. 아니 그것은 순간적 시야에 대한 표현일 뿐이다. 내가 거울이었다. 내 몸의 외피와 진피들이 겹겹의 거울이었다. 내 살들이 내게 날이 되어 베고, 찌르고, 박혔다. 쇠스랑이 휘둘리는 속도와 무게에 속속들이 짓이겨져 파괴되고 있었다. 나의 장기까지 거울로 된 것 같았다. 서로가 서로를 비추지 못하여 텅 빈 허공처럼 증발해버리는 격파의 기본인 주먹손굳히기가 분명한 무서운 악력이었다.

내가 욕실로 기어가 피범벅인 얼굴을 닦고 있을 때, 천상에서 하강한 엄마의 환영처럼 고모가 나타났다. 울음은 고통 다음에 오는 것이었다. 나는 미처 울지 않았다.

"아이고오! 은혜야! 이기 무신 일이고? 저, 더러븐 놈이 인자 아까지 치고 이라네. 기집 직이고도 모자라가 하나밖에 없는 새끼를 이 꼴로 만드나? 인간 귀한 줄 모리는 이놈아!"

폭풍 후의 고요처럼 잠잠하던 집이 고모의 천둥 같은 고함에 흔들렸다. 어딘가에 내던지는 고모의 손가방에서 무엇인가가 박살 나는 소리가 다시 내게 달려드는 격침 같아서 흠칫 놀랐다. 피가 출렁이는 세숫대야를 엎지르며 나는 바닥에 고꾸라졌다. 어룽어룽 물그림자 같은 잠이 솟아졌다. 고모의 눈물이 소낙비처럼 얼굴을 두드려 깼을 때, 나는 힘없이, 힘없던 엄마를 찾았다.

단술과 탕국까지 다 만들고 저녁 설거지를 끝내자 벌써 아홉 시 뉴스가 시작되었다. 양치나 치고 손이나 씻으려 했는데 갖가지 음식 냄새가 전신에 풍겨 나는 좀 서두르며 샤워한다. 이 시간에 집에서 나가 그를 만나는 일은 처음이다. 브래지어 호크를 잠그려다 도로 벗어 버리고 대신 면 티셔츠를 입는다. 5XL의 기모 고무 바지와 같은 치수로 그나마 목선이 날렵해 보이는 브이넥 스웨터에 두툼한 머플러를 걸친다. 크리스마스에 선물로 받았던 머플러에서 그의 냄새를 맡아보지만 방금 바른 바디로션 향이 더 강하다. 목이 짧은 앵글 부츠를 꺼내 신는데 치수가 255mm인데도 발가락의 관절들이 고문하듯 서로를 옥죄며 겹친다. 신발을 신는 일은 브래지어를 하는 것만큼 갑갑하다. "좀 나갔다 올게요." 마치 현관의 신발장에게 말하듯 내 말은 담담하다.

나는 아버지의 폭행이 있었던 고3 이후 '아버지'라는 호칭을 생략했다. TV를 향한 아버지의 어깨가 미동도 없다. 고3 이후 아버지와 나는 일상적인 질문이나 답을 거의 하지 않는다. 그러니까 꼭 소통이 필요한 말만 한다. 어쩌다 시선을 마주치는 일이 있지만 도로 위의 노란 점선처럼 톡톡 끊어진다. 그는 지금 아파트에서 좀 떨어진 공터에 와 있다.

엘리베이터 거울에 내 모습이 그득 찼다. 얼굴 중에서 가장 자신 있는 곳이 입이다. 쌍꺼풀 없는 눈두덩은 두툼한 살집으로 부풀었고, 코는 낮고, 제법 큰 편인 내 입술은 진한 붉은색으로 육감적이다. 내 입술이 섹시한 것은 그도 인정했다. 이목구비 중 입술이 예쁘면 매력적이라고 한다. 키스를 부르는 입, 하지만 나는 심한 비만이다.

정말 아름다운 여자는 겨울에 더 돋보인다고 한다. 맨살이 거의 드러나지 않고도 옷 속의 바디라인이 짐작되고, 무채색의 겨울 배경에서도 유독 드러나게 피는 꽃처럼. 뚱뚱한 나는 겨울이나 여름이면 더욱 괴롭다. 두툼한 겨울 파카라도 걸치면 영락없는 반달곰 형상이다. 웨딩드레스를 입기 전 죽을 각오로 살을 뺄 것이다. 한 번뿐인 내 인생을 돼지 형상으로 살다 죽을 순 없다.

우리가 두 번째 몸을 나눈 다음이었을 것이다.

"나는 지금까지 한 번도 예쁘다는 칭찬을 받은 적이 없어요."

그건 나의 열등감을 명분도 없이 내놓는 공연한 트집이었다.

"아니야. 예뻐. 이 입술이 웃을 때 너무너무 귀여운걸. 외모란 내용과 무관한 선물의 포장에 불과해."

그는 팔을 뻗어 나의 아래위 입술을 쓰다듬었다.

"예쁜 포장이 아름답지 않나요?"

잔잔한 흥분이 번지는 입으로 내가 말했다.

"나의 기준은 포장에 있지 않아. 요즘 성형 미인들 모두 한 공장에서 제작된 마네킹처럼 부자연스럽고 이상하게 보여. 머잖아 은혜 너처럼 성형 안 한 얼굴이 귀중한 표적이 될 거야. 자신감 가져."

"체중은 3년 안에 70킬로까지 열심히 뺄…"

끝말을 다 하기 전 나의 심정을 안다는 듯 덮친 그의 키스를 받았다. 나 역시 그때까지 흥분이 다 가라앉지 않아 목소리가 설레고 있었다. 우리는 아까처럼 서두르지 않고 충분히 애무를 즐겼다. 그는 2년이 넘도록 참았던 섹스라고 했고, 나는 그보다 짧은 8개월가량 참았었다. 날이 갈수록 우리는 첨보다 더 대담히 욕망을 태웠다. 남들이 믿지 않을지 몰라도 그는 내게 네 번째 남자다.

나는 남자친구들의 접근을 외면하지 않았다. 오히려 내 쪽에서 들어올 여지를 주기도 했다. 아버지에게서 영원히 벗어나는 길은 결혼이라는 생각했다. 하루라도 빨리 탈출의 출구가 열리기를 바라며 진지한 연애를 하고, 씁쓸한 이별을 당했다. 그 전의 남자친구들이 무조건 '글래머한 니가 너무 좋아' 또는 '난 외모 그런 거 관심 없어'라며 욕구를 충족하느라 새빨간 거짓말을 연발하는 것과 그는 조금 다르게 느껴졌다.

"은혜야, 난 첨부터 네가 전혀 낯설지가 않았어. 어릴 적부터 봐 온 옆집 동생처럼 편안했어. 널 만나는 시간도 그래. 모든 게 다 해제되고, 아주 평안한 상태. 네가 너무 좋아." 그가 애무하다 말고 그렇게 말하자, 내 몸에서 유일하게 자랑할 만한 연분홍 유두가 꽃판에서부터 서서히 솟고 있었다. 그도 나도 사랑하는 만큼 서로의 중요한 부위들도 단단해졌다. 우리는 뒤늦게 진정한 오르가슴을 알아버렸고, 그건 참 아름다운 소통이었다.

"힘들었지?"

그의 목소리를 듣는 순간, 좀 전까지 끈적하게 혈관을 점유하던 젖산들이 화르르 녹는 느낌이다.

"괜찮아. 이제 명절 음식쯤은 프로야. 시원한 솔잎차를 마시고 싶어."

"그래. 고구려로 가자."

우리가 간혹 들리는 찻집 '고구려 가는 길'은 차로 십분 이내

의 거리에 있다. 산 아래 자리 잡은 그 집 앞에는 사철 맑은 연못
이 있어 경관이 아름답다.

"오빠 오늘 낮에 뭐 했어?"

"…조나단 데리고 미리 산에 갔다 왔어."

"그래, 잘했어. 조나단이 좋아했겠네."

"제 엄마가 좋아하던 크림치즈바게트랑 새우바게트 사 갔더니
소리치며 방방 뛰더라."

그는 한 손으로 이마를 문지르더니 시디플레이어의 전원을 넣
는다. 아마 좀 전까지 들었는지 셀린 디옹의 〈날아라(VOLE)〉다.
조그만 날개로 날아라. 내 피앙새여 내 제비여. 당신에게로 멀리
평화롭게 날아라. 여기서 누구도 당신을 잡지 못하리라. 하늘과
창공이 다시 만나리. 우리에게 맡겨라. 세상에 남겨둬라. 불행의
망토를 벗어 던져라. 우주를 변화시켜라. 귀여운 누이에게로 날아
라. 내 아픔이여. 당신의 몸과 우리의 속박을 벗어던져라. 드디어
당신의 고통을 멈추게 하리라. 또 다른 강을 곧 만나게 되리라.
꽃과 웃음의 강. 당신이 그토록 원하는 것. 어린애와 같은 당신의
인생. 샹송이지만 감미로움보다는 단조로운 힘이 느껴지는 음악
은 계속된다. 나는 더 이상 그에게 말을 걸지 않는다. 그건 내가
그에게 줄 수 있는 선물 같은 것이다.

그가 말하는 산에는 그의 아내가 이 년 전부터 묻혀있다. 교통

사고라고 했다. 조나단은 여섯 살짜리 그의 아들이며, 나의 직장인 영어학원의 유아반 학생이다. 영어학원에서는 모두 영어로 된 이름을 가진다. 국어 독해력은 아주 소중한 국민의 근본인데도 유아기부터 영어공부가 판을 치는 이상한 나라가 되어버렸다. 영어의 필수적 사용도 이해는 하지만 그냥 팽개쳐버리는 국어가 걱정이다. 나는 아이들의 한글 이름은 일일이 외지 못한다. 제법 희극적이다. 어느 모로도 어울리지 않는, 나의 영문 이름도 수지다.

2년 제 영문과를 나온 나는 정식으로 학원 강사가 될 수 없다. 오후 1시에 출근하는 나는 조나단 같은 유아반 아이들의 오후 간식을 만들어 먹인다. 더러 부모들의 퇴근이 늦은 경우 간단한 저녁밥도 만들어 먹여야 한다. 보조교사를 하며 틈나는 대로 유아반 영어의 교재 도구들을 배치하고, 정리 정돈을 한다. 또 아이들의 등하원 승하차를 돕고, 학원이 파한 뒤에는 청소와 세면실의 타월 등 빨래까지 도맡아 한다. 밤 9시까지 청소원의 일을 덤으로 하느라 통상 전문대 출신에게 주는 월급보다 더 많이 받는다. 나를 제외한 다른 강사들은 경력에 따라 몇 배나 많이 받는다. 월급 통장을 볼 때마다 4년제 대학교의 한과 아버지의 폭력이 되살아났다.

종합병원의 정신과 간호사인 그는 맨날 꼴찌로 와서 조나단을 데리고 간다. "미안해요. 제가 저녁을 살게요." 우리는 퇴근 후의 맞벌이 부부처럼 조나단을 데리고 저녁밥을 먹으며 가까워졌다.

셀린느 디옹의 〈날아라〉가 끝나자 그는 우리가 함께 본 첫 영화 첨밀밀의 주제곡 〈월량대표아적심〉의 볼륨을 높인다. 이 노래의 감미로운 선율은 연인이 듣기에 최적화되어있다. 가사 또한 얼마나 달콤한지 굳이 말하지 않아도 덤으로 얻는 사랑 고백이다. ―당신은 내가 당신을 얼마나 사랑하는지 물었죠. 나의 마음은 진심이에요. 나의 사랑도 진실하고요. 달빛이 내 마음을 대신하죠. 나의 마음은 떠나지 않아요. 나의 사랑도 변하지 않아요. 저 달빛이 내 마음을 대신하죠. 가벼운 입맞춤에 이미 내 마음은 움직였어요. 아련한 사랑은 지금까지 당신을 그리워하게 하네요. 당신은 내게 얼마나 당신을 사랑하는지 물었죠. 생각해 보세요. 봐 봐요.(중략)

그는 아직 말이 없다. 이 노래는 조나단 엄마와 나, 둘 중 누구에게 흘러가는 걸까? 한 곡의 노래는 백 명 천 명도 동시에 들을 수 있다. 영원히 떠나보낸 사랑과 새로이 맞이한 사랑, 두 사랑의 연속성 의미일 수도 있다. 말 없는 그는 지금 산의 기억을 더듬는 것 같다. 나는 그의 그런 모습이 아름답다. 그는 비교적 솔직히 죽은 아내를 그리워한다고 고백했다. 나는 그런 그가 무척 진실해 보였다. 내가 그를 깊이 사랑하게 된 결정적 계기이기도 하다. 사랑했던 이가 불의로 사라졌다 해서 기억마저 사라지는 것은 아니다. 기억이란 누구에게나 마이크로 칩처럼 중요한 궤적으로 남는다. 다만 시간의 흐름 속에서 선명하거나 흐려지거나 그 차이만 있다. 고유한 기억은 타인의 요구로 변환되거나 삭제되지 않는다. 결코 보내고 싶지 않았던 이를 보내야 했던 그의 안타까운 이별을 나는 역지사지로 충분히 이해한다. 많이 또는 가끔, 사무치는 기억들이 자의와 관계없이 회상될 것이다. 마치 내가 엄마를 몹시 그리듯, 속죄의 크기만큼 그립듯 그렇게. 그리고 그의 기억은 나를 만나기 이전부터 삶의 연속성일 뿐이다. 그의 생이 끝나는 날까지 끊임없이 반복될 유한한 상념이다. 내가 엄마를 무시했던 고약한 유년기를 버릴 수 없듯 우린 누구나, 자신의 것마저도 지난 시간을 수정할 수 없다. 한때 소중한 그의 아내였던 고인을 질투할 생각이 전혀 없다.

그가 말렸지만 나는 지난 추석을 앞두고 조나단과 셋이서 산에 다녀왔다. 나와 동갑이기도 한 그녀의 무덤에 아담한 꽃다발을 선사했다. 죽음이란 어쩔 수 없이 겪는 완강한 이별이다. 영혼은 산 자들의 마음속에서 더 이상 생명으로 피어나지 않는 무형의 은유로 남을 뿐이다. 그가 정작 그리워하는 것은 이미 사라진 그녀의 실체일 것이다. 그의 가슴속에서 박제되어 가는 그녀의 영혼을 위해 나는 진심으로 애도했다.

그날 밤, 내가 먼저 그에게 청혼했다. 그는 미안하다는 말로 지금까지 승낙을 미루고 있다. 죄 없는 그는 고인에게도, 고인의 가족에게도, 나에게도, 아버지에게도, 조나단에게도, 모든 이에게 늘 미안하다고 말한다. 그는 정말 아무 잘못이 없는데도. 그는 아마 내일 아버지를 만난 이후 결정을 내릴 듯하다. 일면 아버지에게 결정의 잠정 권한을 두고 있을지 모른다. 결혼한 뒤에도 나는 산에 다녀오는 일을 기꺼이 할 것이다. 조나단이 성장하는 동안 엄마의 죽음을 감추거나, 일부러 망각하게끔 조작할 생각은 아예없다. 삶과 죽음이란 동전의 양면처럼 친근한 전환임을 아이도 알아야 한다. 더구나 그것이 저를 낳아준 엄마일 경우에는 더욱.

섣달 그믐밤답게 찻집 앞의 호수가 고약하게 검다. 차보다 솔잎 주스가 더 어울리는 이 집의 솔차는 생솔잎과 레몬, 요거트를 믹서에 곱게 갈아 부드럽고 향은 무척 싱그럽다. 어느새 그의 얼굴이 밝아졌지만 일면 쓸쓸히 아름답다. 삼십여 년을 누름적처럼 밋밋한 나의 얼굴을 보아왔기에 나는 잘생긴 남자만 만난다. 그 전의 남자들도 다 멋졌다. 그는 아버지처럼 건장한 미남이어서 우리를 보는 주위의 시선은 늘 두 번 박힌다. 저 남자가 눈이 삐었나, 거나, 저 여자는 복도 많네, 일 것이다. 나도 못생긴 엄마를 닮아 외모를 보는 걸까?

"은혜야, 아버지께 말씀드렸니?"

"아니, 오빠. 아버지는 작위적인 구석이 있어서 미리 무얼 알려주면 재미가 없어. 내일 오후에 말씀드릴 거야."

허세로 가득 차 멋 부리기를 즐기는 아버지는 전에도 나의 남자친구가 오기 전부터 온갖 부산을 떨었다. 염색을 새로 하고, 화려한 색상의 티셔츠를 입고서 집안 곳곳의 먼지를 다 후벼내고, 욕실의 거울까지 말끔히 닦았다.

"내일 내가 가는 거, 괜찮겠니?"

"오빠. 우리 아버진 행여 누가 집에 오나, 그것만 기다리는 사람이야."

첫 남자친구를 맞기 전 아버지는 나에게 유성페인트를 사 오라고 시키더니 곰팡이가 슬었던 욕실 문과 문틀까지 새 단장을 시켰다. 이 년 전에 헤어진 세 번째 남자친구가 올 때는 손수 유리창마다 은은한 선팅을 해 놓았다. 나는 그런 일들이 나를 위한 것인지, 방문객에 대한 예우인지, 아버지의 옛 명성에 대한 의도적 장치인지, 나의 결혼 이후 아버지의 거취를 계산한 것인지 알 수 없다.

"은혜야. 그래도 신경이 쓰인다. 재혼에 대한 나의 의도가, 스스로도 수상할 때가 있다."

"결혼에 관한 조건이라면 나도 오빠 못지않게 나쁜걸. 조나단은 자라면서 철이 들지만, 우리 아버진 날이 갈수록 백발의 노인이 돼. 늘 불화를 겪는 가정에서 자란 나도 불안한 면이 있어."

"맞아. 나도 그래. 친인척이나 친구들이 하나둘 이혼과 재혼하는 걸 보면서 두렵기도 해. 넌 매사 단호한데 나는 결정장애가 좀 있어서…"

"나의 실패한 연애들처럼 시간이 흘러, 알 수 없는 미래가 고통이 되는 순간에도, 상대에 대한 배려로 인내하게 될까, 나도 책임이 느껴져. 내 속에 있는 아버지 성향이 두려워. 난 결혼의 현실적인 조건이나 사랑보다 더 중요한 것이 서로에 대한 존중이라고 생각해. 난 화목한 오빠의 부모님과 형제들의 가족관계가 무지 부러웠어."

"그건 내가 더 고마워. 그저 보통의 가정형편에 평범한 우리 부모님인데."

"오빠 가족들 내가 두 번 만나면서 느낀 건데 서로 주고받는 말씨가 참 순하더라. 웃으면서 말하고, 상대의 말을 긍정하고 응원해주는 거 아주 낯설고 부러웠어. 눈을 바라보는 것도 그렇고. 나도 그런 가정에 스미고 싶다는 생각이 가장 컸어. 지시어와 명령어에 설명과 복종을 강요하던 우리 집과는 너무 달라서 존중해."

내가 태어나 가장 가까이서 오래 지켜본 결혼의 상태는 힘의 논리만 지배하던 기울어진 가족관계였다. 어쩌면 아버지에게 하고 싶은 말을 그에게 하고 있는지 모른다.

"나도 정말 아주 좋아서 잠시라도 헤어지기 싫은, 그런 그리움을 사랑으로 정의하진 않아. 너의 삶의 태도, 성실한 시간 관리와 솔직담백한 성품 등. 본능의 순간적 끌림이 아닌 거지. 특히 은혜네가 조나단이나 아이들을 대하는 천진함이 너무 편안해. 또 하나, 조나단 엄마와의 추억을 이해하는 너의 관용을 나는 존중해. 그건 굉장히 소중한 성품이거든."

"오빠 만나면서 많이 달라지고 있어."

"은혜야, 초혼인 너에게 조나단의 양육을 맡기려는 나의 양심 때문에 지금도 갈등이 사라진 건 아니야."

"오빠, 오빠 혼자였으면 우리가 못 만났을 수도 있어. 조나단은 우리 사이를 잇는 희망의 고리야."

테이블 위에 올려진 나의 손을 그의 야윈 손이 덮었다. 꼭 쥐여줄 수 없는 건 내 손이 더 크기 때문이다.

"은혜야. 고마워. 내가 뭐라고 소중한 네가 내게 온 건지."

아버지처럼 늙지 않고, 젊은 남자의 슬픈 얼굴은 황홀하도록 아름답다.

"오빠는 그럼, 우리 아버지가 반대하면 관두겠다는 얘기야?"

"꼭 그런 건 아니지만… 아니, 그렇기도 하다."

"무슨 말이 그래?"

"그렇지? 그런데, 그렇다."

그는 시큼하게 웃고 만다.

"오빠, 초혼과 재혼의 구별은 안 했으면 좋겠어. 아버지를 만나는 일은 그냥 통과의례일 뿐이야. 아무 일도 일어나지 않는, 길고 긴 아버지의 무료함도 어떤 일엔가 부닥쳐야 해. 그리고 내가 없는 환경을 스스로 헤쳐나가야 해. 언제까지나 나의 수발을 요구하게 하지는 않을 거야. 지금까지도 충분했다고 생각해. 난 아버지의 부속물이 아니야. 난 독립된 인간이고 내 인생을 내 것으로 살아갈 권한이 있어. 분명히."

아버지는 아주 유난히 자기 몸에 신경을 쓴다. 정해진 식사 시간을 지키고, 식후 30분의 스트레칭도 끔찍하게 잘 지킨다. 어쩌면 비만인 나보다 더 오래 건강할지 모른다.

"그건 알아. 은혜 네가 무조건 이탈하는 것만으로 아버지와의 단절이 이뤄지는 건 아니야. 또 그래서도 안 되고. 네가 결혼하면 고모님이 너네 집에 와 계신다고 했다지만, 아버지보다 나이가 더 드신 고모님의 연세를 생각하면 그 방법도 마땅치가 않아."

"어떤 일이 생기면, 그건 그때 가서 생각할 거야. 난 정말이지 아버지를 돌보는 일에 지쳤어. 정말 싫어."

난 정말 아버지를 어떻게 해야 할지 모르겠다. 아버지가 만약 우리 집 베란다에 마구 꽃씨를 퍼뜨리는 화분들처럼 많다면 절반쯤 죽어버리기를 바랄 수도 있다. 그러나 단 하나뿐인…. 1이라는 유일성. 꽃이나 물고기나 달걀이나 뻐꾸기와 다른 특별한 호모사피엔스 종(種)의 고유성.

"너의 고충, 충분히 이해해. 하지만 은혜야. 이건 너를 만난 뒤 줄곧 생각해 온 문젠데, 나는 조나단과 아버지, 우리 네 사람의 거취 문제를 분리해선 안 된다고 생각해. 아파트 분양사무실에 근무하는 정 소장이라는 내 친구 본 적 있지? 그 친구 말로는 어른을 모시는 가구의 편의를 위해서 두 칸을 매매하는 경우 거실 벽에 별도의 문을 내줄 수도 있다고 하더라. 참 괜찮은 방법이긴 하지만 내일 아버지를 뵌 다음 천천히 생각할 문제다."

"잠깐! 오빠 그만! 아버지를 마치 내가 낳은 아들인 양, 끝까지 모성으로 책임지라는 얘기 같네. 오빠의 조나단처럼."

"그래. 은혜야, 그래서 우리의 결혼은 남들과 달라. 힘이 들 것이라고 미리부터 겁을 먹으면 우린 이쯤에서 끝내야 해. 우리에겐 남들보다 곱절의 인내와 희생이 필요하게 될 거야."

그야말로 나의 가족 같다. 어떤 경우에도 동맹일 수밖에 없는.

"오빠. 난, 지금도 아줌마가 된 내 또래들보다 몇 배나 힘이 들어. 더 늙어 가는 느낌이라고. 아버진 우리가 거두어야 할 어린애가 아니야. 자신의 무능을 은폐하느라 식물인간 흉내를 내고 있어. 기껏 위신이나 앞세우며 외롭게 지내느니, 이제 지긋지긋한 허세 버리고 양로원으로 갔으면 좋겠어."

참 엉뚱한 말이 내 입에서 나온다. 뚜렷한 대책이 없었지만, 나는 아버지가 양로원의 늙은이들 속에 있는 모습을 한 번도 구체적으로 그리지 않았다.

"은혜야. 사람들은 자라나는 아이들의 미래는 지나친 희망으로 기대하면서, 노인들의 마지막은 단축되기만을 재촉해. 그러지 말자. 우리 부모 세대는 일제의 탄압부터 전쟁까지 많은 역경을 겪어왔어. 가족 간의 관심이나 책임이 꼭 어린아이에게만 국한되어서는 안 된다고 봐. 아이들이 자라서 어른이 되기까지 아주 긴 세월을 두고 볼 수 있지만, 노인들의 세월은 얼마 남지 않은 마무리 단계야. 우리가 가족이 되면 아버지랑 둘이 살 때보다 더 나아질 수도 있어. 우리의 퇴근이 늦더라도 조나단이 일찍 하원할 수도 있고. 조나단은 할머니 할아버지가 키우기 땜에 노인에 대한 거부감도 없어."

그는 사뭇 국정교과서 바른생활 편이다. 남편감으로 최상이다.

"아버진 참 복이 많은 사람이야. 스스로는 아무것도 하지 않으면서, 늘 자신의 주변으로부터 여하한 형태의 노고를 유발시키고야 말아. 타인의 삶을 교묘히 갉아먹고 사는 식충식물 같아."

아버지를 생각하는 그가 고마워서 나는 묘한 심통이 난다.

"심하구나. 그 얘긴 이제 그만하자. 맛있는 거 많이 했어? 은혜

너 음식 솜씨가 궁금하다."

"고모가 늘 칭찬해. 고모네 며느리 셋을 다 합해도 나보다 못하데. 아버지도 엄마가 살아계실 적에 뚝배기보다 장맛이라며 유일하게 음식에는 불만이 없었어. 나도 그쯤은 되나 봐. 인생이 요리처럼 쉽고 재미있으면 좋겠어."

"정말 기대되는데. 우리 엄마나 형수들의 솜씨는 별로야."

"말을 많이 해서 그런지 목이 마르다."

"나도 그래."

"우리 차를 한 잔씩 더 마실까?"

"응."

아까부터 찻잔 가장자리의 부드러운 기포들이 다 삭아 내린 빈 잔을 들여다보던 그는 종업원을 불러 해당화차를 주문한다. 맛보다는 분위기 때문에 내가 좋아하는 차다. 녹차를 연하게 우린 물에다 마른 해당화 꽃잎 서너 개를 띄우면 하얀 분청자기 안에서 수줍은 듯 흔들리는 진분홍색 꽃잎이 서서히 핀다. 그렇게 꽃잎이 열리는 잠시 동안은 몰아(沒我)라고 해도 좋을 만치 무념의 시간이 된다. 꽃잎이 동동 뜬 상태에서 아주 조심스럽게 첫 잔을 마시고 난 뒤, 두 번째 찻물을 부어 잔 위에 고개를 숙이자 홍옥사과 향 같은 풋 꽃내가 살며시 코끝에 닿는다. 이렇게 내가 좋아하는 차를 집에서는 즐기지 못한다. 온 집안을 속속들이 지

배한 아버지의 담뱃진 냄새 때문이다.

차를 다 마시고 난 뒤에도 우리는 조나단에 관한 이야기를 좀 더 나누다 헤어졌다. 조나단은 학원에서 쾌활하며 예의도 바르다. 특히 우리의 관계를 친근히 알아서인지 나를 무척 따른다. 어떤 날은 헤어지기 싫다며 나를 이끌기도 한다. 그런데 집에서는 한번 울음이 터지면 좀체 그치질 않는다고 했다. 그게 요즘 와서 점차 심해지고, 학원에 안 오는 휴일이면 트집이 더욱 잦아 그의 집에 와 계시는 할머니를 힘들게 한다고 했다. 우리는 엄마의 부재로 겪는 조나단의 외로움을 걱정하며 헤어졌다. "조나단한테 잘해." 내가 말하자, "아버지한테 잘 해드려." 그가 말했다. 평소와 달리 늦은 시간임에도 사람들이 오가는 통에 우리는 차 안에서 키스도 나누지 못했다. 그런데도 마음은 어느 때보다 따스하다. 나는 월 량대표아적심 멜로디를 콧노래로 부르며 엘리베이터를 포기하고 아파트 계단을 급히 오른다. 웨딩숍에서 보았던 심플한 드레스를 떠올리며.

차례는 방금 끝났다. 제관들이 철상한 제물들을 받아 치운 나 는 이제 아침 겸 이른 점심이 되는 밥상을 차린다. 우리 집 차례 는 늘 열 시경에 행한다. 아침 일찍 큰집의 여덟 분이나 되는 조 상의 차례를 올린 후에야, 제관인 사촌들이 우리 집으로 당도한다. 굳이 숙모 한 분을 모시기 위해서라기보다 아들이 없는 사정을 고려해서다. 우리나라의 법도가 고인이 된 아내의 제상 앞에 남편은 웃어른이기에 절을 올리지 않는다. 남존여비의 질서가 죽은 귀신이라고 특별히 대우받지는 않는다.

올해는 세 백부댁에서 한 명씩 차출되어 왔다. 어쩌면 큰집의 차례가 끝난 뒤 저마다의 사유로 빠질 궁리를 하다가 어릴 적 우리가 자주 했던 내기에 졌는지도 모른다. 가위바위보나 제비뽑기, 또는 사다리타기를. 그래서 에이 참, 하면서 어쩔 수 없이.

아들도 마누라도 없고 딸만 달랑 하나인, 숙부에게 세배를 올린다. "오래오래 건강하십시오." 해마다 꼭 같은, 그 막연한 인사가 나는 싫다. 아버지 역시 바라는 인사가 우리라도 있으니 과히 염려 마십시오, 쯤 될 것이다. 나는 사촌들이 이렇게 말하기를 바란다. 전적으로 우리를 믿지는 마십시오. 요새 마누라들이 시집의 복잡한 가계는 질색입니다. 더구나 날로 새끼들 건사는 힘들고, 살기가 보통 어려운 게 아닙니다. 태권도 9단의 작은아버지는 이제 더 이상 가문의 전설적인 자랑거리가 아닙니다.

속내야 어찌 되었든, 아버지와 사촌들은 심심이 친척들의 근황을 주고받는다. 벌써 세 번째 엘리베이터가 멈추는 깜찍한 신호음이 들린다. 그건 마치 철부지 아이를 데리고 노는 '까꿍' 장난질 같다. 그때마다 아버지의 수저가 잠깐 멈춘다. 그리고는 아주 태연한 척하면서, 몇 개의 계단을 밟는 소리에 침을 모은다. 이내, 맞은편 집의 현관 벨이 머리통을 콩 쥐어박는 꿀밤처럼 들리고, 아주 반갑고 기쁜 인사들이 분분하다. 아버지는 한 손으로 얼굴에 손다림질을 한다.

사촌들 중 누구도 아버지의 그 같은 기다림을 눈치채지 못한다. 아버지는 스스로 세상으로부터 은둔해 놓고, 보물찾기를 하듯 제자들 중 누군가가 끈질기게 자신을 찾아줄 것을 기대한다. 이 순간에도 집집마다 흔해 빠진 삼촌이나 작은아버지로 불리기보다 '관장님'으로 불리고 싶을 것이다. 단 한 사람이라도 좋으니 누군가, '관장님' 하며 거룩한 경배심이 절절한 음성으로, 털퍼덕 무릎을 꿇어주기를. '태권도 9단이었던' 것이 아니라, '태권도 9단이라'는 저 가공 할 만한 자긍심. 허연 백발에도 영원한 해병을 부르짖듯, 관절의 이음새마다 녹 쓸어 나사가 풀린 태권 V의 노후. 아버지의 지금 상태는 두 가지 형태의 동작이 연결되는 특수동작은커녕 59가지에 달하는 기본동작의 시범을 보이기도 벅찰 것이다. 그런데도 고장 난 로봇의 가슴에는 V자 하나만이, 주홍 글씨처럼 불온하게, 한겨울에도 남은 단풍잎 한 장처럼 집요하다.

아버지와 사촌들은 음복술을 건성건성 마시고 있다. 몇 해 전만 해도 갓 결혼한 사촌 올케언니들이 인사차 들려 여자들만 별도의 상에서 밥을 먹었다. 더 이상 결혼할 사촌이 없어 나도 요즘은 한 상에 앉는다.

머릿고기와 전과 산적은 새로 담아냈고, 탕도 팔팔 끓여 다시 담아 술상을 차렸더니 빈 그릇들로 개수대가 그득하다. 역시 창밖의 하늘은 잘못 본 시간처럼 말끔하여 새해의 연하장같이 지나치게 명랑하다.

북향을 향한 주방의 유리창은 직사각형 푸른 색종이 두 장 같다. 집 전체의 창 중에 유일하게 커튼이나 선팅이 없는 그 창은 나만이 사용하는 손거울처럼 친근하다. 이 집에서 잠시 살았던 엄마도 아마 북쪽을 향한 이 창을 좋아했을 것이다. 유일하게 아버지를 외면하고 집안일을 할 수 있는 곳이다. 나는 두 장의 유리창에 엄마와 나의 얼굴을 나란히 놓고 본다. 우리 모녀는 정말 사진을 잘 찍지 않았다. 겨우 초등학교 일, 이 학년 때의 소풍에서 찍은 사진이나, 중학교 졸업식 날 사진이 전부다. 지금 펼쳐진 앨범 같은 푸른 창을 배경으로 엄마와 나는 어색하게 웃고 있다. 서로가 나를 보듯 오버랩 되어.

설거지를 막 시작했을 때 핸드폰이 울렸지만 받지 않았다. 배달되어 오는 선물처럼 잠시 궁금한 긴장도 행복이다. 그도 지금쯤 나의 사촌들처럼 음복을 할까. 아니면 아들 조나단을 데리고 세배를 다니는 중이거나. 그를 생각하자 몸살 직전처럼 온몸의 열기가 후끈해진다. 실내 온도가 지나치게 후덥지근하다. 평소에

절약하던 보일러를 과하게 돌렸다. 싱크대의 수도에서 쏟아지는 물줄기가 소낙비처럼 시원하다.

어제 음식을 만들면서도 더러더러 주방의 창으로 눈길을 두었다. 가스레인지의 환풍기와 부침개가 지져지는 소리들이 마치 바람이 휘몰아치고 세찬 빗방울 떨어지는 이명이 되곤 했다. 해가 거듭될수록 내가 겪는 명절의 고초가 호흡을 깊게 한다. 어떤 경우에는 반복이 연습되지 않고 탄식으로 변질된다. 아버지 또한 나처럼 쓸쓸하기 짝이 없는 명절이 결코 반갑지 않을 것이다. 아버지의 미간에 세로로 박힌 차디찬 고독과 나의 일손에서 뿜어 나온 열기의 밀도가 상충하면서 맺힌 물방울들일지 모른다. 문제는 김이었다. 설음식을 장만하느라 네 개의 가스레인지 밸브가 모두 열렸다. 휴대용 가스버너까지 활활 불길을 올렸다.

설거지를 끝낸 뒤 마른행주로 일일이 그릇들을 닦는데, 다시 그가 떠오른다. 누군가 좀 도와주었으면 싶다. 평소에 쓰지 않는 큰 접시들을 드는 팔목에 시큼한 통증이 퍼진다. 아직 싱크대에 정리하여 넣을 단계는 아니어서 완전 건조 시키느라 식탁 한쪽에 쌓아둔다. 얼마 전 신문의 전면을 차지한 한국도자기의 웨딩컬렉션은 극히 절제된 문양으로 은은하고 아름다웠다. 나는 그중에서 백랍색 라인이 둘러진 퓨어파스텔홈세트가 가장 마음에 들었다. 34pcs, 396,000원을 316,900원에 판매한다고 했다. 세일 가

격은 얼른 셈이 안 나오게 숫자는 뒤섞여있었다. '새봄 신부를 위
한 혼수특가전'만 보일 뿐 기한은 없었다. 이 구닥다리 접시들은
오늘 그가 다녀가고, 내일이나 아니면 돌아오는 주말쯤에 제대로
분리하여 놓이게 될 것이다.

뺨 안에 다 들어오지 않는 팔목을 주무르며 내 방으로 들어올
때, 셋째 큰집의 막내인 은호오빠가 힐끔 돌아보며 내게 무슨 말
을 할 듯, 하더니 눈짓만 끔벅인다. 수고했다는 인사 같다. 나는
물에 빠트렸다 건진 두루마리 휴지처럼 무겁게 부푼 몸을 책상
앞 의자에 부린다. 오만 오천 원에 구입한 싸구려 회전의자 등받
이가 잘못 업힌 아이 목처럼 홱 젖혀지다가 가까스로 중심을 잡
는다. 그는 괜찮다고 했지만 아무래도 체중을 단시간 내빼야 할
것 같다.

핸드폰을 열자, 두 개의 머리통이 붙어 샴쌍둥이 같은 그와 내
가 화면에 뜬다. 그의 문자메시지가 와 있다.

─은혜야. 잘 잤니? 좋은 꿈 꿨어? 자꾸 시계를 보게 된다. 많
이 피곤하겠다. 무진년 첫 키스를 보냄.

─오빠. 보고 싶어. 아직 시간이 한참 남았네. 하늘이 너무 맑
아. 세상이 푸른 바닷물을 채운 수조 속에 잠긴 것 같아. 오빠의

키스가 나의 몸에 지느러미로 돋는다면 헤엄치고 싶어. 힘차게.

여기까지 쓴 다음 폴더를 닫고 다음 글귀를 떠올린다. 남자들은 주로 나의 외모보다 내가 보낸 문자나 메일에서 확 다가왔다. 형제가 없어 심심했던 나는 어릴 적부터 책을 많이 읽었고, 글짓기에 소질이 있었다. 하란시에서 열리는 백일장의 장원을 휩쓸다시피 했지만, 국문학보다 영어의 매력이 더 컸다.

내가 만약 물고기가 된다면 아버지는 능숙한 어부처럼 아주 촘촘하고 넓은 그물을 던질 거야. 멀리까지. 그래서 나의 아가미에서 뿜어진 행복까지 깡그리 건져 올려 날로 토막 내어 술안주로 삼을지 몰라. 육류보다 회가 건강에 좋다면서 말이야. 누구나할 말을 다 하고 살지는 않지. 나는 침을 삼키며 속말을 지운다.

사랑이 증명되는 것은 아주 사소한 자극에서부터다. 퍽 일상적인 용어 '잘 잤느냐'는 인사 따위도 엄청난 위력이 된다. 마치 세상에서 단 하나 나만을 위해 쓰이는 말처럼 가슴이 달아오른다. 꼭 바늘 끝만 한 자극에도 마음이 흔들리는 것이 사랑의 전이(轉移)다. 전에도, 그전에도 그랬다. 상대가 바뀌어도 사랑의 기본적 탐미는 감미롭다. 아버지와 나는 아침 인사를 나누지 않은 지 오래되었다. 그는 좋은 꿈을 말했다. 꿈, 을 꿨다. 꿈, 이 기억난다.

　나는 어제 낮처럼 식탁의자에 앉아 커피를 마셨다. 망연히 베란다를 보는데 커다란 해바라기 한 그루가 있었다. 보는 도중 키가 쑥쑥 자랐다. 휘어진 대궁이 더 자라면 거실문의 유리를 깨고 기어들어 올 것 같았다. 나는 천천히 일어났다. 손가락에 잡혔던 머그잔의 고리가 어느새 가위 손잡이로 변해 있었다. 오래 쓰지 않은 가위의 날은 커피색으로 녹 쓸어 있었다. 맨발로 소리를 죽이며 걷는데, 자국마다 공룡의 발자취 같은 홈이 패었다. 그만큼 몸이 무거웠다. 가까이서 보자 해바라기는 더 자라지 않았다. 대궁에서부터 누렇게 단풍 든 잎이 뻗어 나온 줄기 사이에 가위를 벌리려는데 몹시 힘이 들었다. 한순간, 녹슨 날이 하하하 크게 웃는 비웃음처럼 열렸다. 겨우 벌어진 가위 날에 닿은 줄기는 식물이 아니라 뼈처럼 억세었다. 남은 한 손을 보태 힘껏 가위 날을 접으려 하는 순간 꽃판이 와르르 쏟아졌다. 해바라기씨들이 우박처럼, 깨어진 유리조각처럼, 나의 발등에 꽂혀 도망치듯 잠이 깼다.

　깬 잠이 안개처럼 자욱할 때, 타일 바닥에 뿌리를 박았던 빈 얼굴의 해바라기가 걸어와 나의 방문 밖에 서 있을 것 같았다. 무서움에 이불 아래로 몸을 말았다. 두툼한 발등의 자잘한 통증을 쓰다듬다가, 다시 잠이 들었다. 다시 꿈을 꾸었다.

꿈은 전혀 다른 장면으로 연결되었다.

장소는 어릴 적 아버지의 도장이었다. 박정희 대통령이 쓴 '국기 태권도'의 필사본 액자와 어린아이 이불만 하던 태극기도 보였다. 도장은 결혼식장이었다. 빨간 띠를 두른 판급의 초등 수련생들이 멘델스존의 결혼행진곡을 허밍으로 부르고 있었다. 그건 마치 호령이나 기합처럼 들리기도 했다. 하객들 모두가 깨끗한 도복을 입고 있었다. 학원에서 멀지 않은 곳의 웨딩숍에서 얼마 전부터 내가 눈여겨보았던 그 웨딩드레스를 입고 나는 신부 입장을 하고 있었다.

아버지는 내가 어려서 보았던 만화영화의 진짜 로봇 태권 V가 되어 있었다. 다리도 절지 않았다. 신랑이 된 그가 다가와 아버지의 손에서부터 나를 넘겨받는 순간, 너무 늙어 흉한 몰골의 로봇 태권 V로 변해서 다리를 절룩이며 돌아서고 있었다. 내가 고개를 숙이자 부케가 보였다. 달랑 해바라기 한 송이였다. 나는 그 엉뚱한 부케가 싫었다. 결혼식장도, 도복을 입은 하객도, 태권 V도, 해바라기도 다 싫었다. 눈물이 곧 터질 것 같았다. 영화 속에서 로봇을 조종하는 훈이를 닮은 그가 나의 손을 끌었다. 참았던 울음으로 목이 꺽꺽 메었던… 기억이 전부다. 길몽보다 악몽에 가까운 느낌이 든다.

애니메이션 〈로보트 태권 V〉는 1976년 7월 24일에 만들어졌다. 중요한 국가기간산업들로 산업화 과정에 있었던 그 시기에 악의 세력을 쳐부수는 반공 효시를 톡톡히 했다며 아버지가 두고 두고 자랑하는 명화다. 당시 서울에서 상영되었을 때, 우리 영화 관객 수가 18만 명으로 2위의 상영기록이 세웠다고 했다. 꿈이 끝났을 뿐, 잠에서 깬 것은 그 이후일 것이다.

아침에 일어나자마자 나는 오늘의 할 일을 먼저 떠올렸다. 사자(死者)가 들어올 수 있게 대문과 방문을 열던 풍습대로 먼저 현관문과 거실문을 여는 일이었는데, 그건 매번 아버지가 미리 했다. 겉섭실을 까서 물에 불린 밤의 속섭실을 지는 일도 아버지 몫이었다. 나는 갖가지 과일을 씻어 소쿠리에 건지고, 제기를 젖은 행주로 닦은 다음 마른행주로 일일이 닦았다. 싱크대 구석에 깊숙이 들어있는 엄마 전용의 밥그릇과 국그릇, 수저를 찾아 따뜻한 물에 씻었다. 씻으며 손바닥으로 한참 감싸고 있기도 한다. 그건 엄마를 그리는 나의 버릇이다.

전신이 우릿해지는 피로를 쫓듯 나는 차례에 올랐던 마른오징어를 가져와 질근질근 씹는다. 두툼한 책 표지처럼 빳빳했던 오징어는 그새 습기를 머금어 희게 피었던 염분이 녹고 반투명의 살 구색으로 눅눅하다. 비릿한 습기를 머금은 생살이 침 속에서 살아나듯 풀린다. 방안에는 갖가지 음식 냄새의 입자가 느긋한 유영을 한다. 문득 목욕이 하고 싶어진다.

장시간 집안에서 아버지와 머무는 날이면 늘 갑갑하고 겨드랑이와 젖가슴 골이 축축해졌다. 학원이 쉬는 이틀간의 휴일에도 나는 가능하면 집안일을 오전 중에 끝내고 외출했다. 더러는 특별히 갈 곳이 없어 막연할 때도 있었다. 그런 땐 하란시립도서관에서 책을 읽고, 가끔은 찜질방에 가서 나이 든 주부들 틈에서 엄마를 생각했다. 문고리가 밖에서부터 급할 것 없이 슬쩍 돌려진다.

"들어가도 되냐?"

은호오빠가 이미 두 발을 다 들여놓고 문을 닫으며 묻는다.

"응. 오빠. 이리로 앉아."

"이 방에서 담배 피워도 괜찮겠니?"

나는 도자기로 만든 장식용 촛대를 재떨이로 내주며 침대에 걸터앉는다.

"걱정 말고 피워. 우리 집은 늘 담배 연기에 절여져 있는데 뭘. 그동안 내가 다녔던 직장 동료들이 처음으로 은밀히 묻는 말이 뭐였는지 알아? 혹시 담배 피우세요? 였어. 지금 나가는 학원에서도 아이들이 내 바지에 코를 묻고 큼큼거려. 선생님한테서 우리 아빠 냄새가 나요. 아이 담배는 정말 싫어, 라고 그래. 낮에는 베란다에서, 밤이면 거실에서, 아버지가 잠을 안 자는 동안은 안방에서 줄담배를 피워대니 세탁한 빨래에서도 냄새가 나."

"미안하다. 나까지 피워서. 혼자서 준비하느라 고생 많았지? 넌 진짜 요즘 애들 같지 않아."

"착하다는 얘기야? 제발 좀 효녀로 보지 마. 어쩔 수, 없는 것과 어쩔 수밖에, 없는 건 달라. 난 후자야. 난 내 이름조차 싫어. 차라리 은영이나 은지, 뭐 그런 거였으면 좋겠어. 은혜라니? 의도적으로 효도를 바라는 저의가 너무 빤해. 난 아버지를 모시지는 않아."

"하핫, 그건 우리 집안 돌림자여서 그렇잖아. 지혜나 인혜처럼 편하게 생각해. 작은아버지 거취가 해결되어야, 너도 맘 놓고 결혼을 할 텐데."

말이 끝나기 전 오빠의 핸드폰이 울린다.

운동권이었던 오빠는 늘 너무 진지하다. 나는 대학에 들어가서 또 한 번 아버지로부터 맞을 뻔했던 적이 있다.

전문대의 수료 기간이 잠깐이듯이, 아주 잠시 그쪽에 휩쓸렸다가 아버지에게 꼬리가 잡혔다. 내가 없는 사이 내 방을 훔쳐보는 것 같았다. 그때까지 건장했던 아버지는 구운 적벽돌만큼 강한 손을 자제하느라, 베란다에 나가 두리번거리며 선반을 만들고 남았던 각목을 찾아 들었다. 나는 그 틈을 이용해 벽에 걸린 옷 한 벌 낚아채 줄행랑을 칠 수 있었다. 미처 엘리베이터를 기다릴 틈이 없어 과체중임에도 날렵하게 계단을 날아 도망쳤다.

아버지의 관절염은 김대중 정권이 들어설 무렵에 증세가 심해졌다. 만난 적 없는 김대중은 아버지의 이름은커녕 그림자조차 마주치지 않았는데, 아버지 혼자 김대중을 수십 년간 지지리 미워한 죗값인지 모른다. 하필이면 김 대통령과 같은 오른 다리를 끌게 되면서 증오는 변증법의 구체성까지 띠었다. 김대중이 정권을 잡은 뒤부터는 대통령의 증세가 눈에 띄게 호전되어 보인다며 고모 앞에서 누누이 질투했다. "누임요, 이 다리 아픈 데는 아매도 우리가 모리는 존 약이 있지 시푸니더. 저 엉큼하게 생긴 빨개이(빨갱이) 새끼가 얼매나 존 거를 마이 처묵었이믄 요새 짝대기(지팡이) 없이도 잘 댕긴다 아잉교. 빙신 주제에 지가 대통령 안 댔이믄, 빨개이새끼에다가 천하에 호로새끼들 전라도내기가 어디 감히. 헛 참. 도대체 무신 약을 무가(먹어서) 나샀으까(나았을까)?" 그 명약이 몹시 궁금하고 질투가 난 아버지는 김대중 대통령만 나오면 채널을 돌리느라 리모컨의 기호를 거의 지워버리고 말았다. 리모컨이 오래되긴 했지만, 손바닥이 흥건했을 땜에는 염분 함량도 대단했을 것이다.

그 묵은 미움과 질투는 드디어 또 한 번 민주당의 승리로 이어진 지금까지, 악성 류머티즘과 궁합을 맞춘 퇴행성관절염의 극심한 통증이 심해졌다. 한여름에도 날이 궂으면 무릎 덮개를 감고 살았다. 아버지가 어린 자식을 품듯 끼고 사는 그 덮개는 어느

해 가을 내게 귀신같은 효심이 덧씌워져, 예쁜 색상의 털실로 문양까지 넣어 짠 것이다. 이제 생각해 보니 그건 엄마가 색색의 구정뜨개실로 짜서 철 지난 이불을 덮었던 것과 닮았다.

엄마가 시집오기 전 아버지가 장만해 두었다던 구식 장롱은 아래로 두 개의 서랍이 있었고, 그 위의 이불장에는 줄무늬 와이셔츠의 간격만 한 세로줄이 패여 빛을 발하는 투명유리가 끼워져 있었다. 언젠가 아버지에게 격파당하던 엄마의 어딘가에 부딪혀 그중 한 장의 유리가 깨졌다. 법률적 해석이나 물리학적으로 풀이하자면 정확히 그 유리를 깬 사람은 아버지일 것이다. 이후부터 짝짝이 문이 되었다. 새로 갈아 넣은 쪽의 반투명 유리 뒷면은 알사탕에 붙은 굵은 설탕 조각처럼 오돌오돌한 바탕에, 하얀 단풍잎 문양들이 다섯 개의 손가락을 활짝 펴서 윤무하듯 떠 있었다. 짝이 다른 유리를 끼우기 전까지 엄마가 뜬 구정뜨개 가리개가 문짝에 드리워져 있었다.

고교 때 친구인 듯 은호오빠의 말투가 악동처럼 짓궂더니 긴 통화를 끝낸다.

"은호오빠. 비나 눈이 좀 왔으면 좋겠다."

나는 방금 떠올린 엄마 기억에 울고 싶은 감정을 비로 표현하고 만다.

"소녀 같구나. 근데 나 오늘 장거리 운전해야 해. 눈비 안 돼!"

은호오빠가 팔을 뻗어 나의 어깨를 툭 친다.

"내가 소녀였을 땐, 날씨가 무덤 속 엄마에게 직접적 영향을 끼치는 것 같아 비나 눈이나 바람처럼 울었어. 요즘은 건기의 가을과 겨울에 버썩 마른 봉분의 균열이 엄마의 터진 입술처럼 안쓰럽더라. 입춘이 멀지 않은 지금쯤 눈이나 비가 잦으면 엄마의 제사가 있는 사월에 풀들이 무척 싱싱해서 연초록 싹들은 해마다 새로 돋는 엄마의 머리칼이나, 새 천으로 지은 엄마의 고운 새 옷처럼 느껴지기도 해. 엄마가 봄에 떠난 건 다행이야."

"나도 가끔 어린아이처럼 잘 웃던 작은엄마가 그리워. 우리한테 참 잘 해줬지. 옛날에 도장을 드나들 때 작은엄마 얼굴의 멍을 보면 집에 가서 낱낱이 고해바쳤어. 작은엄마가 너를 데리고 우리 집에 와서 함께 살았으면 싶었지. 그러면 내가 감춰주려고 했는데. 은혜야. 나도 가장 친하던 동지를 가슴에 묻고 있다."

"오빠, 나는 정치를 잘 모르지만 인권을 말살한 반민주 세력은 반드시 제거되어야 한다고 봐. 수많은 희생자의 피로 완성되는 민주주의, 마음 아파. 우리 지금 많이 변했잖아. 안 변하는 건 아버지뿐이야. 빨갱이 타령과 지역감정 조장에는 열정이 끓지."

"작은아버지 어둡고 복잡한 표정은 여전해. 아까도 잠시 얘기했지만 생활보호 대상이나 장애인 등급을 신청하면 니가 좀 수월할 텐데 단박에 거부하더라. 해가 갈수록 허세는 더 심한 거

같고. 병원비랑 아무튼 우리가 도움이 되어주지 못해 무척 안타깝다."

도움을 못 준다고 하지만 집안의 대소사로 모일 때나 명절이면 사촌들은 아버지에게 봉투 건네는 일을 잊지 않았다. 그 돈들로 아버지는 효능이 의심스러운 건강식품을 사고, 술값을 충당할 것이다.

"장애는 곧 병신이고, 병신은 혐오스럽다, 는 비인간적인 고정관념에서 벗어나지 못할 양반이야. 아직도 자신을 알아볼 사람들이 있다는 소심한 영웅주의자. 그래서 당당하던 관장의 허물어진 말로를 숨기고 싶고. 그러면서도 한편 아끼던 몇몇 제자들이 찾아주기를 목 빼고 기다리는 것 같아. 몇 군데 병원에서 더 악화될 뿐 나아질 가망이 없다는 진단을 받은 뒤부터 병원 치료도 받다가 안 받다가 변덕을 부려. 덕분에 외출 때면 선글라스를 끼고 모자를 쓰던 그 우스꽝스러운 변장도 이제는 그만두었지. 늘 내게 진통제나 파스 따위는 줄기차게 사 오게 해. 담배 냄새와 파스 냄새의 상충은 얼마나 역겨운지 몰라. 내 눈치를 보느라 낮 동안은 문을 열고 지내는 모양이야."

"다리가 몹시 시리다고 하시던데, 내가 조만간 공기청정기를 하나 장만해 보낼게. 작은엄마 제사 전에 나한테 꼭 연락 좀 해. 요즘 피시방이 조금씩 안정되어 가는 형편이니 올해부터 올 수 있을 거야. 여기 오면서 우리도 차에서 얘기했다. 작은어머니는 옛날 같으면 우리 중에서 누군가 모셔야 할 분이다. 은혜 니가 시집을 가고 나면 제사를 내가 맡으마. 나중에 작은아버지 돌아가셔도 너무 염려 마라. 두 분을 함께 모시도록 할게. 묵은쌀을 햅쌀에 더 많이 섞어 햅쌀이라고 팔던 장사꾼 우리 엄마와 달리 참 다정하고 인정 많은 분이셨는데, 요즘은 너한테서 그 넉넉함이 느껴진다.”

처가가 있는 순천에서 내외가 자그만 피시방을 운영하는 은호 오빠의 형편은 짐작이 가는데도 애를 쓴다.

“은호오빠, 말만 들어도 고마워. 안 와도 돼. 제사가 무슨 특별한 의미가 있겠어? 관습이니까 행할 뿐이지. 결혼해서도 내가 지낼 거야. 염려 마. 외로웠던 우리 엄마 참 정이 많았지. 엄마는 고아로 자란 것 같아. 오빠라는 분도 전혀 왕래가 없었고, 나는 외삼촌 집을 가본 적도 없어. 그런 엄마에게 아버지는 늘 ‘어이, 돼지감자’라고 불렀잖아. 오빠도 들어봤을 거야. 주눅이 들어서 엄마의 행동이 굼뜨면 ‘저, 무식한 돼지감자’라며 기막힌 야유를 하고. 새끼 감자였던 나도 생전의 엄마를 그다지 좋아하지 않았어. 오히려 동네 아이들도 아는 엄마의 별명을 누가 내게 붙일까 봐 엄마랑 안 친하고 싶었거든.”

“얼마나 외롭고 쓸쓸했을까, 작은어머니. 어릴 때는 철이 없어서 누구나 그래."

"내 허벅지나 종아리에 살이 늘어나는 만큼 엄마를 닮는 게 무지 싫었어. 심지어는 겨우 자기 이름이나 쓰고, 세상 물정 모르는 엄마의 굴욕이 타당해 보이기까지 했어."

"언젠가 우리 엄마한테 들었는데, 작은엄마 제삿날 작은아버지가 방 안에서 나와 보지도 않았다던데 요즘은 그러니?"

"아니. 요즘은 안방에서 제사 모셔. 몇 년간 엄마의 영정사진을 바라볼 용기가 없어서 그랬을 수도 있어. 더구나 누구보다 확실한 증인인 내 앞에서. 제삿날이나 명절에 장을 많이 봤다고 화내는 건 여전해. 큰엄마들이나, 올케언니, 고모가 해마다 잊지 않고 시장비를 보태줘서 정말 고마워."

"은혜 너, 결혼이 문제구나. 아니, 결혼 이후가 문제구나. 사귀는 사람은 있니?"

"내가 결혼을 하든, 또는 하지 않든, 아버지는 내가 별도로 관리해야 하는 첨부파일이나, 아니 유해한 경우가 더 많은 스팸메일 같은 존재야."

나는 그의 존재를 아직은 말할 단계가 아닌 듯하여 은호오빠의 물음을 슬쩍 비킨다.

"은혜 네가 고민이 많겠다. 결혼할 때 되면 그때 우리가 모여서 중지를 모아보자."

TV 프로그램 출연자들이 종이꽃처럼 건조하게 반짝거린다. 오락만큼 단순한 정신으로 몰입하지 않을 경우에는 더욱 그렇다. 바싹바싹 강정 소리를 내는 말투가 지나치게 경박하다. 그래서 억지로 듣는 이에게는 어금니에 엿이 낀 듯 찜찜할 수도 있다.

우리 집 거실 풍경은 강정을 버무린 엿 정도가 아니라, 흰엿이 되기 이전의 누런 생엿을 한 토막씩 문 것 같다. 입안의 온도에 눅진하게 녹는 엿으로 볼은 부었고, 아래위 이가 들러붙어 입을 열지 못하는 형상들이다. 어금니를 들썩거리는지 모르지만 그런 소리까지 들리지 않을 정도로 조심스럽다.

먹고 싶어서 먹은 음식이 아닌 경우 단맛도 쓴맛이 될 수 있다. 오빠들이 기다리는 건 시간이다. 나에게도 기다릴 시간이 있어 커닝처럼 벽시계를 본다. 오후 2시를 조금 넘고 있다. 아직 네 시간 남짓 남았다.

큰 백부댁의 은종오빠는 핸드폰의 액정화면을 들여다보다 아예 고리를 손가락에 걸고 있다. 별 흠도 없는 바닥을 살피는 척하는데 그동안 몇 번이나 보았을지 모른다. 둘째 백부댁의 막내이며, 셋 중에서 가장 나이가 적은 은수오빠는 두 번이나 뒷 베란다에 나가 한번은 담배를 피웠고, 한번은 올케언니와 통화를 하며 계속 응, 그래, 라는 대답만 했다. 정이 많고 심약한 은수오빠는 일자형으로 놓인 소파와 벽의 삼각지점인 공간의 바닥에 숨듯이 앉아있다. 어릴 때 태권도를 배우면서 아버지로부터 가장 많은 지적을 받아 늘 겁에 질려 있었다. 그래서 아버지의 시선을 피할 수 있는 곳이다. 왜소한 몸피를 접었지만 차마 얼굴까지 숨기기가 뭣한 듯 같은 방향을 향하고 있다. 누구도 웃으면서 보지 않는 갑근세 명세표처럼, 일정 시간 TV를 보기는 봐야 하므로.

서너 시간 좋게 머물렀으니 아버지의 입에서 '바쁠 긴데 인자 고마 가바라'는 말만 나오면 된다. 그 말을 하기가 그렇게 어려울까. 외로움은 참 끈질긴 고리대금업자처럼 바싹 붙어 앉아 아버지의 멱을 조이고 있다. 만약 TV의 저 억지웃음 화면이 없다면, 아버지와 사촌들은 억지 반가움을 꾸미느라 어릿광대마냥 벌쭉벌쭉 웃을까. 아니면, 아버지가 하루 용돈 오천 원인 자신의 근검절약을 강조하여 사촌들의 심금을 건드릴지 모른다. 그에 비례하여 사촌들은 상사의 흉이나, 집주인의 몰인정을 얘기하고, 각박한 현실을 마이너스 통장처럼 보이고 싶을 것이다. 그럼에도 사촌들은 늘 얼마간의 용돈을, 동방예의지국의 납세의무처럼 삼촌인 아버지에게 낸다.

일정 시간이 흐르면 엿이 다 녹아 끈적한 입을 열어 떠나는 인사들을 할 것이다. 엘리베이터를 탈 때나 차에 시동을 걸면서 비로소 단맛을 제대로 느낄지 모른다. 방금 과일을 깎아 냈지만 아무도 다가가지 않는다. 아버지가 자작으로 따르려는 술을 사촌들이 잽싸게 채운다. 눈을 반쯤 내리깐 것으로 봐서 벌써 아버지의 주량을 좀 넘어선 것 같다. 나는 아까부터 보일러를 꺼버렸다. 무거운 습도에 질식할 것 같다.

"은혜야. 단술 있으면 좀 도가(주라)."

은종오빠가 쉰 듯 잠긴 목소리로 적요를 깬다. 나머지 두 오빠의 고개가 번쩍 들린다. 그건 일종의 서열에서 비롯된 묵계 같은 것이다. 명절이면 단술이 후식의 입가심이 된다. 곧 일어서겠다는 신호다. 아버지의 어떤 기색이 맥주잔의 거품이 잦듯 푸르륵 꺼지고 있다. 은호오빠도 연달아 입을 연다.

"은혜야. 나는 커피 찐하게 한잔 줘라. 오늘 순천까지 가는데 졸음 운전하게 생겼다. 은수 너도 오늘 간다면서 커피 마실래?"

처갓집이 전라도라 어른들의 격렬한 반대에도 기어코 결혼한 은호오빠는 이념이나 정치문제에 있어서 아버지의 적수다.

"오빠 알았어. 식혜, 커피 얼른 줄게."

나는 반가워서 톤을 높였다.

"은혜가 빨리 시집을 가야 댈낀데… 작은아부지, 올해 은혜가 몇 살잉교?"

은종오빠가 측은한 눈길로 나를 본다.

"내하고 여섯 살 차이까네 딱 서른이네. 은혜야. 맞제? 중매를 할라캐도 우째됐는지 요새 종내기(남자애)들은 전신에 나(나이) 어린 딸아(딸애)들만 찾아쌌는다."

사촌들은 아버지 앞에서 잊고 지내던 사투리를 쓴다. 나이도 나이지만, 일단 몸매가 쫙 빠지고 얼굴이 받쳐주어야 한다는 말을 은호오빠는 생략한다. 사실 나는 그 어디에도 해당 사항이 없다. 키 162센티에, 몸무게 93킬로다. 허벅지 살은 하염없이 서로 부딪칠 뿐 도무지 닳지도 않는다. 욕실의 전신 거울에 비친 나의 알몸은 우리 마을 농협의 달력 두 장을 길이로 펼친 듯 커다란 직사각형이다. 밋밋한 얼굴은 뭉툭한 파스텔로 아무렇게나 그린 것 같아 기능뿐인 눈, 코, 입으로 보일 것이다. 무거운 유방은 아직 진가를 발휘하지 못해 한 달에 며칠씩 더욱 팽팽한 안달을 한다. 또 한 말들이 시루떡만 한 엉덩이가 있다. 그런 나의 몸도 알 것은 잘 안다. 마음에 드는 남자를 만나면 즉시 반응이 있다. 어떤 때는 심하게 젖어 속옷을 걱정해야 할 정도다. 누구나 관심을 끄는 다이어트를 안 한 건 아니다. 엄마의 유전인자로 어릴 때부터 튼튼했던 체질에다, 몇 번의 실패로 요요 부작용을 겪고는 포기했다. 지금은 다만 식탐을 조심할 뿐이다. 나는 한마디로 19세기 중반까지의 며느릿감으로 출중하다.

"…나이사 찼지마는, 요새는 서른도 예사더라. 여자도 묵고 살 능력이 있으면 혼차 살아도 숭이 아이다."

겨우 당겨진 사촌들의 말이 놓친 두레박처럼 쑥 들어가 버린다. 장난감이 귀하던 어린 날 큰집에 모여 놀 때면 두레박을 빠트렸다 건지는 것도 재미있는 놀이였다.

날이 갈수록 노회해지는 아버지의 일침에는 이유가 있다. 이야기가 좀 더 구체적이면 아버지의 거취를 들먹거릴 것이 뻔하다. 대도시의 어딘가에 수억대를 호가한다는 실버타운은 꿈도 못 꿀 형편이다. 처가살이가 흉이 되지 않는 풍토가 도래한 것이 아버지에게는 불행 중 다행이다. 그러나 나에게까지 다행은 아니다. 분명 결혼할 것처럼 굴던 남자들에게 내가 차였을 때마다 아버지가 했던 말은 "세상이 달라졌다. 여자가 혼차 살아도 숭(흉)이 안 댄다"였다. 차마 그 말을 정면에서 하지 못하고 나의 뒷모습에 대고 독백처럼 웅얼거렸다. 그때마다 나의 뒤통수는 정월대보름 달의 얼룩처럼 서늘한 그늘로 패였다. 마치 성 불능, 더 정확히는 성적 불가능한 관계의 젊은 후처처럼, 또는 갈 곳 없는 불쌍한 가정부처럼 나를 늙게 할 시간들. 아버지가 자신의 금욕을 나에게 무상으로 증여하려는 명백한 발상이다.

아버지만 그런 건 아니다. 사람들은 그랬다. 못생긴 여자는 감성조차 없는 줄 알았다. 뚱뚱한 여자는 머리도 나쁘고, 감각도 아둔하다고 치부했다. 예민하거나 섬세한 구석이 없으니 어떤 얘기도 수긋이 들으리라 믿었다. 그래서 무조건 성격이 좋게 평가

되었다. 그렇게 마음씨가 좋으면, 평범한 여자들이 꾸는 자연발생
적인 꿈들조차 생략된 줄로 알았다. 여성의 원초적 성욕이나, 행
복에 관한 갈망, 외로움 같은 건 전혀 고려되지 않아도 무방하리
라 여겼다. 그래서 힘을 쓰는 노동이 어울리며, 밥이나 꾸역꾸역
먹고, 잠이나 실컷 자서, 살찐 짐승이 되어, 불임의 세월이 아무리
길어도 전혀 동정하지 않을 태세다. 아름답지 않은 여성의 내적
감각은 기본구상에서 제외된다. 못생긴 뚱보들은 피의 색도 무색
이며, 혈류도 무감해서 인간이기보다는 움직이는 사물에 가깝게
분리시켰다.

아버지부터 나를 가정경제와 가사나 책임지는 도우미쯤으로
안다. 태권도를 자신의 생명이 유지되는 건전지로 알고 있는 아
버지는 이제 삐걱이는 고물 태권 V에 불과한데도 폐기되지 않는
다. 하긴 그 모든 책임이 스스로에게 있다는 비웃음을 살지도 모
른다. '니 꼬라지를 알라'고 말이다.

나는 남자가 생기면 아버지 앞에 시위하듯 보여준다. 오늘 해
질 녘에 그가 올 것이다. 그는 다르다. 아니 같을지도 모른다. 왜
냐하면 내가 그전에 연애했던 세 남자에게서도 비슷이 느꼈던 초
기의 감정이다. "콧구멍이 치켜 올라간 성형 코는 꼴불견이야. 은
혜 너의 내추럴한 모습이 진짜 마음에 들어" 이렇게 말하던 가부
장주의의 평범했던 남자도 멀어졌다. "멋진 여자들은 머리가 멍

청해보여. 어쩐지 신선하지도 않고, 왠지 신뢰가 가지 않아." 예쁜 여자에게 몇 번 차였을 것이 분명한, 의처증 전조가 보이던 남자도 멀어져 갔다. "물론 아름다운 여자가 다홍치마인 건 분명해. 하지만 나는 정신의 고귀함을 더 중요하게 생각해. 우리에게 정말 중요한 건 대화야." 심한 조루증을 형이상학으로 대신하던 남자도 멀어져 버렸다. 아주 요행처럼 내게 다가온 그들에게 나는 일단의 희망을 걸었는데 모두 사라졌다. 그것도 아버지를 만난 다음부터 급격히 멀어졌다. 아버지의 존재는, 그들의 그나마 유지되던 가짜 연정을 삭히는 드라이아이스처럼 풀풀 냉기를 피웠다.

사촌들은 방금 떠났다. 나는 세 번째 상을 치운다.

아버지는 강정을 먹다가 어금니에 엿이 달라붙었는지 혓바닥으로 훑느라 입을 움찔거리고 있다. 아니면 입이 심심해서인지 모른다. 젊어서부터 사람을 유난히 좋아했다. 더구나 아이라도 남자를 더 좋아했다. 늘 다수의 사람을 상대로 연사가 되기를 즐겼지만 세월이 갈수록 소수로 줄었다. 나와 가까웠던 세 남자도 인사를 왔다가 아버지의 길고 긴 사설을 강제로 들어야 했다. 이젠 내가 누굴 데려오지 않으면 아무도 아버지를 찾아오지 않는다. 물론 내가 효녀여서 남자를 인사시키는 건 아니다. 그건 내가 언제라도 집을 떠날 수 있다는 사실을 인지시키는 동시에, 아버지의 존재 방식에 위기의식을 주는 행위다.

아버지 동년배는 대다수 죽거나 아프거나 사이가 나빠 서로들 외면했고, 머리가 허연 후배나 제자들의 인사도 끊어진 지 오래다. 아버지는 지팡이를 사용하면서부터 전화번호까지 변경하여 외부와의 소통을 끊었다. 변경된 전화번호 안내를 막았다고 저토록 고립되지는 않을 것이다. 그건 아버지의 독선과도 관련이 있다. 어느 누구 앞에서든 자신의 이야기만 중요했다. 상대가 입을 열면 건성 듣다 말고 이내 딴짓을 하거나, 말허리를 끊어 자신의 소신으로 결론 내고 말았다. 아마 모르긴 해도 친구나 후배들에게 말썽이 되었을 수도 있다. 그래서 정말 장애를 겪는 이에 비하면 경미한 그 상태를 '빙신이 다 된 몸'이라며 자신을 방치한다. 남들이야 팔다리가 떨어지는 불구자가 되더라도, 자신만은 그럴 수 없다는 특정적 이기심이며 과도한 자기애다. 아버지는 자정 무렵에만 아파트의 후미진 곳을 천천히 산책한다. 아버지의 오른발 끌리는 소리와 힘을 실은 지팡이의 안간힘, 불규칙하게 계단을 밟는 조심성은 늙은 도둑고양이를 연상케 한다.

지금은 TV도 보지 않고 소파에 기댄 채 눈을 감고 있다. 그 모습은 잔가지가 몽땅 잘린 단풍나무 분재와 닮았다. 마을 어귀의 느티나무처럼 커다란 그늘을 만들 수 없이 옹골차게 늙은 분재들의 나이. 큰 그늘이 사람들을 머물게 하는데, 스스로 비틀어

묶은 가식 때문이다.

지금도 엘리베이터는 부산하다. 츠르륵츠르륵 오르내리며 신호음을 땡똥 쏟아내고, 땡똥 떠난다. 아파트 마당도 부산하긴 마찬가지다. 자동차 소리와 아이들의 환호성과 급히 누굴 부르고 누가 급히 달려가고. 웃음소리들은 경칩 지난 얼음장처럼 금세 깨져 번진다.

입이 심심해진 나도 아버지에게 속말을 한다. 절대로 아버지에게 들리지 않겠지만 설거지 그릇들을 우당탕거리며. 아버지. 이제 제발 그 옛꿈에서 깨세요. 연세를 생각하시라고요. 경북 일대에서 내노라, 하시던 태권도 9단의 유단자였던 아버지를 남들이 알아본다는 우려는, 한편, 남들이 알아주기를 간절히 바라는 바가 아니든가요? 남들이 행여 알아주지 않았을 경우 낭패감을 미리 막자는 방어기제로 칩거에 드신 거 알아요. 아무리 좁은 하란시이지만 아직도 아버지를 '관장님'으로 우러르며 유지의 반열에 얹어 줄 리 없어요. 없기 때문을, 알기 때문에, 아버지는 스스로 은둔하므로 옛날의 명성을 지키고 싶다고요? 정말, 못 말려. 지겹다고요. 하다못해 노인정에라도 좀 가세요. 무식한 늙은이들과 함부로 어울리기 싫다고요? 아버지의 무엇이 그렇게 대단하신가요? 외로움은 아버지가 조작한 요령일 뿐이에요. 실컷 외로우세요. 난 머지않아 떠나버릴 테니까.

내가 설거지를 다 마치자 아버지는 소파에서 잠이 들어있다. 팔베개에 눌린 얼굴의 주름이 하회탈처럼 깊다. 잠시 내려다봐도 하회탈 같은 해학이 없을 것 같다. 아버지와 내가 닮은 곳이 꼭 한군데 있다. 귀다. 귓바퀴가 완만히 둥글고 귓밥이 두툼한 아버지의 저 귀는 나의 귀와 흡사하다. 엄마의 귀는 뒤통수 쪽으로 휙 까졌고, 귓밥은 턱선에까지 흘러내리듯 빠졌다.

"야! 복이 오다가 달라가겠다. 기(귀) 좀 덮고 살아라. 기 꼬라지가 그기 머꼬? 내가 어째 저거를 몬 봤이꼬."

"아이라 카두마는요. 기 잘생긴 걸비(거지)는 있어도, 코 잘생긴 걸비는 없다카 던데."

"저런 무식한 기, 깃밥에 복 들어있다카는 소리도 몬 들어봤나?"

엄마는 자신의 둥글넙적한 코가 복코라고 했다. 엄마나, 아버지나, 나도 박복하니 모두 낭설인 모양이다. 실소하던 나는 내 귀처럼 익숙한 아버지의 귀를 만지지는 못하고, 대신 무릎 덮개를 슬쩍 흔든다.

"이제 그만 일어나세요."

"와, 누가 왔나?"

눈을 부스스 뜨면서 머리 매무새 고치기가 더 바쁘다.

"좀 있으면 누가 올 겁니더. 제가 아는 사람이 인사드리러 온다고 했어요."

"야가 이거, 니는 그런 일이 있이믄 미리 이약을 해야지. 목욕을 할 시간이 되겠나? 아이다. 머리가, 은혜야. 내 디통시(뒷통수)에 새집 안 지났나 한분(한번) 바라. 몇 시라꼬?"

"한 시간 정도 남았으니까 천천히 준비해도 돼요. 아침에 머리 감았는데 양치하고, 세수만 하세요."

"그래. 우냐, 우냐. 그라지 머. 옷을 머로 입으믄 좋으까? 은혜야. 아까 너거 오래비들이 사 온 그 고급 양말 어쨌노?"

곧 멋진 장난감 선물이 당도하듯 아버지는 아이처럼 벙긋벙긋 웃는다. 신기하게 다리도 별로 절룩이지 않는다.

그는 약속시간보다 조금 이르게 벨을 누른다. 현관에 들어서는 그에게 나는 손을 들어 하이파이브를 한다. 아버지가 보지 않는데도 그의 얼굴이 상기된다. 내가 미리 알려준 정보로 그는 오리지널 시바스리갈이 분명한 양주 포장을 내민다. 아버지는 낮은 헛기침으로 흥분을 달래고 있다. 그가 거실로 들어서자 세이브 로션 향과 아버지의 냄새들이 먼저 만나 몸을 푼다.

"저어, 아버님. 먼저 세배부터 드리겠습니다."

그는 조금 떨고 있다. 미안함에도 어떤 전율이 있는 모양이다.

"으음, 그래. 그래. 반갑네. 자아, 이쪽으로 편히 앉게나."

흡족한 표정의 아버지는 왕년의 지도자답게 표준말을 능숙히 구사한다.

"예. 미리 찾아뵙고 인사를 드려야 하는데, 이제 오게 되어서 죄스럽습니다."

"음, 괜찮네. 은혜나 자네가 충분히 뜸을 들일 시기가 있지 않았겠나. 그래 고향은 어딘가?"

아버지는 표나게 호의적이다.

다음은 성씨와 본관일 테고, 그다음은 부친의 함자, 부친의 직업, 양친의 생존 여부, 형제와 인척의 대소 관계를 두루 물어 아버지가 알 만하거나, 아버지를 알아 줄만 한 이가 있는지 점검을 할 것이다. 그리고 나서야 그의 나이와 직업과 학력을 궁금해하며, 끝으로 운동을 좋아하는지를 가장 궁금해한다. 운동을 싫어하는 남자는 별로 없으므로 굳이 즐기지 않더라도, 이럴 경우 덥석 좋아한다고 말해버린다.

앞서 왔었던 세 남자가 그 통에 한밤까지 붙들려 있었다. 주제는 늘 같았다. 그 서두는 '박정희 대통령의 깊으신 배려와 영단으로 국기가 된 태권도'로 시작되었다. 그리고 오래전, 고구려 각저총과 무용총 벽화에 나타난 태권도의 원형과 신라시대의 화랑과 태권도의 실증에 대해, 백제의 무예, 고려시대의 수박희와 조선시대의 무예도보통지에 관해서 일일이 동작까지 곁들여 전설의 고향 내레이터처럼 감정적으로 읊었다.

정조대왕 4년(1790년)에 어명을 내려 이덕무(李德懋)가 편찬한 〈무예도보통지전문〉을 설명할 즈음이면, 아버지의 양쪽 입가에는 침버캐가 팝콘처럼 튀겨져도 정작 본인은 몰랐다. 다시 '박정희 대통령'으로 시작하여 근간의 태권도 현실을 언급한 뒤에야 장광설이 끝났다.

자정을 넘긴 시간, 그들은 아버지의 주정을 확인하고서야 일어설 수 있었다. 그리고 우리 집에서 나가는 순간 두 손으로 두피를 벗길 듯 긁거나, 장시간 숙였던 목의 근육을 푸느라 얼굴을 한사코 쳐들거나, 엘리베이터 안에서 급히 담배를 찾기도 했다. 그들은 한결같이 큰 한숨을 연신 내뱉었다. 대신 여자보다 입이 무거운 남자의 특성은 아으으, 우우훅, 어어억, 정도의 감탄사로 지겨움을 표현했다.

내가 아는 순서대로 아버지의 일차적 탐색인 가족사가 끝났다. 나는 그를 불러 함께 저녁상을 옮긴다. 식탁에서 차릴까 하다가 어차피 술상으로 이어질 것이므로 그편이 났다. 우리는 아버지 앞에서 서로 예우를 해가며 제법 내숭을 떤다. 갑자기 받은 연극 대본처럼 어색한 가운데, 그는 세 번이나 나의 솜씨를 칭찬한다.

"은혜 씨는 정말 보통 솜씨가 아닙니다. 맛이 깊으면서 깔끔합니다."

"하하하. 은혜가 지 엄마를 닮아서 그래. 심성도 좋고. 나도 복
이 많지만 자네도 은혜를 선택하면 복 받는 줄 알아야 해. 자, 이
누름적도 한번 먹어 보게. 우리 집에서 가장 자랑할 만한 맛일세.
은혜야. 오늘따라 탕국이 푹 우려져 맛있다. 한 국자 더 줄래? 자
네도 좀 더 들게."

낮술이 말끔히 깼고, 외로움을 벗어난 아버지는 눈에 띄게 쾌
활하다.

"예. 은혜 씨. 나도 조금만 더 주세요."

그의 깍듯한 경어와 존댓말이 재미있다. 나는 아직 따끈한 국
솥에 불을 올린다.

"자네, 우리 은혜의 어떤 점이 마음에 드나?"

"네. 은혜 씨는 또래들에 비해서 가볍지 않은 성품입니다."

"요즘은 그런 여자들을 구식으로 생각지 않나? 더구나 은혜는
가꾸지도 않고."

"저도 실은 구식입니다. 우선 아름다운 꽃의 수명보다 나무의
끈질긴 생명력이 튼튼한 뿌리를 가지고 있다는 생각입니다."

"그래. 맞는 말이지. 꽃은 피고 져도 나무는 살아있지. 그런데
그 나무를, 나는 귀하게 가꾸지 못했네. 한창 클 나이에 제 어미
를 잃었고…."

"아닙니다. 은혜 씨는 참 천진하고 긍정적입니다."

내가 국과 밥을 가져가는 동안 아버지의 기분이 조금 가라앉아 있다.

"우리 은혜가 이 나이가 되도록 나 때문에 결혼을 못 한 것 같아 늘 가슴을 조이며 사네. 거기다 날로 세상이 변해 예쁘고 날씬한 여자들만 시세가 있으니… 자네 같은 훌륭한 젊은이가 있는 줄도 모르고, 나는 이놈이 시집을 못 갈까 봐 미리 독신이라도 염려 말라고 위로를 했네."

식사를 마친 둘은 오랜만에 만난 부자간처럼 오순도순 이야기가 많다. 이제 그가 나이와 직장을 밝힌다. 나는 상에서 음식 그릇들을 모아 주방으로 옮기고, 안주가 될 산적과 전을 담아 전자레인지에 넣는다.

싱크대 맨 위에 진열되어 오래 쓰지 않았던 유리잔을 씻고, 냉동실에서 각얼음을 꺼내 아이스 볼에 담고, 그가 사 온 시바스리갈을 쟁반에 올리는 동안, 그의 송구할 것 없는 개인사가 어둑하게 흘러나오고 있다.

"결혼은 아버님의 용단에 따르겠습니다."

알전구의 필라멘트처럼 위태로운 간발의 떨림. 갑자기 정전이된 듯, 한편 훤한 거실의 등처럼, 어둡고 밝은 진실한 적요. 내가만지는 유리컵이 조심스럽게 밀려오는 정적을 담고 있다. 이럴 때

엘리베이터의 신호음이 '깍꿍'하고 장난처럼 울리거나, 앞이마에 꿀밤을 콩콩 먹이는 듯한 앞집의 벨소리라도 났으면 싶다.

오늘 이 자리가 통과의례일 뿐이라며 큰소리쳤던 나는 갑자기 요기를 느끼면서도 화장실에 들지 못한다. 나는 지금 아버지와 그, 둘 중 누구의 결정을 더 두려워하는지 모호하다.

나는 안주 접시를 조심스럽게 상에 얹고 돌아선다.

"음… 그래. 그런, 일이 있었나? 딸은 제 어미의 팔자를 닮는다더니, 은혜에미도 처녀로 재혼인 나한테 시집을 왔다네."

"…죄송합니다."

"운명일 뿐인데, 누구의 탓은 아니지. 젊은 나이에 큰일을 겪느라 고충이 심했겠네."

"…."

"나는 우리 은혜의 결정에 따르겠네. 경솔한 아이가 아니니."

"고맙습니다. 아버님께서 저희를 오래 지켜봐 주십시오."

"결혼식은 언제쯤으로 생각하나?"

"예. 특별한 일이 없으면, 5월쯤이 어떨까 싶습니다. 아버님을 편히 모실 집도 알아보고 있습니다."

"은혜가 결혼하게 되면, 나는 더 이상 짐이 되지 않을 생각이니 안심하게."

"짐이라는 말씀은 당치 않습니다."

"그래. 말이라도 고맙네. 은혜를 위해서도 그래서는 안 될 일이야. 그저 자네 자식 놈과 우리 은혜가 잘 지내고, 세 식구가 진정으로 화목하길 바라네. 내 문제는 염려 말게."

"아버님 당부 잊지 않겠습니다. 결혼 이후의 모든 문제는 제게 맡겨 주십시오. 가족은, 어떤 경우에도 서로 외면해서 안 된다고 생각합니다."

"아니네. 자네는 우리 은혜만 행복하게 해주게. 나는 갈 곳이 따로 있어. 몇 년 전에 신문을 보다가 제자를 보았네. 어느 신부님을 기리는 추모성당 준공 기념사진이었는데 긴가민가하면서 연락을 해봤지. 어려서부터 고등학생 때까지 도장에 나오던 영특한 제자라서 그냥 한번 보고 싶었네. 돌아가신 어느 신부님의 사제서품 150주년 맞는 행사와 겹쳐 통화가 쉽지 않더군. 연락처를 남겼더니 얼마 뒤에 전화가 왔더라고. 내가 여행 삼아 충북 제천에 다녀왔네. 삼천여 평의 대지에 육백 평이 넘는 건평으로 대성당이었어. 성당 안에 들어서니 어찌나 밝고 눈이 부시던지. 자연채광을 최대한 받도록 지었다고 하대. 아기 안은 성모상을 보는데 은혜에미 생각이 나더라고. 우리 은혜와 함께 왔더라면 싶었지. 은혜가 수녀님이 되었으면, 엉뚱한 생각도 들었고. 그때만 해도 보좌신부였던 제자가 지금은 전라도 산골의 작은 성당 주임신부가 되어 있네. 우리 은혜가 결혼하고 나면 나는 그곳으로 가기로 되어 있어. 다 큰 처녀애를 혼자 두고 떠날 수 없어서 기다렸더니, 자네가 나타나 내 길까지 열어주네."

"아버님."

"허허, 이 사람이. 그렇게 비장하게 받아들일 거 없네. 거기는 오랫동안 소외된 곳이라 공기가 참 좋고 인심도 후하다고 하네. 이미 밭농사를 짓는 중늙은이가 둘 있어서 외롭지도 않을 거세. 나는 거기서 정원이나 돌보고, 성당 청소도 하며 지낼 생각이야. 나, 이래도 청소는 우리 은혜보다 잘해. 일이라는 건 찾으면 얼마든지 있을 거고, 살아있는 동안 남은 목숨값이라도 착실히 치를 생각이네. 딱 한 가지 걱정은 우리 은혜 저놈이, 참 보고 싶을 것 같아. 사랑하기 때문에 헤어진다는 말이 부녀지간에도 있다고. 하하하."

"아버님의 뜻이 꼭 그러하시면 전원생활 하시는 셈으로 잠시 계십시오. 혹 몸이 편찮으실 땐 꼭 저희가 모시도록 하겠습니다. 갑갑하시면 항시라도 찾아오시고, 은혜와 자주 찾아뵙겠습니다."

"그래. 그러지. 자아, 자네도 한 잔 받게. 참, 자네 주량은 어느 정돈가? 난 이래도 아직 대단해."

나는 아까부터 식탁의자에 앉아 북쪽에 난 창을 보고 있다. 김 대중, 빨갱이새끼들, 개호로새끼들의 전라도, 인심 좋은 그곳이 아버지의 정착지라 한다.

나만 보는 손거울처럼 익숙한 창이 상영 직전의 검은 화면이다. 오래된 명화극장의 한 장면. 콰지모도다. 파리의 노트르담 성당에서 일그러진 얼굴로 다리를 절룩이는, 사제 끌로드의 충직한 노예. 늙고 병든 콰지모도.

빨갱이새끼들과 개호로새끼들의 친구가 된 아버지…

기합 소리가 하늘을 찌르던 태권도 9단의 관장님이 제자 앞에서 빗자루를 들고 마당을 쓴다. 흙먼지들이 얼레리꼴레리 아버지의 주름마다 숨는다.

낡은 화면은 서서히 바뀐다.

태권도 9단의 관장님이 제자 앞에서 정원의 나무를 전지(剪枝)한다. 쇠스랑 같았던 관장님의 악력을 가위 날이 크게 비웃는다. 하하하.

다시 바뀌는 화면.

태권도 9단의 관장님이 걸레를 들고 마루를 닦는다. 오른 다리의 뻗은 바짓가랑이가 마른걸레질로 따라간다. 디 엔드, 마지막 화면.

용감무쌍했던 태권 V가 관속에 누워 울고 있다.

나는 걸레를 들고 안방으로 향한다. 발바닥에서부터 우리 은혜, 우리 은혜가 꿀렁꿀렁 에코코러스로 정수리에 고인다.

아버지의 이부자리에서 아버지의 냄새가 난다. 냄새는 나의 가슴에 무엇인가를 들이민다. 북이다. 갑자기 큰북 하나가 들어찬다. 아버지의 뼈인, 나의 늑골이 하나 빠져나와 북을 치기 시작한다. 둥둥둥둥. 나의 신문고.

나는 북소리에 맞춰 방을 소리 나게 닦는다. 박박박박. 둥둥둥둥. 박박박박.

북이 영성체에 쓰이는 작은 밀과자 만큼 줄어들어, 사르르 녹는 동안, 나는 욕실에서 걸레를 정성 들여 빨고 있다.

[중편소설 2003년]

[중편소설]

그 겨울 숨바꼭질
끝나지 않고

그 겨울 숨바꼭질 끝나지 않고

나비다. 막 잠에서 깨어 날개를 펴는 나비 떼다.

세준은 잠이 깼을까. 양치부터 하고 세수해야지. 이 쉬운 걸 잊으면 안 돼. 아니야, 머리는 매일 감지 않아도 돼. 물 튀기지 말고, 조심히. 자, 천천히. 저런, 바지까지 다 버렸잖아. 그냥 나오면 안 돼! 타월로 닦아야지. 더, 더, 귀와 목도 닦아. 손등도 잘 닦아야지. 이런 말들이 하고 싶다.

이른 아침, 푸른 이내가 깔린 열차의 창밖은 무심한 정적이다. 아직 누운 햇살을 받은 나비의 어린 깃마다 새 빛이 점점 영롱하다. 단 한 번도 영롱하지 않은 연회색을 머금었던 세준의 눈. 언제 그 동공이 제 자리를 박차고 나올지 불안한 세준의 눈이 이제 내 눈 속에 들어와 박혀있다. 겹눈인 나는 지독한 난시를 겪는다. 그런 나의 눈에 노란색을 보는 기능이 각별하다.

희망이 절망으로 찌드는 색, 변색이 가능한 실험적 손상을 두고 싹수가 노랗다고 말한다. 계절의 시작처럼 밝게 다가와 실의로 변질된, 신뢰할 수 없는 노란색은 배반이다.

나비들이 둘러앉은 자리는 노란색 비율을 밝게 돋을새김하느라 둘레부터 환하다. 너무 작아 나래짓조차 보이지 않는 나비들이다. 노란 나비 떼. 색 중에서 가장 밝은 샛노란 노란색. 기억은 나의 뇌수까지 노란색으로 물들였다. 기억의 수심에서부터 물보라처럼 번지는 핸드폰 벨소리에 눈앞이 노래졌다.

"난 지금 미칠 것 같아. 알아요? 듣고 있어요? 미칠 것 같다고. 당신 뭐야? 말해봐. 말 좀 해봐. 대체 당신이 뭐길래 우리 나미를 이렇게 할 수 있어? 오늘이 벌써 토요일인데, 난 아직 나미 목소리 한 번 못 들어봤어. 모레, 월요일이면 우리 나미가 결석한 지 일주일이야. 알아? 아느냐고? 그런데도 아직 잠만 자고 있어. 난 우리 나미가 일어날 때까지 잠을 잘 수가 없어. 그러니까 당신도 자면 안 돼. 못 자. 자지 마. 당신 남편이 그랬어. 당신이 저능아 바보 아들을 잃고 백일이 넘도록 잠을 못 자서 일어난 사고라고. 당신이 그따위 아이를 잃어버린 것과 우리 나미가 무슨 상관이야? 만약에, 만약에라도, 나미에게 어떤 일이 일어나면 난 당신을 용서하지 않아. 나미에게 무슨 일이 생기면, 당신을 절대로 가만두지 않을 거야. 내가 나미를 어떻게 키웠는데, 내겐 나미가 하나뿐인 나의."

더 이상 절규를 듣기 힘든 나는 전화기의 전원을 조용히 눌렀다. 절규의 사이사이 죄송하다고, 미안하다고, 거듭 말했지만 내 말은 내가 생각해도 너무 가당치가 않았다. 남의 발을 밟을 때도 죄송하다고 한다. 미안하다고 한다. 실내는 고요해졌지만 나의 무릎 위에 날카로운 유리 파편들이 흩어진 듯 나는 쉽사리 일어나지 못했다.

남편이 병원에 들르지 않은 날에는 나비엄마 아니, 나미엄마라는 여자로부터 전화가 왔다.

"그 여자, 나미엄마 말인데, 내가 곁에 있어 주면 조금 안정이 된다는군. 아무래도 병원에 잠시 들렀다가 가야 할까 봐. 혼자 있어도 괜찮겠지?"

세준이 사라지자 남편은 나에게 조금씩 친절해졌다.

"네."

아니. 괜찮지 않아요. 이제 가지 마세요. 모든 처리는 보험회사에서 알아서 할 거예요. 교통사고 가해자의 남편인, 그에게, 나는 그렇게 말할 수 없었다. 나도 누군가의 위로가 필요했고, 나미엄마와 나의 절박함은 유사했다.

제 일이 아닌 남의 상황은 극도로 제한적인 우려일 뿐이고, 모든 시작은 우연이다. 세준의 실종이 교통사고를 불렀고, 피해자에게 호의로 다가갔던 남편은 자처한 볼모였다. 어떤 일이 생겨났을 때 완전한 우연은 없다. 그럴 수 있는 타당한 과정의 연유, 그렇게 시작된다.

아파트 지하 주차장에서 막 올라오며 오른쪽으로 핸들을 꺾는데 나의 눈앞이 눈부시게 노랬다. 그래서, 급히 브레이크를 밟았다. 오르막 경사만큼의 센 힘으로 액셀러레이터를 밟아버렸다. 경사가 완만해지는 지점까지 발바닥의 힘을 뺄 수 없었다. 정말로 브레이크를 찾아 밟기까지 시간은 기억에 없다. 브레이크를 밟기 전에, 아니 액셀러레이터 밟은 후에, 아니 브레이크를 제대로 찾아 밟던, 그 중간의 찰나였을 것이다. 조수석 앞바퀴가 부드러운 무언가를 넘어가는 역과의 감각이 왔다. 소리가 나는 깔끔한 감각이 아니라 긴가민가, 끈질기고도 뭉근한 무엇. 지하주차장에 말끔했던 유리창에 비가 세차게 내리고 있었지만 나는 와이퍼를 작동시키는 것도 잊고 있었다. 앞 유리 전면은 시냇물이 흐르는 선팅지처럼 시야를 차단했다.

자동차로 다가오는 사람들의 눈이 카메라의 접사렌즈처럼 나를 향해 조여왔을 것이다. 허공을 깨물며 벌린 입에서 터진 샛노란 비명이 나에게까지 들리지 않았다.

누군가, 굵은 빗줄기를 쥐었던 손으로 차 문을 밖에서부터 왈칵 열었다. 차에서 내리는데 다시 사방이 더욱 노랬다. 지하주차장이 끝나는 시점의 옹벽에서 해묵은 개나리 덤불이 주렴처럼 길게 늘어져 흐드러지게 꽃을 피웠다. 노란색 이외의 그 어떤 것도 보이지 않았다. 현기증에 눈을 감았다. 방금 베인 손가락의 선혈처럼 밝고도 붉은색이 눈꺼풀 안에서 찰랑거렸다. 오히려 선홍의 붉은 색이 희망의 열의를 일으켰다. 오늘은 찾을 수 있을 거야. 며칠 전처럼 놓쳐선 안 돼. 그날은 세준을 잃어버린 K시에 가느라 집을 나서던 길이었다.

지금 나는 거꾸로 K시에서 서울로 향하고 있다. 차가 없는 것은 아주 불편하지만 나는 더 이상 운전을 하지 않는다. 내가 목적지를 향한다는 믿음은 티켓에 찍힌 활자에 의한 안도일 뿐이다. 도착의 기대는 무망하다. 실종이라는 불온한 단어로 다가왔던 느닷없는 운명은 정비가 불량한 열차 칸마다의 이음쇠를 풀어버린 듯 일탈의 행로로 이끌었다. 필연으로 안심한 모든 인연은 가족이라는 구성의 일정한 침목에서 탈선했다.

비어있던 나의 옆자리에 젊은 남자 하나가 충혈된 눈으로 일별을 하고 앉는다. 수컷 특유의 근근한 냄새가 후줄근한 사파리에 배어 한 자락이 나의 우측 엉덩이와 닿아 있다. 남자가 선반에 얹는 여행 가방과 통로 쪽의 팔걸이 아래 놓인 카메라 가방에서도 어떤 체취가 어렴풋이 풍기는 것 같다. 남자는 잠을 청하는지 이내 눈을 감는다. 턱에 돋은 수염은 닷새나 일주일쯤 면도를 안

한 것 같다. 이미 가난해져 버린 실직자거나, 깊은 고뇌를 사유한 예술가일 수도 있다. 열차에서 낯선 남자랑 가까이 앉아 본 건 처음이다. 열차의 미동에 조금씩 남자의 옷자락에서 건너온 야릇한 기운이 나의 오른쪽 허리에 감긴다.

나는 의도적으로 남자에게서 조금 멀어지느라 창가로 바싹 다가앉는다. 교통사고 이후 세준이 실종한 K시에 내가 거처를 잡은 동안, 남편은 세 번 다녀갔다. 며칠에 한 번 전화가 걸려 왔을 때 공교롭게도 지체아를 돌보는 특수학교 선생님들과 집에서 모임 중이었다. 방해하고 싶지 않은 배려인지 그는 신축호텔에 머물며 단골 콜걸을 부르듯이 나를 불렀다. 대화는 무성의하고, 섹스는 정교히 거칠고, 열정적이었다. 헤어져 지내는 동안 욕망을 느낄 때면 세준의 안부가 서늘히 식혀 주었다. 세준의 병명 이후 나하고 의논도 없이 피임기구를 사용하는 남편의 몸이 닿으면 나의 다리는 새로 만든 의족처럼 생경하게 느껴졌다.

남편은 꽤 큰 부동산 전문임대업을 운영한다. 오피스텔이나 아파트가 아니고 대형 건물을 네 개나 소유하고 있었다. 상당한 융자가 있는 건물의 세를 받으며, 증권회사의 객장에서 어슬렁대는 일상이 명함에 들어있지는 않다. 무슨 자문이나 위촉위원, 돈을 내기만 하는 모임의 회장 등 명함의 앞뒤가 빼곡하다. 그중에서도 남편이 가장 맡기 싫어하는 직책이 회장이지만 일단 감투를 쓴 뒤에는 위기에 처한 이들에게 선행을 베풀기도 한다. 선행의 소문은 늘 타인들 몫이 되어 사회에서 인정받는 위치에 있다. 그러나 내가 지금 정신지체아를 돌보는 일에 남편은 직접적 호의를 베풀지 않는다. 다만 매월 내 통장에 이체하는 금액이 무척 넉넉하다.

세준이 사라진 K시에 남편을 아는 사람은 나 하나뿐이다. 남편은 제목 없는 돈을 쓰지 않는 실리주의자다. 남편에겐 동물적 본능인, 약육강식의 법칙이 철학이다. 정상인도 살기 힘든 세상에서 비정상적인 장애인이 도태되는 것은 당연시한다. 스스로 취하지 못해 도움을 받는 처지에서 차별은 어쩔 수 없는 결론의 순리로 본다. 결혼 전 남편의 그런 논리가 전혀 설득력이 없는 건 아니라는 생각이 들었다. 나는 지금보다 어렸고, 무엇보다 가족 중 장애인이 없었다.

일생을 먹고 사는 걱정 없이 잘살 수 있는 집의 아들과 결혼하게 되었을 때 엄마는 밤잠을 설쳤다. "수미야, 나는 너무 좋다. 정말 정말 꿈만 같다." 돌아누운 엄마의 잠옷에서도 멀근한 젓내가 풍겼다. "아이구 이쁜 내 새끼, 우리 집 복덩어리. 여자는 남편 하나 잘 만나는 게 최고지. 인자 엄마는 두 다리 쭉 뻗을란다. 너거 큰오빠 걱정도 인자 더 안 할란다." 얼굴을 마주하고 그 말을 하는 엄마의 입에서는 곰삭은 젓내가 고인 침과 함께 찰싹거렸다.

분명 양치를 했을 텐데 끼니마다 밥상에 안 빠지는 젓갈 때문이었다. 엄마가 가장 좋아해서 밥을 비벼 먹는 제주도 자리젓은 그 냄새가 가히 치명적이다.

말이 새우젓 장수지 엄마의 가게에는 전국의 모든 젓갈이 총집합해 있었다. 맛난 냄새는 잘도 팔려나가고 찌들고 찌들은 냄새만이 오래도록 남아 사철 내내 파리들을 불러들였다. 엄마가 버스에 오르면 사람들이 노골적으로 인상을 그으며 코를 감싸 쥐었다. 특히 퇴근 시간 버스에서는 모세의 기적처럼 사람들이 엄마에게 길을 열어주었다. 매일 미안한 엄마는 매일 고개를 숙이며 냄새들을 속속들이 여며 집으로 왔다. 다행히 가게의 파리는 따라오지 않았다. 그러나 엄마의 몸뻬 자락이 움직일 때마다 기승을 부리는 독한 짠내는 우리 집 붙박이 파리 가족들과 반갑게 인사를 나누었다. 새로 땅을 돋우어 지은 번듯한 앞집과 옆집보다 지대가 낮아 볕이 제대로 들지 않던 스무 평 우리 집 마당에는 멀리서 미리 도착해 발효를 거듭하는 젓갈 깡통들이 즐비했다. 몇 겹 비닐로 덮어도 늘 젓내가 쿰쿰하게 베여 있는 집에 나는 한 번도 친구들을 데려오지 않았다. 대문의 빗장에서부터 젓내가 역력한 그런 집과 엄마가 나는 오래도록 싫었다. 세상의 많고 많은 업종 중에 하필이면 가난의 역한 냄새까지 달고 사는 엄마가 창피했다.

좋은 환경에서 가만두어도 역정을 부릴 사춘기가 되자 나의 오밀조밀하던 희망이 멸치젓갈처럼 삭고 말았다. 국어선생님이나 시인이 되고 싶었던 나는 큰오빠의 병원비와 작은오빠의 대학등록금에 밀려 어쩔 수 없이 여상을 택했다. 그래도 젓내처럼 따라붙던 꿈을 버리지 못해 뒤늦게 방송통신대학에서 국문학과를 수료했다. 결혼하기 전부터 시집 식구들 누구도 그 학위를 인정하지 않았다. 나 역시, 그렇고 그런 선생이나 가난한 시인이 되기보다는, 평생 돈 걱정 없는 집 며느리가 났다는 신분 상승으로 이상을 높였다. 아무리 아버지가 안 계신 집안의 가장이지만, 악취가 때로 눌은 앞치마를 벗어 냄새 묻은 돈을 고이 쓰다듬는 엄마의 정수리를 노려보며 나는 부자를 꿈꾸었다. 신용금고에 근무하다 보면 윤택함이 사람을 얼마나 폼 나게 만드는지 알게 된다. 냄새 나는 가난을 떠나 일생을 풍요롭게, 걱정 없이 잘 사는 건 멋진 일이 분명하다.

우수한 성적으로 여상을 졸업한 후, 나는 신화신용금고에서 청량한 실내공기를 마음껏 호흡했다. 종일 돈 구경을 하고, 팔꿈치가 저리도록 돈을 만지는 일이 하나도 지겹지 않았다. 그래서 나는 늘 환하게 웃을 수 있었다. 남편은 복스러운 나를 곁에 두면 늘 좋은 일만 생길 것이라며 청혼을 했다. 한마디로 재수가 좋을 것 같아서 나는 선택되었다.

이렇게 빈부의 격차가 극명한 두 가족의 상견례 날이었다. 설날이 아닌데도 엄마는 장사를 그만두고 목욕탕과 미장원에서 한나절을 족히 보냈다. 약속 장소에 도착할 때까지 엄마의 얼굴에 핀 복사꽃은 질 줄을 몰랐다. 한편 그 모습은 면구한 웃음에 어울리는 붉은 연출이기도 했다. 짙은 기미 위에 얹힌 희끗한 분가루들이 군데군데서 엄마의 비굴함을 비웃듯 벌름거렸다. 피차 서로의 형편을 알긴했지만 상견례는 너무나 상이한 서로의 분위기를 재확인하는 절차에 불과했다. 나는 시어머니의 맑고 촉촉한 화장이 부러웠다. 정작 더 부러운 건 손이었다. 반나절을 불려 씻어도 엄마 손의 굵은 매듭까지 씻어낼 순 없었다. 오래 염분 범벅의 소금 간수에 절여진 열 개의 손톱은 두껍게 더께가 진 누런색이었다. 시어머니의 자태는 TV 드라마에서 부러우면서 공연히 미워하는 중견 탤런트급이었다. 시어머니처럼 어떤 일이 있어도 잘 살리라 다짐했다. 엄마에게도 똑같은 화장품을 사 줘야지 마음을 먹은 것도 같다.

초하루 설날이나 추석날을 빼고 매일 밤 한결같은 선물처럼 풀어헤치던 엄마의 냄새를 결혼 직전 남편이 말끔히 사라지게 해 주었다. "어머니 장사 이제 그만두시라고 해. 이 돈이면 아파트와 가구들을 장만하고도 남을 거야. 해외여행도 좀 다니시고." 남편은 묵직한 통장을 내밀었다. 우리가 살던 산동네의 누군가 운이 뒤집혀 로또복권 1등에 당첨되지 않고는 있을 수 없는 일이 우리에게 일어났다. 몇 군데의 모델하우스를 보고 다니는 동안 엄마와 나는 잠을 잤는지, 밥을 먹었는지, 구름 위를 걷는 기분이었다. 이웃들로부터 공양미에다 왕비까지 된 심청이 대접을 받던 나는 낡은 짐들을 미련 없이 그들에게 주었다. 칠 년 전, 엄마가 돌아가시기 전까지 남편은 매월 엄마에게 넉넉한 생활비를 드렸다. 엄마에게 직접 전하는 것이 아니라, 돈 만지기 좋아하던 나에게 돈 심부름을 시켰다. "수미야. 강서방한테 잘해라. 얼마나 고맙노? 요즘 세상에 이런 사람 눈 닦고 찾아도 없다." 엄마는 두 평짜리 가게를 그만두게 한 사위를 엄마 인생 통틀어 가장 훌륭하신 분으로 우러르게 되었다. 돈의 위력은 이런 것이었다. 나는 누가 시키지 않아도 액수에 합당한 보상을 했다. 남편에게 나의 할 말을 잃기 시작했다. 보은을 담보로 한 증오가 세준과 더불어 자라났다.

열차의 유리창은 세 종류의 테마를 한 장의 그림으로 그린 화폭처럼 그로테스크하다. 노란 나비는 아직도 잠이 덜 깬 입을 오물거리는지 무리 지어 바탕 그림으로 이어진다. 옆좌석 임산부의 부른 배를 가리면서 새마을호 홍익회 손수레가 보인다. 슬로비디오로 다가오던 손수레가 통로에 멈추고, 맞은편의 두 할머니가 도시락을 하나씩 산다. 참 평화로운 풍경이다.

식당 칸에 정성을 다한 음식이 마련되었다는 안내방송을 한다. 좀 이르긴 하지만 아침을 먹어야 하는데 세준은 지금 어디에 있을까. 안 돼. 밥 먹고 나서 이모님이랑 놀이터에 가. 또 손으로 먹네. 안 돼. 자, 오른손은 수저. 그렇지. 이번에는 왼손을 줘봐. 그래. 흘리면 안 돼. 포크를 줄게. 천천히, 천천히, 먹으라고 그랬잖아. 포크로 식탁을 찍으면 안 돼. 그만!

되는 일보다 안 되는 일이 더 많았던 세준은 지금 무엇을 할까. 실종이란, 국을 끓일 때 피어오르는 증류의 김처럼 그렇게 사라지는 것이었다. 남들처럼 볼 수 없어서 남의 눈에 하찮았던 세준의 모습이 밤새 내린 아침이슬이 풀잎에서부터 홀연히 사라지듯 없어졌다. 모든 것은 다 그대로인데 도무지 알 수 없는 모호한 증발의 상태다. 한 마리의 개미도 아니고, 한 마리의 꿀벌도 아닌 아이 하나가, 더구나 온전치 못한 부정형의 생명이 대체 어디로 사라진 것일까. 찾고 찾았다. 대단한 위력의 매스컴도 국솥의 김처럼, 또는 한 방울의 이슬처럼 부질없이 사라진 행방의 길잡이가 되지 못했다.

핸드폰이 울린다. 나도 모르게 핸드폰이 들어있는 가방으로 손이 간다. 바탕을 열어보지만 세준아. 보고 싶다, 라는 글씨가 쓰인 사진만 뜬다. 뒷자리의 여자가 좀 큰 목소리로 전화를 받는다. 나미엄마도 나미야. 보고 싶다, 라고 적었을까.

"이봐, 당신 잔 거야? 왜 이제야 전화 받아? 자지 마. 내가 못 자는데 어떻게 당신이 잘 수 있어? 오늘이 며칠인지 알기나 해? 벌써 이 주일이 지났는데 아직 우리 나미가 깨어나지 않아. 이제 어떻게 할 거야. 말해! 우리 나미를 어떡할 건지 빨리 말해! 당신이 뭔데 우리가 이렇게 당해야 해? 기껏 사고 당일 얼굴만 내민 당신은 지금 집안에서 편하게 있어. 보험처리만 믿고, 돈이면 다야? 어떻게 그럴 수 있어? 어떻게! 남의 아이를 치고도 당신이 태연하게 살아선 안 돼. 식물인간 상태라고! 그럴 순 없어. 가만두지 않을 거야. 절대로. 우리 나미가 나한테 어떤 딸인데, 나의 생명인 나의 딸."

이번에는 나미엄마의 핸드폰이 꺼졌다. 누가 옆에서 전원을 누르는 것 같았다.

노란 꽃. 은근하게 노란 산수유보다 늦게 피어 더 이상의 착색이 어려울 정도로 황홀하게 노란 개나리 덤불에 박혔던 큰 나비 한 마리. 날개가 찢어진, 커다란 노란 나비 같았던, 아이의 노란 우산.

아아악! 아아악! 애부터! 애를 꺼내세요! 세상에! 세상에! 119! 119! 119 오는 것보다 이 차로 A병원 가는 게 더 빨라요! 맞아요! 금방 도착할 수 있어요! 지혈부터! 스카프 두 장이 던져졌고, 머플러도 한 장 날아왔다. 어떡해! 어떡해! 빨리 병원으로! 빨리 병원으로!

사람들의 갈라 터진 말들이 빙글빙글 노란 개나리 덤불 앞에서 카드섹션처럼 출렁거렸다요. 누구네집 아이야? 경비를 불러. 책가방을 열어봐요. 윤나미. 윤남희? 아니, 윤! 나! 미! 보호자에게, 관리실에 가서 방송하라고 그러세요! 정신 차려요! 누가 이 아줌마좀 잡아요! 아니 운전석 가지 마요! 아줌마 운전하면 안 돼요! 내가 운전할 테니 옆에 타세요! 몇 명인지 알 수 없는 주민들이 흥분으로 방방 뛰면서도 일사불란하게 움직였다. 내가 A 병원이 보이는 풍납동에 산다는 사실이 요행처럼 기뻤다.

"여보, 아이의 상태가 심각해. 너무 안타까워. 나미엄마가 나미를 살려달라고 애원하며 매달려. 늦을지 모르니까 기다리지 말고 자도록 해."

바쁠 일 없는 남편은 원래 누구에게나 친절한 사람이었다.

"네."

나도 병원에 가 봐서 알아요. 의사들이 최선을 다한다고 그랬어요. 나도 무섭고 외롭고 아파요. 당신은 어떻게 세준의 소식은 묻지도 않는 거죠? 가해자의 남편인, 그에게 그렇게 말할 수 없었다. 남편 입에서 '나미엄마'로 불릴 때마다 나는 한 남자의 영혼을 빼앗은 나비부인을 떠올렸다. 그것도 나를 수 없는 나비. 누군가 보살펴 주어야 나를 수 있는 나비. 그날 사고에서 보았던 부서진 나비의 날개. 만개한 개나리 덤불에 날아가 찢긴 나비의 날개처럼 살이 부러졌던 노란 우산.

병원으로 가는 도중 나의 무릎에 누였던 아이의 속눈썹과 체온을 나는 잊지 않았다. 짙은 속눈썹의 아이가 노란 나비처럼 두 날개를 팔랑이며 내게 온다면, 비로소 말하고 싶다. 아가야, 나를 용서해 줄 수 있겠니? 아가야, 너를 아프게 해서 정말 미안해. 너무 많이 미안해. 다 내 잘못이야. 파닥이는 날개를 향해 손을 내밀면 포르릉 사라지고 말, 수백 번도 더 되뇌었던 참회는 계속되고.

나는 완강하게 두꺼운 열차 유리창에서 시선을 거두어 정면에 둔다. 도시락을 먹고 난 앞자리의 두 할머니는 서로 행선지를 묻고 사는 곳을 확인하더니 벌써 제법 친해졌다. 아들과 딸을 몇이나 낳았는지 출산의 횟수, 산파를 부르거나 이웃집 아낙의 구완으로 치렀던 안방의 출산 산고를 맞장구로 추억한다. 대칭으로 보이는 통로 옆에 좌석 둘을 혼자서 차지하고 누운 듯 앉아 자랑스럽게 배를 내민 임산부가 있다. 적어도 칠 개월을 막 넘어선 것 같은 임산부는 절대로 집에서 아이를 낳지는 않을 것이다. 할머니들은 젊은 날의 어려움을 한숨처럼 뱉더니 어느새 손주들 자랑으로 부산하다. 나의 옆자리는 비어있다.

"우리 손녀는 서울대학 더갔는데 공부를 잘해가 장학생이 됐니더. 고게 애릴 적부터 유벨나데요. 적 엄마가 계단을 내리가면 '엄마, 조심해. 엄마, 조심해' 고카길래 내가 섭섭해 가지고 할매보고는 와 안 그카노 카이까네, 아이고 고 어린 기 시상에 '엄마는 구두가 높아 위험해' 요칸다 아잉교. 메누리가 이산데(의사인데) 퇴근해 오믄 '엄마. 힘들지? 피곤하지?' 다리를 쭈물러주고, 고래 앙광(애교)을 떨 때부터 조게 예사 물건이 아이다 싶디더. 커면서 상이란 상은 다 받아와도 난척하지도 않고 딸아가 점잖심더."

뚱뚱한 할머니의 손녀 말씨 흉내는 어림없지만 목소리가 당당하다.

나는 지능이 보통 아이의 절반인 세준을 낳았다. 그렇다면 나머지 지능을 가진 별도의 두뇌 하나가 굳은 화석처럼 나의 자궁속에 남은 것은 아닐까. 대학병원에서 세준을 출산한 나는 아직 온전한 출산을 마치지 않았는지 모른다. 오진은 어디서든 일어난다. 여윈 골반 사이에 숨은 마른 자궁, 그 자궁 속에 남은 태아 유골. 나의 아랫도리에 갑자기 돌 같은 통증이 박힌다. 세준을 낳은 나는 지금도 나의 자궁이 슬프다. 전생이나 이생에 천벌 받을 죄를 지어야 병신을 낳는다고 시어머니는 말했다.

"맞심더. 요새 아들(애들)은 참말로 영리하데요. 댓살 묵은 우리 막내손자도, 저거 엄마가 지를 낳아조서 고맙다카데요. 나는 자석을 여덜이나 키아도 고런 이약 한 분 못 들어보고 살았니더. 요새는 테레비가 있어가 아매도 아들이 그래 똑똑한지, 하는 짓마다 깜짝깜짝 놀래킨다 아잉요."

평생을 운명에 순종하고 살았음직한 작은 체신의 할머니가 고운 웃음을 문다.

할머니, TV를 하루 종일, 십여 년 동안, 뚫어지게 보아도 똑똑해지지 않는 아이도 있답니다. 나는 혀 밑에 고인 말이 나올까 봐 입술을 깨문다.

"인물도 요새 아아들이 더 이뿌지요? 옛날 겉잖게 에미들이 아 가짓일 때부터 잘 묵어서 거런지, 니 아, 내 아 없이 영판 깎아 논 밤 겉이 반듯하고, 부쳬(부처)새끼 겉이 잘 생기가 얼매나 다 영리한교?"

뚱뚱한 할머니가 우락부락하게 생긴 임산부를 향해 눈빛을 흘낏 보낸다.

열 달 내내 입덧이 유별나서 나는 영리하지도 않고 반듯하지 못한 아이를 낳아야 했다면 누군들 이해가 되는지. 나의 아이. 웃기를 잘하던 나의 바보 아이. 다운증후군이라는 칭호가 제 이름 앞에 붙어야 설명이 되는 아이. 무지한 친정엄마는 군(群)과 군(軍)을 말로써의 분간을 못해서 흔치도 않은 병명이 떼거지로 매겨지느냐며 의아해했다. 육군이나, 공군, 해군처럼 남이 알아주지 않아도 무조건 씩씩한 다운 무리 중 하나. 아무리 많은 떼를 지어도 도무지 보통 아이 하나를 이길 수 없지만 패배 앞에서도 늘 당당하여 슬픔을 모르는 아이. 한때 나는 인간의 기본 감정인 미안함을 모르는 세준의 뻔뻔함이 싫었다. 싫어서 없었으면 바랐다. 그러나 어디론가 가기를 원한 적은 없다. 스스로 돌아오지 못하기에 가지는 말고, 잠시 눈앞에 안 보였으면 바랐던 적 있다. 모든 세상의 엄마처럼 나도 온전한 모성이고 싶었다. 세준은 첫 돌 무렵부터 다운의 증후가 확연해졌다. 나는 극심한 애정과 죽일듯한 증오의 반작용을 겪었다. 그 충격인지 모르지만 친정엄마는 갑자기 뇌출혈로 세상을 떴다. 엄마를 보낸 나는 외롭고 무서웠다. 나를 떠나지 않는 세준이 한편 고마웠다. 나의 혼돈을 바보답게 무심히 보아주는 세준을 보며 서서히 증오를 버렸다. 그 자리에 절실한 책임이 들어섰다. 어떤 장애도 사랑을 능가하지 못한다는 책임감으로 나는 특수교육 공부에 매진했다.

교통사고를 일으킨 그 전날은 초저녁부터 비가 내렸다. 밤이 깊을수록 빗줄기가 점차 굵어져서 베란다 외부의 유리창을 말끔히 씻고 있었다. 나를 잃어, 집을 잃은 세준이 비를 맞을 옷자락과 체온이 떠올라 잠들 수 없었다. 고층 아파트에서 바라보이는 창밖은 비 내리는 밤바다처럼 막막히 출렁거렸다. 앞 동의 드물게 켜진 불빛들이 인광처럼 흔들리고 있었다. 빗줄기들은 캄캄한 하늘의 시간을 물고 아득히 투신했다.

3월의 추운 봄밤에 내리는 비는 먹물 같은 그리움이었다. 나는 거실 유리 밖의 검은 캔버스에 세준의 모습을 그려보았다. 높은 곳보다 낮은 곳에 임하느라 또래보다 작은 키의 세준을 그렸다. 사람의 말소리보다 풀이나 꽃처럼 바람의 말로 자라는 세준의 귀는 클 필요가 없었다. 알 것보다 알지 못할 것이 더 많아 작디작은 세준의 눈을 그렸다. 살아갈수록 악취가 심한 세상에서 겨우 찾는 천연의 향기만 담느라 당긋하게 올려 붙은 세준의 짧은 코를 그렸다. 선심처럼 세상을 향해 웃어 주느라 큼직한 세준의 입도 그렸다. 비를 맞지 않은 그림이 거실의 불빛을 머금자 금색 펜으로 스케치한 최고급 크로키 같았다. 그러나 소중히 그린 그림이 빗줄기처럼 터진 나의 눈물에 이내 지워졌다. 또다시 그렸지만, 나는 그날 단 한 장의 그림도 남기지 못했다.

그 며칠 전에 나는 세준이의 환영을 보았다. 실종 장소에서 한참 떨어진 들녘이었다. 본격적인 봄 농사가 시작되기 전, 혹시 내가 놓친 세준의 발자국이라도 찾기 위해 들판을 헤맸다. 갈라진 논바닥처럼 심한 갈증에 지친 나는 논둑에 주저앉았다.

때 이른 황사가 침침하게 시야를 가리고 있었다. 멀리서 한 아이가 큰 입과 팔을 크게 벌리며 오고 있었다. 나는 넋을 잃고 앉아 아이를 보았다. 숱한 순간 정녕 남의 아이였으면, 했던 내 아이였다. 연회색 몽돌 같은 사시의 동공으로 무엇 하나 직시하지 않던 세준은 나를 보지 않았다. 그러나 어떤 의미도 담지 않아 아직도 덜 여문 열매를 닮았던 그 눈매가 나는 왈칵 반가웠다. 세준아, 세준아, 이리 와. 어디 있었니? 엄마가 널 얼마나 찾았는데 어디서 뭘 하느라 이제야 오는 거니? 백일이 다 되었는데 아직도 그 옷을 입고 있구나.

크리스마스이브에 입었던 흰색 파카가 갈색이 되어 있었다. 세준이 어쩌다 제 아빠와 마주치면 둘째손가락에 말아 쥐어뜯던 머리칼이 그새 많이 자라 팔랑거렸다. 눈과 눈은 멀고, 코와 입은 너무 가까워 불균형을 이루던 큰 얼굴은 그대로였다. 머리카락을 뽑지 못하도록 바싹 치켜올린 이발보다 훨씬 멋졌다. 세상 어딘가에 그런 모습의 인류가 오래 있었던 것처럼 느껴졌다.

세준아, 추운데 또 신발을 벗었구나. 발이 많이 부었네. 양말은 어떡했어? 세준아, 엄마가 안아 줄게. 신발 벗기를 즐기던 세준의 맨발을 파릇한 보리 싹들이 감싸고 있었다. 내게 다가오는 줄 알았던 세준은 줄곧 뒷걸음질을 쳤다. 세준아, 엄마가 혼내지 않을게. 걱정마. 정말이야. 정말 괜찮아. 엄마 화내지 않을 테니 어서 이리 와. 유난히 짧고 통통한 손가락을 편 세준이 손을 흔들

때마다 우리의 사이는 그만큼 더 멀어졌다. 세준아. 가지 마. 마치 꿈속처럼 마른 목이 열리지 않아 다급히 손짓을 했다. 세준은 그 손짓을 잘가라는 인사로 아는지 돌아서 달아났다. 10여 년간 더러는 절박하게 나의 눈앞에서 세준이 사라지기를 바랐던, 바로 그 장면을 세준은 이해하고 있었다. 세준아. 내가 부르는 이름은 소리가 되지 않고 눈앞이 흐려져 아득했다.

어떤 몸짓이라도 해야 하는데 하늘이 무겁게 등을 누르고 있었다. 하늘이 등을 누른 게 아니고 농수로 옆의 아주 큰 버드나무 고목에 잠시 기대어 졸았다. 세준의 작은 눈을 닮은 회색, 은빛 버들강아지 빼곡한 가지들이 땅에 드리워져 있었다. 등이 몹시 무거웠다. 그 무게가 바로 죄의 질량이지 싶었다. 현실의 들판에도 세준은 사라지고 황사가 점령한 공간만 끝 간 데 모르게 펼쳐져 있었다. 내가 아이를 낳은 사실이 없기를 간절히 갈구하던 또 하나의 나를 세준은 모를까? 세준이 좀 전에 등을 보였던 그 명백한 증명이 무서웠다.

어느새 돌아온 남자의 몸이 통로 쪽으로 향해있다. 약간 측면으로 튼 남자의 등은 남편의 건장한 등에 비해 왜소하다. 피로해 보였는데 의외로 숨소리가 잔잔하다. 남자의 등줄기에서 풍기는 냄새는 며칠간 씻지 않고, 옷을 갈아입지 않은 게 분명하다. 어쩐지 나의 어릴 적 가난의 냄새와 닮아서 친근하다.

근년 들어 잔기침 같은 피로를 달고 사는 나는 문득 반쯤 비틀린 남자의 등과 의자 사이의 좁은 공간에 나의 얼굴을 묻고 싶어진다. 그러면 남자의 심장 소리가 들릴 것 같다. 곁에 누가 있으면 말하지 않아도 슬픔을 나누어 가질 것 같다. 곁에 누가 있으면 밥알이 곤두서는 소화불량도 없을 것 같다. 그렇게 꺾을 수 없는 목과 소리를 들을 수 없는 귀가 허전하다. 아니 나의 전부가 허전하다.

세준이 첫 돌을 넘기면서 각방을 썼고, 남편은 어쩌다 잠자기 전에 깜박 잊은 양치질처럼 간간이 내 몸을 원했다. 나와 의논도 없이 콘돔을 착용하는 남편을 보며 나의 몸은 잇바디부터 닫아져 칫솔질이 어려웠다. 그즈음 남편의 외박이 잦았다. 호방한 남편이 만취한 날은 미안해, 라며 가벼운 섹스를 했다.

연신 어깨 위로 노란색이 한 줌씩 얹혔다 떨어진다. 전신이 나른히 무겁다. 햇살이 밝게 퍼지자 나비의 나래짓을 알아볼 수 없어 궁금하다. 정말 궁금한 일은 세준의 모습이다. 그 새 더욱 짙어진 저 노란색 무더기 속에 세준이 숨었을까. 그래서 어깨가 무거운지 모른다.

세준아. 엄마의 어깨가 너무 아프다. 너는 유독 엄마만을 사랑했는데 너무 힘들게 하는구나. 너를 눈물로 아끼던 외할머니도 돌아가셨고, 아빠의 잦은 부재와 아빠의 가족도 모르고 자랐고, 친구마저도 없는 네가 가진 사람은 늘 나뿐이었다. 그러니 숨지만 말고 어서 엄마에게 와. 엄마는 네가 사라진 곳에서 살고 있어. 너는 무척 친하게 지내고 싶은데 너랑 친하지 않은 아빠는 이제 너만을 위한 우리의 집을 몰라. 엄마는 그런 아빠랑 헤어지려고 해. 이제 나와도 돼. 그런데 열차가 너무 빨리 달려서 들리지 않겠구나.

다시 노란 나비 떼다. 세준은 아직 그 자리에 숨어있다. 기척 없이. 잘도. 얼자의 유리창은 너무 무겁다. 아니다. 내가 못 본 사이 더욱 견고한 자리로 숨었는지 모를 일이다. 세준은 숨는 일을 누구보다 잘한다. 달리는 열차에서 시간은 정지되어 있다. 찰나로 이어지는 공간 이동만 감지된다.

남편이 정신지체아동을 위한 특수시설에 아무도 모르게, 누구도 모르게, 세준의 일생을 위탁시키자고 했을 때, 나는 이혼을 떠올렸다. 세준의 동생은 절대 낳지 않는다던 남편의 말에 죽음을 생각했다.

남편은 이제 나미엄마에게 두 번째 출산을 권유할지 모른다. 나미엄마는 나미를 닮은 딸을 낳고 싶다고 말할지 모른다.

"사고를 낸 건 당신이야. 그렇게 숨어서 대신 남편만 보내면 다야? 난 남편이 없어. 그래서 당신을 이리로 끌고 오라고 시키지 못해. 나미에게 아빠가 없었지만 우린 행복했어. 근데 당신이 우리의 행복을 훔쳐 갔어. 나미는 학교 가는 일이 즐거워서 밤에도 쉽게 잠들지 못했어. 엄마. 아침에 못 일어나면 어떡해, 그러면서 새벽같이 일어나 일등으로 등교를 했어. 그랬던 우리 나미가 3주가 다 되도록 학교를 못 가고 있다는 게 말이 돼? 열 살이 넘도록 학교도 못 들어간 당신의 그 바보 아들과는 달라. 기껏 바보나 낳은 주제에 우리 나미마저 바보로 만들어? 아무리 불러도 우리 나미가 대답을 못 해. 왜 이랬어? 왜? 와. 와서 우리 나미를 좀 봐. 온몸에 달린 줄들을 네 눈으로 똑똑히 보라구. 내 딸이 어떻게 되었는지, 와서 보란 말이야. 유리컵처럼 산산이 깨진 나미를 좀 봐. 나미는 세 살 때 글을 깨쳤어. 나미는 네 살부터 글을 쓰고…"

이번에는 지친 나미엄마가 스스로 말을 그쳤다.

나는 뒷좌석에서 스카프로 동여맨 아이의 머리를 무릎에 얹고 병원을 향했다. 두 가닥 묶인 갈래머리의 왼쪽 머리 방울이 피에 젖어 붉은 체리처럼 빛났다. 방울의 원래 색이 흰색이란 걸 오른쪽 머리 방울을 보고 알 수 있었다. 하늘색 민소매 모직 원피스와 그 안에 받쳐 입은 폭신한 연분홍 스웨터, 흰 양말 모두가 핏물에 젖었지만 청결했다.

애야. 넌 누구니? 난 바보 아들을 찾으러 나섰는데 널 안고 있구나. 아가야 눈을 좀 떠봐. 밤새 잤을 텐데 학교에 가다 말고 쓰러져 또 잠을 자다니. 애야. 참, 네 이름이 나미라고 그랬지. 나미야, 눈을 떠 봐. 지금은 잘 시간이 아니야. 자지 말고 깨어나. 나미야, 일어나. 자지 말고 일어나. 아저씨. 빨리요. 누구신지 고마워요. 나의 흰 면바지의 가랑이는 감당 못 할 하혈처럼 붉은 피에 젖어 따뜻했다.

"여보, 나미의 상태가 더 나빠지고 있어. 염증 수치가 너무 높아. 나미엄마 건강이 많이 안 좋아서 입원시켰어. 좀 늦어질 거야. 잠이 안 오면 술이라도 좀 마시고 푹 자도록 해. 이쪽 일은 내가 다 알아서 할 테니 걱정 말고 당신 건강 잘 챙겨."

남편은 돌아선 상태로 옷을 갈아입으며 다정히 말했다.

"네."

여보, 세준아빠. 어떻게 이럴 수가 있는 거죠? 나는 지금 백일이 넘도록 불면과 우울증과 협심증세로 시달리지만 당신한테 눈치가 보여 정신과 치료조차 포기하고 있어요. 세준의 생사는 궁금하지도 않나요? 정말 너무 해요. 가해자의 남편인, 그에게, 그렇게 말할 수 없었다. 나는 그날, 내가 가해자라는 사실을 부정하고 싶었다. 수밀도처럼 향기롭게 익은 그녀, 나미엄마. 나는 수밀도의 즙을 야금야금 빨아먹는 자벌레이고 싶었다. 수밀도를 시

커멓고 물컹하게 부패시키는 곰팡이 포자이고 싶었다. 나는 21번 염색체 다운증후군을 생산하는 유전자를 나미엄마에게 심어주고 싶었다. 그 불길한 씨를 두고두고 나미엄마에게 퍼뜨리고 싶었다.

세준이 세 살 무렵 내가 가르친 것은 숨는 일이었다. 숨어 견디는 일이었다. 숨바꼭질은 사실 남편의 요구였다. 가끔 밤중에 임대사무실의 직원들이 급히 방문할 때가 있었다. 공개된 장소인 커피숍 등에서 말할 수 없는 기밀이 있는 모양이었다. 그런 일이 있어 누가 왔을 때 남편은 세준을 보이지 말라고 했다. 감쪽같이 숨어서 기척을 말아야 하는 얼마간의 침묵, 또는 미증유의 상태.

나는 거실에서 가장 먼 방에 세준을 안고 숨어서 떨었다. 세준이 기이한 괴성을 지를까 봐 몹시 불안했다. 매일 세준에게 무섭게 다그치며 숨기를 가르쳤다. 여섯 살이 되자 누가 와도 더 이상 남들과 다른 그 얼굴로 문틈을 내다보지 않았다. 그리고 여덟 살이 되자 전화벨 소리에도 귀신처럼 사라져 숨기를 잘했다. 비록 제 이름을 잘 쓰지 못해도 다른 애들보다 민첩했다. 이제 세준은 너무 오래, 너무 멀리 어딘가 숨어 나타나지 않는다. 세준아, 언제까지, 어디에… 돌아와 세준아. 제발 좀.

이 년 동안 나는 수시로 경찰서를 드나들었다.

저 아주머니, 또 오셨네. 저번에 우리 김 경사가 충분히 말씀드렸는데 허어 참. 언제까지 이러실 건가요? 매일 새롭지 않은 너무나 많은 사건이 매일 비슷하게 되풀이됩니다. 우리가 아주머니 아이만을 찾을 수는 없지 않습니까? 수사관은 반문해 왔다.

자신들이 얼마나 많은 업무에 쫓기며 살아가는지 나와는 하등 관계없는 일들을 길게 설명했다. 우리에겐 직장이 밥이 되는 개념 이상의 것이다. 박애의 정의로운 사회구현의 기치가 그것이다. 그래서 박봉에다 천대받는 직종이지만 오로지 살신성인의 숭고한 희생정신으로 일을 한다. 그래서 모든 국민의 안전에 목숨을 걸고 있다. 우리를 믿고 찾는 사정은 고맙지만 누구나 다 급하다. 모두가 딱한 처지인데 아주머니만 특별한 대우를 바라서는 안 된다.

남편은 딱 한 번 경찰서에 다녀갔다. 담당 조사관들에게 깍듯이 인사를 하면서도 명함을 내밀지는 않았다. 그걸 보는 나는 어금니를 아프게 깨물었다. 내가 찾아간 용무가 그들에게는 지리멸렬한 방문이듯이, 내게도 그들의 일과나 업무량은 하릴없었다. 물론 위로의 말을 건네기도 했다. 극도의 절망 앞에서 건성의 느낌을 떨칠 수 없는 위로가 힘이 되지 못했다.

세 차례에 걸쳐 천 명이 넘는 인력을 파견해 수색한 그들이 노력하지 않은 것은 절대로 아니다. 하지만 당신들의 아이와 다르기에 설익은 밥처럼 구미가 당기지 않는 수사일지 모른다는 의문이 내게서 떠나지 않았다.

─그날, 아이와 당신 사이에 어떤 일이 있었는지 상세히 말씀해 주시겠습니까?

─별로 기억에 남을만한 일은 없었습니다.

─당신은 열 살이 되어도 정상적인 입학을 할 수 없었던 아이를 혹시 부끄러워하진 않았습니까?

─수치보다는 분노를 느꼈어요. 다수의 사람들 말이에요. 장애를 특수한 상황의 당연한 불행쯤으로 알고는 있는 사람들 말이에요. 더구나 그런 상태를 자신들의 성한 몸 가까이에 두고 볼 수 없다고 여기는 완강한 편견 말이에요.

제 남편부터가 그런데요, 라는 말은 하지 못했다.

─당신은 혹시 그런 상태의 아이를 고의로 방임하거나 구타한 적은 없으십니까? 있다면 일주일에 몇 번 정도 구타를 하셨나요?

─없어요. 한 번도 때리지 않았어요.

잦은 오자를 고치느라 컴퓨터 자판의 화살표와 델 키를 선병질적으로 두드리는 수사관은 다행히 나의 얼굴을 보지 않았다. 예리하다는 수사관의 눈길이 닿지 않는 등 뒤로 나는 신속하게 진실을 감출 수 있었다. 작지만 옹골찬 진실은 제 무게 때문에 주르륵 흘러내려 허리춤에 걸렸다. 그러자 척추에서 거짓말의 숫자만큼 불씨가 반짝거리며 켜졌다. 불길은 서서히 등줄기를 타고 올라오며 퍼졌다. 불씨를 지핀 것은 노란 유황 같은 거짓이었다.

나는 세준을 때린 적이 있다. 보통의 아이에게 보통의 엄마들이 간혹 드는 매질이 아니었다. 보통의 아이를 가지지 않은 나는 보통의 엄마가 될 수 없는 일이 사무치게 슬퍼서 그악한 매질을 몇 번이나 한 적이 있다. 구석방에서 맞는 세준은 그악한 폭력에도 제대로 울지 않았다. 웅웅웅웅, 전혀 아프지 않은 듯한 이상한 신음만 했다. 그 소리가 폭력을 더 부추겼다. 세준은 통증의 가장 원형질인 고통을 모르고 사는 바보였다. 함께 죽자는 비명을 시퍼렇게 내뱉기도 했다. 그 시퍼런 비명들이 나의 등에 불너울로 피어올랐다.

—실례지만 마지막으로 한 가지만 더 묻겠습니다. 혹시 마음속으로, 잠재의식으로 말입니다. 어느 한순간 아이가 없어지기를 바란 적은 없으십니까?

—없어요.

수사관은 책상 서랍에서 담배를 꺼내고 라이터를 손에 쥐는, 그 사이, 뻔뻔한 나의 얼굴로 넘어온 불이 심장 속을 파고들어 탄로 나지 않았다. 막상 담배를 쥔 수사관은 이내 불을 붙이지 않고 책상 위에 세워 톡톡, 톡톡 두드렸다. 마치 진실의 문을 두드리는 노크처럼 낮고 일정하게 나에게서 의심을 거두지 않았다. 세준은 바보지만, 세준은 알았을까. 때린 날보다, 때리지 않은 날이 얼마나 많았는지. 소리 없이 흐르는 나의 눈물을 보며 필터만 남은 꽁초를 끈 수사관은 눈길을 내렸다. 여전히 오자를 고치느라 자판의 델 키와 화살표들을 무수히 누르며, 논픽션 아닌 픽션의 추리소설을 한 편 쓰고 있었다. 수사관에게 거짓말을 하고도 나는 태연하게 경찰서를 드나들었다. 절박한 나는 전과가 쌓일수록 예사로운 범죄자처럼 누군가 깊이 감춘 귀중한 내 아이를 훔쳐 데려와야 했다.

이렇게 통상적으로 아이를 잃은 부모의 부류에서 조금 더 각별한 대우를 받아야 하는 일에도 나는 이력이 났다. 그들은 멍청하여 족보도 없는 똥개 한 마리의 실종을 두고 끈질긴 추적을 강요당하는 억울함을 역력히 표현한 지 오래다. 기껏 실종 반년이되었을 뿐인데, 미결사건으로 종결하고만, 그들의 무능과 나태를 비웃기 위해서라도 나는 자꾸 들락거렸다. 그러나 이제 유괴나 원한 관계로 설정될 수 없는 수사의 한계에 부모로서의 책무만이 전적으로 남아있다.

세준에게 아빠는 없다. 남편은 장애인을 싫어한다. 그냥 싫어하는 게 아니라 진저리를 친다. 그건 내가 두 번이나 확인한 사실이다. 신혼 때가 맞을 것 같다. 거실에서 혼자 TV를 보며 레드와인을 마시던 남편이 갑자기 TV 전원을 끄고는 리모컨을 대리석 탁자에 던져서 망가진 적이 있다. 평소 전혀 폭력적이지 않은 남편이기에 나는 놀라서 달려갔다. 주말이라 가사도우미가 없어 내가 주방에서 연어를 굽고 있었다. "아, 난 병신, 뇌성마비 장애인들을 보면 특히 역겨워. 술맛이 다 떨어졌어. 환풍기 좀 세게 돌려. 비린내도 싫어. 당분간 이모님께 생선 굽지 말라고 시켜. 상 치워." 남편은 욕실에 들어가 오래 양치질을 했다. 헛구역질도 심하게 했다. 또 한 번은 결혼 전이다. 그의 고백을 듣고 난 뒤였고, 나는 많이 혼란스러웠다. 곰삭은 냄새에 갇혀 사는 젓갈장수의 딸인 내가 이런 사람이랑 결혼해도 되는 걸까. 부자들은 원래 그럴까. 우린 강릉 바닷가에 여행 중이었다. 개업한 지 얼마 안 되었는지 이전확장 현수막이 걸려있는 산뜻한 횟집이었다. 용트림하는 조각의 당근 데코레이션 접시에 섬세한 칼질로 누운 회를 맛있게 잘 먹는 중이었다. 상체를 좌우로 흔들며, 다리를 심하게 절룩이는 키 작은 주인 남자가 주방에서 나오고 있었다. 남편의 얼굴이 하얗게 질리며 젓가락을 놓았다. "일어서. 나가자"와 동시에 앞장섰다. 입안에 남아있던 회를 의구심과 함께 우물거리던 나는 혹, 전에 다퉜던 사람인가 했다. 계산을 마치고 나온 그는 분명 그랬다. 낮은 소리로 "아, 재수 없어"라고. 그런 남편은 이제 더 이상 재수가 없다거나 역겹다는 말을 자유롭게 내뱉던 권한을 박탈당했다. 돈벼락이 아닌 이상 누구나 당하는 건 억울하다. 돈벼락을 꿈으로 꾸었던 나의 꿈이 흔들렸다. 횟집에서 나와 들른 호텔 레스토랑에서 남편은 최고급 송아지 안심을 시켰다. 나는 이미 식욕만 떨어진 게 아니라, 신분 상승이 좌절될지 모르는 절망으로 서글펐다. 송아지 안심의 사르르 녹는 육질과 육향을 잘 모르던 나는 피 묻은 스펀지를 씹는 기분이었다. 하다못해 엄마가, 내가 자주 다니던 분식 가게나 화장품 가게의 주인이라면, 나의 꿈에 우선하는 업종을 희망했다. 엄마의 직업은 바뀌지 않았고, 재수가 좋아 보이는 나는 청혼을 받고 난 후, 그가 놀라지 않도록 비교적 소상히 우리 집 이야기를 했다.

"밤새도록 똥오줌 싸서 애묵이는 아는 날이 새도 이뿌고, 밤새도록 가마이(가만히) 자고 나오는 시어마시 보믄 밉다카는 말이 있구마는 나도 이래 나섰심더. 또 손자들이 보고 접어서 햇장(햇된장과 간장) 갖다준다 핑계로 눈치 없이 또 가니더."

작은 할머니가 붉지도 않는 얼굴로 발그레 웃는다.

"맞심더. 난도 아들 생일이라꼬 그양 인사로 오라카는지도 모리는데, 다 큰 아들보다 손주새끼들이 보고 잡아서 이래 먼 질 가지마는 바뿐 메누리들이 속속들이 반기지는 않지 시푸네요."

뚱뚱한 할머니는 윗입술을 씰룩이며 지레 며느리를 폄하한다. 넷이나 되는 며느리들의 부실한 언행을 트림과 함께 섞어가며 비교하기 시작한다. 목울대를 쭉쭉 펴는 양이 다분히 옆 좌석의 임산부와 바로 목전의 나, 그 외에 몇 있을 열차 안의 며느리 또래에게 향한 성토일 수도 있다. 넉넉한 육집은 화려한 무늬의 블라우스를 더욱 돋보이게 하고, 검정색 바지 위에 접어둔 버버리 트렌치코트로 보아 생활이 여의함을 느끼게 한다. 아들이 잘나고 손주들이 영특한 만큼 며느리들의 행실이 성에 안 차는 비례 대조는 적나라하게 편파적이다. 나와 마주한 한 작은 할머니가 되려 무참한 눈길로 내게 수굿한 미소를 보낸다. 나도 답례의 웃음을 지어주려고 했지만 쉽지가 않다. 작은할머니는 분명 새로 샀거나 누가 사 준 것을 아꼈다 입은 게 뻔한 폴리에스테르 흰 스웨터를 손다림질로 쓰다듬는다. 불거진 손마디 거스러미에 보풀들이 붙어서 정전기처럼 찌지직 소리를 낸다. 고된 농사일의 보호방어로 단단히 두꺼워진 손톱과 굵은 손매듭 사이의 때는 고생이 심했던 엄마의 손처럼 아무리 오래 불려 씻어도 남아있을 할머니의 살로 굳어있다. 아껴두었다 낀 듯 쌍가락지의 선연한 꽃문양이 한쪽으로 치우쳤다. 애초 넉넉히 맞추었던 가락지는 서로 엇갈려 노란 금꽃이 피었다. 뚱뚱한 할머니는 3부 다이아몬드 다섯 개가 조르름 박힌 백금반지를 끼고 있다. 살찐 팔목에 묵직하게 걸린 시계는 롤렉스 콤비다. 단지 한 눈에 알아볼 경제력의 차이만으로 자부심이 대단한 할머니는 다양한 수다만큼 두 다리도 한껏 벌렸다. 작은할머니는 자연히 앉은자리가 좁아 여윈 발을 모은 채 듣고 있다. 무릎에 얹었던 가방을 열어 불경을 꺼내다가 도로 넣고 만다. 시내에 산다는 뚱뚱한 할머니의 구두가 까맣게 반들거리는 것에 비해 작은할머니의 단화에는 송화처럼 노름한 흙먼지가 얹혀있다.

내가 오늘따라 두 할머니를 유심히 관찰하는 이유는 곧 닥쳐올 나의 운명이 유추하는 그림일 수도 있다. 나의 노후도 부유하거나 가난하거나 둘 중 하나일 것이다.

남자가 내 쪽으로 자세를 고치면서 낮은 신음을 뱉는다. 민물고기의 비린내 같기도 한 냄새가 나의 코끝을 스친다. 순간 나도 함께 신음이 따라 터질듯해 움찔 놀랍다. 남자의 여윈 정강이가 중심을 잡지 못해 흔들리는 순간 나는 급히 나의 오른편 무릎을 당겨 왼편 다리 위에 포갠다. 베이지색 면직 바지를 뚫고 서서히 더운 김이 손바닥에 고인다. 경화현상으로 막혔던 나의 동맥이 마른 풀 같았던 모세혈관에 스민다. 심장에서부터 역행하는 혈류로 목 언저리가 뜨끈해진다. 남편은 벗은 나의 몸 중에서 유독 목선과 어깨의 선을 좋아했다. 너무 아름다워, 정말 예뻐, 라며 잠들기 전까지 쓰다듬었다.

지금 창밖은 노랗고 큰 꽃잎 하나가 하늘을 다 덮은 것 같다. 해는 형태를 살필 수 없을 만치 펼쳐져 있다. 노란색을 먼저 보아야 하는 이른 봄이 가장 두렵다. 교통사고 이후, 매일 날이 새었고, 지금 봄빛이 선명하다.

봄이 남에서 북으로 가듯 나도 지금 서울로 올라간다. 점멸등처럼 노란색 무더기가 확대되며 이어진다. 수백 또는 수천, 수만 마리의 나비 떼가 햇빛을 먹느라 입을 활짝 열었다. 곧 연약한 몸으로 빛살을 꺾으려고 비상할 태세다. 저러다 학교에 첨 들어간 어떤 아이처럼 날개를 다치지. 세준은 어디 있을까. 저 노란 나비들이 사라지면 세준의 숨은 자리가 드러날까. 세준도 나비 떼를 쫓아 하늘로, 하늘로 날아오를까. 노란색이 사라진다.

열차는 너무 빨리 달려 세준의 기지개 켜는 팔을 살펴볼 수가 없다. 세준은 눈을 뜬 아침이면 잘 웃었는데 나비는 웃지 않는다. 나는 K시에 살면서 가끔 세준의 웃음소리를 들었다. 충치로 제 이빨이 몇 없는 큰 입에서 키득키득, 커다란 웃음이 만들어져 방안을 그득 채웠다. 너무 큰 웃음소리는 가구의 모서리에 부딪혔다가 메아리로 휘돌아 환기로 열어둔 창문 밖으로 나갔다. 세준이 돌아오면 다니기 편하게 아파트 1층인 우리 집 테라스 정원의 온갖 새들이 부르는 노래였다. 변성기 전 소년합창단 나무십자가의 맑고 고운 화음처럼 노래는 이어졌다. 살아있음의 증명인 표음(表音). 새들의 합창 어디에도 세준의 어설픈 음정은 찾을 수 없었다.

"당신도 죽어! 아니야. 내가 당신을 죽여 버리겠어! 당신이 무슨 짓을 한 지 알아? 살인자! 살인을 한 거야. 당신은 살인자라고! 당신이나, 당신의 그 바보 아들이 대신 죽었어야 되는 거 아냐? 왜! 왜! 당신이 무슨 권한으로 우리 나미를, 똑똑히 들어! 지금부터 내가 하는 말을 똑똑히 들어. 당신, 내가 가만두지 않아! 절대로! 당신을 가만두지."

"여보, 놀라지 마. 조금 전에… 나미가… 갔어. 나중에 다시 전화할게."

나미엄마와 나의 남편, 두 사람이 한 대의 핸드폰으로 말했다. 외박했던 남편이 나미아빠처럼 슬프게 부음을 전했다. 나는 나비부인, 아니 수밀도처럼 잘 익은 나미엄마를 가꾸는 과수지기가 된 남편의 울타리, 그 철책을 끊을 가위손이 되고 싶었다. 철책을 자른 후 과수지기와 복숭아나무까지 자르고 싶었다.

불과 나흘 전, 남편은 느닷없는 결핍처럼 K시로 내려와 나를 찾았다. 남자가 생전 처음이었던 나의 첫 밤을 이야기했다. 생전 처음 낯선 함수 앞에서 아득한 나에게 친절히 공식 하나하나 알려주며 끝내 하나의 정답을 가르쳐주던 그 밤을 얘기하며 뜨거웠다. 그날은 세준이 떠난 이후 나에게도 최상의 밤이었다. 그는 하루 더 K시에 머물렀고, 우리는 밤마다 쾌락의 행복에 겹던 신혼 기억들을 곱씹었다.

이후, 남편은 더 이상 K시에 오지 않았다. 참 뜨거운 이별이었다. 나의 의식은 실종사건과 교통사고의 임상적 경계, 그 한가운데서 곤두섰다. 자율신경이 말초신경을 조율하지 못하고 시간이 흐를수록 나의 괄약근들만 가래톳처럼 뭉쳐지고 있었다. 자벌레도, 곰팡이 포자도, 가위손도 되지 못한 나는 남편과 나미엄마의 관계에 지금은 방관자이며, 그전에는 방조자였다.

그날 아침부터 나는 한 어린 생명의 살해자가 되었다. 나의 아이를 잃고, 남의 아이를 죽여 버린 여자였다. 잠시 적요를 뚫고 아파트의 맞은편 집 현관에서 등교하는 여자아이의 인사말이 카랑하게 울렸다. "학교 다녀오겠습니다!" 그건 초등학교 입학을 하고 등교가 즐거워서 밤잠을 설쳤다는 나미가 제 엄마에게 마지막으로 들려준 말이라고 했다. 병원에 달려온 젊은 엄마는 그 예쁜 약속을 두고 통곡을 했었다.

세준은 "오옴마, 노여 가안다아"라는 어설픈 인사를 남기고 손을 흔들며 콘도를 나섰다. 분명히 우리가 자주 가고, 세준 혼자서도 몇 번 갔던 실내보드장이었다. 세준과 내가 일 년에 열 번씩 갔던 K시의 콘도였다. 세준이 나간 때가 늦은 오후, 저녁노을이 붉었던 시각이었다는 것을 안 것은 밤이 되어서였다. 모자 쓰고 목도리 둘러. 엄마가 데려다줄까? 보드장 혼자 갈 수 있지? 콘도 밖에 나가면 절대 안 돼. 보드장에서만 놀다 와. 수백 번 곱씹어도 나는 그런 말만 했다.

그즈음 과음을 하고도 나는 불면에 시달렸다. 새벽에 잠시 잠들었다가 아침에는 일찍 깨는 편이었다. 세준의 입학이 점점 늦어져 종일 서울 시내 교육청과 숱한 학교를 쏘다녀야 했다. 그날도 아침에 일어나 컴퓨터에서 아직 안 가본 학교들을 검색하고, 메모하다가 세준의 점심을 차려 준 뒤, 잠시 잠들었다. 그 시간까지 사라지지 않는 숙취와 불면의 두통으로 세준에게 당부만 한 나는 침대에서 내려오지 않았다.

내가 잠에서 깼을 때, 짧은 겨울 해는 자취도 없이 세준과 함께 사라졌다. 세준의 특수학교 입학을 두 해나 미루던 나는 서울 전역의 초등학교를 쏘다니느라 몹시 지쳐 있었다. 남편은 세준의 입학을 거부하던 학교장들처럼 냉랭했고, 특수학교에 보내지 않는 나에게 이상한 고집이라며 힐난했다. 남편은 세준의 실종에 어떤 역할도 맡지 않았다.

길거리에 전단지를 붙이며 돌리는 일도 바보를 수태하고 출산한 나만의 몫이었다. 전단지를 전문으로 돌리는 사람을 쓰라는 남편의 충고도 무시했다. 그들이 제대로 돌려주지 않고 전단지 뭉치를 쓰레기통에 버릴지도 모를 일이고, 무엇보다 나의 정성, 자식 잃은 어미의 심정을 호소한다면 제보자를 만날 수 있을 것만 같았다. 나는 자주 현기증에 휘둘려 전신주에 기댔다. 사람들은 너무나 바쁘게 살아가고 있다. 볼거리 읽을거리의 할 일들이 도처에 산재한다. 전단지를 받는 사람과 손사래를 치는 사람들이 반반이었다. 받아 들고 읽는 사람과 읽지 않는 사람들이 다시 반반이었다. 읽고 나서 가방이나 포켓에 넣는 사람과 그렇지 않은 사람들이 또다시 반반이었다. 아이를 찾고 있습니다. 열 살인데, 다운증후군으로 제 이름은 알지만 발음이 부정확하고… 아주 잠시 들여다보다 설명이 채 끝나기도 전에 휙 몸을 돌려버리던 군상들의 다리 사이로 짓궂은 운명처럼 바람이 불기 일쑤였다. 흩어져 구르는 전단지에 무자비한 신발 밑창의 문양들이 집단구타처럼 어지러운 상처를 남겼다. 놀이터에서 놀림감이 되는 것도 모자라 세준의 발등을 시퍼렇게 멍이 들도록 굳게 밟았던 아이들을 나는 마구 두들겨 팼던 적이 있었다. 바쁘게 가는 그들을 가로막고 발등을 아귀로 물어뜯고 싶었다. 무심한 바람이 없는 날도 나의 심장 크기로 인쇄된 세준의 사진이 비명도 없이 짓이겨졌다. 나는 숨이 멎었다. 그럴 때마다 엄마가 생각났다. 수미야, 용기를 가져, 쓰러지면 안 돼. 탁탁탁탁 또는 따닥따닥따닥따닥… 부산하게 오가는 발소리들이 나의 귓전을 찍어대는 가운데 전단지를 주워 모았다. 젓갈장수였던 엄마가 냄새나는 돈을 쓰다듬어 펴듯이, 나도 밤이면 그것들을 보듬으며 폈다. 엄마의 돈처럼 요긴히 쓸모가 없었지만 잘 펴서 서랍에 넣어두었다. 그러나 엄마처럼 웃지 않고 울고 말았다. 내 것만 우선인 세상에서 내 아이만 안전하면 무심했다. 남의 바보 아이 하나쯤은 장미 가시에 붙은 진딧물인 양 전단지에서 손을 떼던 이들. 아니면 남이 뀐 고약한 방귀 냄새를 맡은 양 인상부터 긋고 재빨리 사라졌다. 나이트클럽의 호객용 선전지라면 관능적인 사진과 웨이터의 재미있는 이름 등 호기심이 일 것이다. 나는 일 년간 그 일을 했다. 환하게 눈을 여는 이를 만나는 일이 북한의 이산가족 만나기만큼이나 힘들었다.

맞은편의 할머니들은 잠이 들었다. 작은할머니의 호흡은 건조한 반면에 뚱뚱한 할머니는 눅눅한 숨을 뿜는다. 검고 마른 얼굴보다 희고 둥그스름한 인상이 무조건 후덕하지만은 않다. 시어머니는 무서웠다. 무섭게 생겨서 무서운 사람이 아니라 무서우리만치 냉철해서 무서웠다. 세준의 첫돌을 앞두고 확실해진 다운증후군의 증상 앞에서 시어머니는 한층 일변하여 가슴 떨리게 야멸찼다.

"정말, 끔찍하구나! 바보라니? 자다 깨도 진저리가 쳐진다. 어떻게 너 같은 아이 하나가 우리 집안을 망칠 수 있니? 가소롭고 원통하구나. 아무리 네가 배운 게 없기로 소니 어떻게 그런 아이를 낳을 수 있지?"

"…어머님."

바보를 아무나 낳지는 않지만 누구나 낳을 수는 있어요. 다만 흔치 않을 뿐이죠. 더구나 엄마의 학력과는 아무런 관계가 없는데 제가 보기엔 어머님이 오히려 바보스럽군요. 당신들 앞에선 학

력이랄 게 없지만 제게 주어진 공부는 누구보다 열심히 한 우등
생이었어요.

"너 알다시피 우리 집안에 그런 사람 하나 없질 않니? 우리 집
뿐 아니라 성수 사촌들이나 조카들까지 모두 명석한 거 너 알지?
그 흔한 재수도 서울대 가느라 둘이 했을 뿐이다. 내가 시집와서
50년이 넘도록 우리 가문에 바보나 멍청이가 있었다는 얘길 들은
적도 없고, 내 눈으로 본 적도 없다. 이보다 더 큰 수치는 없다.
혹 네 친정에 그런 사람이 있었는지 잘 생각해보고, 바른대로 말
해라."

"…어머님."

그래요. 이상할 정도로 당신네의 팔촌까지도, 그 이외의 친척
들까지 참 순탄한 삶을 살더군요. 그건 당신들이 대대로 내려온
묵은 부자였다는 사실과 함께 거기에 걸맞은 사돈을 맺어 우성
의 유전인자만을 고른 결과일는지 모르겠어요. 하지만 당신들 중
누구 하나가 학업에 뒤진다 싶으면 신속하게 유학으로 대응했어
요. 돈이 문제가 된 적 없는 환경에서 고액의 과외랑 선발된 개인
교습도 도움이 되었겠지요. 혹 거액의 기부입학을 한 적은 없는지
요? 없다면 꽤나 진기한 일이기는 해요. 경제력과 일류대학 입학
에는 분명 어떤 함수관계가 있을 듯한데, 매스컴에서는 저처럼 가
난한 집 아이들이 자주 수석의 자리를 차지하더라구요. 삼류대학

등록금도 빠듯했던 저희 친정에도 바보는 없어요.

"어머님."

"나 여기 있으니 그만 불러라. 내가 네 시어미란 사실조차 끔찍하다. 왜 말이 없니? 그간 네 말에 앞뒤의 조리가 없었던 것이 무식해서냐, 아니면 천성이냐? 성수가 가례의 예법 하나 모르는 널 얌전하게 봐서 결혼을 한다고 할 때 끝까지 말리지 못한 것이 절절히 한이 된다. 혹시 젓갈 이름하고 돈 세는 일 외엔 아는 게 워낙 없어 늘 함구하고 사는 거 아니니? 너희 친정에서는 뭐라든? 이 일을 어떻게 하겠다니?"

"…어머님."

제가 어릴 때는 웅변대회에 뽑혀 나가 입상할 정도로 말을 잘했어요. 근데 당신들 속에서는 나의 말이 쓴 침으로 녹아버리더라고요. 당신네들이 나를 보는 너무 가벼웠던 눈빛과 웃음 속에 숨었던 비웃음, 단정하여서 근엄하던 상명하달뿐이었거든요. 지지리도 가난한 젓갈장수의 딸이, 겨우 여상이나 기껏 방통대나 졸업한 주제에 내가 신분 상승을 꿈꾼 어처구니임 알아요. 동화가 아닌 당신들 속에서 나는 미운 오리 새끼였어요. 그래서 나의 말은 심정에서부터 밀봉된 젓갈처럼 삭아 행여 궂은 냄새를 풍길까 노심초사했답니다. 가난이 지겨웠던 전 돈이 많으면 잘 사는 것인 줄 알았죠. 하지만 후회하지 않아요, 다시 구질구질한 가난으로 되돌아가고 싶지는 않거든요. 풍요의 맛은 당신들을 만날 때나 가끔 쓰고, 대부분은 달콤했거든요.

"지금 뭐 하는 짓이냐? 장바닥에나 굴러먹던 너희 집 내력을 묻는데 왜 솔직히 말을 못 하니? 어른이 묻는데 입을 앙다물고 대답을 안 하는 못된 버릇도 이젠 지겹다. 이건 네 친정에서 비롯된 일이 분명하다. 소문나기 전에 아이를 데리고 친정으로 가거라. 머리가 좀 나쁠 수는 있지만, 다운증후군이라니. 대소 간의 모든 혼사에 치욕이 될 바보는 절대로 용납할 수 없다. 남들이 이 사실을 알기 전에 내 집안에서 떠나거라. 위자료는 넉넉히 줄 수 있다. 이혼해."

"이혼 못 해요!"

나는 발칵 고개를 들었다.

바보도 세상의 일부예요! 바보와 천재는 지능의 구분일 뿐이에요. 돌멩이 하나도 세상의 필요에 의해 존재하는 평범한 진리를 모르시나요? 내가 이 집안의 며느리이듯이 저 애는 엄연히 당신의 손자예요! 남들보다 너무 안락하고 풍요로운 것만 가진 당신들에게 어쩌면 신이 내린 겸양의 선물일지 몰라요. 난 떠나지 않을 거예요. 땅을 향해 고개를 떨굴 일이 없었던 당신들의 목뼈가 꺾어지는 모습을 지켜볼 거예요. 그 어떤 시련이라도 겪는 것이 삶의 참 맛이며, 공정한 게임이라면 말이에요. 이혼이라뇨?

"감히, 빤빤스럽구나! 네가 지금 누굴 노려봐!"

시어머니 앞에 놓였던 샤넬 핸드백이 나의 턱을 스치고 가슴에 퍽 날아왔다. 나의 고개가 꺾어졌다. 백의 무게가 주는 먹먹한 아픔 때문이었다. 제 엄마가 당하는 상황을 안듯이 주방 옆방에서 자던 세준이가 낮잠에서 깨어 잉잉 울었다. 남편이 그 방에서 살라고 말하지 않았는데도 어느결에 나는 세준과 함께 구석방에서 지내고 있었다. 손이 귀한 집안이 아니어서인지 세준이 태어났을 때도 그들은 무덤덤한 의례적 인사만 했다. 시어머니는 덥석 안아 주지도 않았다. "얘는 대체 누굴 닮은 거니? 두상만 커다랗고, 너무 못생겼구나." 자라면서 어느 한구석 우리를 닮지 않았던 세준의 눈, 코, 입은 자라지 않고 뺨과 턱만 펑퍼짐하게 넓어지고 있었다.

"너하고는 말이 안 되겠다. 너희 친정엄마를 불러라. 지금 전화해."

시어머니는 결혼 초부터 사돈어른이라는 존칭을 줄여 사돈이라고만 했다. 세준의 엇된 성장에 따라 그 명칭도 버렸다.

"지금 고혈압으로 병원에 다니세요. 그리고 전 성인이에요. 제일은 제가 알아서 할 거예요."

나도 어머님이라는 호칭을 버리기로 했다.

"이게 어째서 네 일이냐? 흉측한 기형아를 우리 집안에서 키울 성싶으냐? 그럼 너희 오빠라도 불러라. 둘이 있는 걸로 아는데 이런 일에는 큰오빠를 오라고 해."

"…"

혼돈의 한 시대를 겪은 대학생을 둔 집안이면 몇 집에 하나는 험한 꼴을 당하던 그때, 나의 친정도 예외는 아니었다. 마스크도 없이 데모대의 선열에 선 모습이 흑백텔레비전에 몇 번 비춘 뒤 오랜 도피생활을 하던 큰오빠는 지금 알코올중독으로 정신병원과 작은오빠 집을 들락거리는 폐인이다. 엄마는 안기부에서 너무 맞아 정신이 나갔고 남자구실도 잃었을지 모른다며 파출소만 봐도 이를 갈았다. 젓갈장수답게 욕도 '창시를 빼서 젓을 담아도 시원찮을 놈들'이었다. 쿠데타로 일으킨 정권이 무너지고 다시 쿠데타로 탈취한 정권이 들어서도 신원 조회에 걸리는, 나이 든 큰오빠를 받아줄 직장은 없었다. 대학을 졸업하고 돈을 벌어 나를 공부시키겠다던 큰오빠는 졸업도 못 하고 눈 뜬 시간 내내 술을 마셨다. 기어코 나라가 썩어간다고 걱정이 태산 같았는데 나라는 아직도 건재하다. 대신 큰오빠의 MRI 뇌 사진만 날로 꺼멓게 썩어가고 있다. 머리는 썩고 있지만 썩지 않는 가슴은 있어 나만 보면 "수미야, 미안하다. 잘 살아라. 잘 살아라. 수미야, 미안하다. 미안하다." 끝나지 않는 노래처럼 웅얼댄다. 그런 큰오빠는 어느덧 초로에 접어들었다. 인간의 기본권인 존엄성부터 살살이 파괴한 억압의 역사는 숱한 젊은이들의 비루한 몰락을 가져왔다. 시어머니가 의심하는 내림병처럼 작은오빠도 데모를 했다. 피로 물들었던 민주화의 뜨거운 함성을 내지르고 화염병을 만들었다. 며칠씩 집을 비우고 며칠씩 유치장에 머물렀던 작은오빠는 그나마 결혼도 하고, 과일가게를 열었다. 일체 정치와는 담을 쌓고, 3남매를 낳아 성실히 산다. 그토록 장엄하게 젊은 피를 끓게 하던 민주화 세력들도 지금은 권력의 맛에 아주 잘 길들여져서 보수 못지않은 부정부패 무리가 되었다. 작은오빠는 아직도 수십 년전 그 시절에 머물며, 정신 못 차리는 큰오빠를 돌보고 있다.

"이혼은 세준아빠와 제가 결정할 일이에요."

"건방지게 내 말끝에 결론을 네가 내려? 무식하면 창피한 걸 모른다더니, 그런 애를 키우며 언제까지 네 남편을 꼬일 수 있을 것 같니? 걘 어릴 때부터 병신을 유달리 싫어했어. 조금만 이상한 사람을 봐도 경련을 일으키며 울었다. 성수는 너보다 내가 더 잘 알아. 난 그 애를 사십삼 년간 지켜본 엄마야. 알겠어?"

계속되는 세준의 울음은 우렁찬 여느 사내아이의 울음이 아니라 웃음과 울음, 그 중간의 뜬울음 같았다. 장난처럼 징징대는 울음은 그다지 의미가 없어 듣는 이의 우려를 자아내지 못했다. 그러나 어쩌면 쇠사슬 줄이 무거운 샤넬 핸드백이 울음조차 바보 같은 아이를 향해 던져질지 모른다는 불안이 급습해 나도 모르게 얼굴을 들었다. 그새 더욱 팽팽한 시어머니의 푸른 속눈썹이

압정의 침처럼 일제히 일어나 나의 눈을 겨냥하고 있었다. 나는 정말로 금속성 빛이 발하는 무서운 눈이란 것을 보았다.

　머리카락 하나를 수직으로 세운 듯 열차의 속도는 외부의 풍광을 세밀히 썰어내되 분명하고 민첩하다. 드문, 드문 나비가 날아간 빈자리. 세준은 없다. 나비의 숲에 숨느니 나무의 숲에 숨는 것이 안전한 것을 아는 세준은 살아있어도 좋은 목숨이다. 누군가 세준이 들판을 건너 콘도의 뒤 켠 숲으로 마구 뛰어가는 것을 보았다고 했다. 사실일 수도 있고, 사실이 아닐 수도 있다.
　집에서도 숨을 때 늘 급했다. 사라졌던 나비 떼가 다시 무리 지어 나타나자 열차는 그들을 날려 보낸다. 나는 노란 나비의 분이 분분이 날리는 것을 보았던가. 나비가 집을 나서기 이른 철이다. 한 해의 마지막 12월에 추운 산으로 간 세준처럼. 누구든 조금 이르거나 조금 늦게 길을 나설 수도 있다.
　어제 아침 남편의 전화를 받았다. 내가 옛집으로 가는 길이 너무 이른지 늦은지 알 수 없다. 남편은 부동산 전문가답게 내 명의 집은 처분하지 말고 가지고 있으라는 당부를 했다. 짐 정리를 하러 가겠다는 나에게 굳이 서두르지 말라고 했지만 그다지 강경하지는 않았다. 나는 남편에게 와서 짐 정리를 좀 도와달라고 했다. 솔직히 우리들의 해체, 남편과 나, 세준의 눈길과 손길과 체온이 내장된 모든 물품이 가족이라는 구성에서부터 단절되는 장면을 함께 나누고 싶었다.

어떤 갈등에 있어서 한쪽이 나았으면 다른 한쪽이 한 걸음 나아가게 한다. 그것이 과정이고 그래야 결말이 난다. 아내의 자리를 떠났던 이년 여면 충분했다. 나는 염치로 책임을 정산하고, 남편은 체면으로 도덕을 채산한다. 이혼을 앞두고 피차의 과오를 묻지 않아도 된다는 것은 행운이다.

열차를 구성하는 모든 부속이 끼들끼들 금속성 연마로 제 몫의 안간힘을 쓴다. 남자의 대퇴부에서부터 고관절이 흔들린다. 앞자리의 할머니들은 가늘게 코까지 골며 자고 있다. 남자가 몸을 비틀며 자리에서 일어난다. 담배를 피우거나 화장실에 가는 모양이다. 일어난 자리의 의자 등받이 아래 남자의 핸드폰이 놓여있다. 아까 통로 쪽으로 몸을 비틀었던 바지 뒷주머니에서 비어져나온 것 같다. 커다란 자석처럼 놓인 은색 핸드폰에 나의 손이 닿는다. 따뜻하다. 나는 남자의 옷 속을 더듬듯이 폴더를 열어본다. 앙상한 나목이 즐비한 바탕 사진 위에 '흔들리는 슬픔' 달필의 손글씨가 쓰여있다. 나의 손도 흔들린다. 문자 아래 열한 자리의 전화번호가 바람에 흩날리는 꽃잎들처럼 자석의 반대 극인 내 가슴으로 날아온다.

열차가 한낮의 엿가락처럼 시르르륵 곡선으로 휘어지며 사례 걸린 듯 마른 숨이 차다. 나는 흔들리는 슬픔을 부여잡듯 남자의 핸드폰을 양 손바닥으로 누르고 있다. 남자가 돌아와 앉는다. 자세를 고쳐 앉는 남자의 숨결에서 다시 어떤 냄새가 난다. 얼마 전 다녀온 치과의 기기에서 나던 생살의 냄새와 닮아있다. 어렴풋한 비린내. 어지럼증을 일으킨 나의 몸이 남자 쪽으로 기운다. 여전히 구부린 나의 팔꿈치 끝으로 남자의 소리가 묻어난다. 움직이는 모든 것에는 제소리가 있다.

내 것이라 믿었던 남편의 몸 소리가 기억에 없다. 세준이의 첫 돌 무렵부터 각방을 썼다. 교통사고로 나미라는 아이가 죽기 전까지 남편은 간혹 안방으로 나를 불러들였다. 나는 순순히 남편의 뜻대로 행동했다. 때로 버리고 싶었던 세준처럼, 남편에게 버려지는 이혼이 나는 두려웠다. 나에게 남자는 남편 하나였다. 이제 남편은 바보를 낳지 않은 여자, 예쁜 나미를 낳았던 여자를 위해 이혼을 기다린다.

언제부터 남자가 나를 보고 있었는지 알 수 없다. 남자의 눈과 마주치자 엷은 미소를 띤 관자놀이가 잠시 움찔한다. 옆자리의 여자를 몰래 훔쳐보는 임의적인 호기심이 아니다. 침잠하되 작위적이지 않고, 엄숙하되 사람의 온기가 느껴진다. 나는 아직 남자의 핸드폰을 쥐고 있다. 자석의 극점에 맞닿은 듯 폰은 안전하다. 시선을 거둔 남자가 창밖을 무심히 본다. 나도 남자의 눈길을 따라 함께 본다. 조금 푸르고 말간 하늘뿐이다. 남편은 언제부턴가 나의 몸 안에 사정하지 않았다. 그런 밤을 보낸 아침이면 나는 창을 열고 하늘을 올려다보았다. 거기 허무로 희게 바래어가는 나의 빈 자궁 같은 하늘로 아침나절의 찬바람이 지나고 있었다. 남자의 오른 무릎과 나의 왼 무릎 사이, 손바닥만 한 공간이 뒤집히지 않고 위태롭게 흔들린다.

나비들이 비상을 향한 준비로 작은 수선을 떨지만 아무 소리가 들리지 않는다. 나의 왼 어깨가 가볍다. 나의 귀 곁이 노랗게 밝아진다. 너무 크게 자꾸 노랗다. 자꾸 많아지고 자꾸 커지는 노란색. 기차는 화살표가 끝나는 종착지를 향해서 서행을 한다. 개나리 덤불이 짙은 노란색 물감을 동이로 갖다 부은 듯 구릉을 이루고 있다. 나비가 아니라 꽃이다. 맞다. 개나리꽃이다. 나는 창에 정면으로 얼굴을 붙인다. 차가움 때문에 시력이 더욱 밝아진다. 아직 연두색 하나 섞이지 않아 노랗고도 노란 개나리다. 나비라니, 달리는 열차의 너무 짧은 시간, 내 눈에 뜨여진 우연처럼 나비라니.

세준은 3년째 숨바꼭질 중이다. 세준의 숨바꼭질 덕분에 나는 어릴 적 꿈인 선생이 되었다. 세준처럼 숨바꼭질할 줄 모르는 아이들에게 숨바꼭질을 절대로 하지 말라고 가르친다. 마치 세준의 형제나 오누이처럼 닮은 아이들을 보며 가끔은 세준을 잊기도 한다. 지금은 세준이 숨어버린 겨울이 아니라 몹시 더운 여름이다.

퇴근해서 집에 오니 택배가 도착해 있다. 흔한 쇼핑몰 포장이 아니다. 우체국 택배다. 아이들의 여름방학을 맞아 작은오빠가 다녀간 지 닷새밖에 안 되었다. 아직 냉장고에는 과일들이 그득하다. 이혼하면서 어쩔 수 없이 적게 된 이 주소를 아는 사람은 전남편 성수뿐이다. 성수의 택배를 받아본 적이 없다. 역시 낯선 이름이다.

사진작가인 남자친구는 지금 콩고에 가 있다. 이틀 전 그와 통화했는데 귀국한다는 얘기는 없었다. 더구나 택배 이야기도 없었다. 정미교, 모르는 이름이다. 전화번호도 모르겠다. 받는 분 노수미, 내 이름과 전화번호가 맞다. 그리 크지도 무겁지도 않은 택배를 아일랜드 식탁 위에 올려놓고, 다시 한번 이름과 전화번호를 확인한다. 마지막 전화번호 네 자리가 어디서 본 것 같은데 기억이 나지 않는다. 서랍에서 커트 칼을 꺼내 조심스레 언박싱을 한다. 진공 포장지를 걷고 나니 한지에 두 겹 쌓인 액자다. 놀랍게도 내가 가장 좋아하는 그림, 고흐의 〈삼나무가 있는 밀밭〉이 아주 작은 포인트의 섬세한 십자수로 놓여있다. 어마어마한 정성과 시간이 들어야 완성될 그림이 무척이나 아름답다.

이혼 후 짐을 분리하며 나는 그 그림을 두고 왔다. 신혼 초였을 것이다. 고흐의 밀밭 그림을 좋아한다는 얘길 들은 남편이 고등학교 동창인 화가에게 모작을 부탁해 받았다. 진품에 버금가던 삼나무와 밀밭이 최고급 표구로 라이닝룸 벽에 커다랗게 걸려있었다. 집을 사는 분들이 감탄하며 받겠다고 했다.

액자를 들어내자 두 번 접힌 푸른색 종이가 있다. 정미교가 누군지 긴장으로 손끝이 떨린다.

나미를 잊으려고 수를 놓았습니다.
나미를 보내느라 수를 놓았습니다.
수미 씨를 오래 생각하며 수를 놓았습니다.

2008년 여름 정미교 드림.

세 줄의 글이 너무 무거워, 고개를 떨구어 밀밭을 본다. 후두둑 후두둑 굵은 소나기다. 누런 밀밭에 비가 내린다. 수확을 앞둔 밀밭이 젖으면 안 된다. 나는 돌아서다 바닥에 무너진다. 비는 그치지 않는다. 밀밭이 아닌 나는 젖어도 된다.

[중편소설 2008년]

그 겨울 숨바꼭질 끝나지 않고

이화리 지음

발행처　도서출판 **청어**
발행인　이영철
영업　　이동호
홍보　　천성래
기획　　육재섭
편집　　이설빈
디자인　이수빈 | 김영은
제작이사　공병한
인쇄　　두리터

등록　　1999년 5월 3일
　　　　(제321-3210000251001999000063호)

1판 1쇄 발행　2024년 11월 30일

주소　　서울특별시 서초구 남부순환로 364길 8-15 동일빌딩 2층
대표전화　02-586-0477
팩시밀리　0303-0942-0478
홈페이지　www.chungeobook.com
E-mail　ppi20@hanmail.net

ISBN　　979-11-6855-299-9(03810)